कहानियों
का
ठेला

दीपाली किरन | पायल धाबलिया

pblishing.com
write · share · connect · publish

An Imprint of

MAPLE PRESS PRIVATE LIMITED
office:A 63, Sector 58, Noida 201 301, U.P., India
phone: +91 120 455 3581, 455 3583
email: info@maplepress.co.in
website: www.maplepress.co.in

कहानियों का ठेला *by* दीपाली किरन एवं पायल धाबलिया

ISBN: 978-93-90602-50-6

Printed at Yash Printographics, Noida

10 9 8 7 6 5 4 3 2 1

Cover Design @ Umesh Semwa

समर्पित

मेरे अनुज दीपांकर श्रीवास्तव (प्रिंसू)
डॉक्टर सुनील वर्मा (सहारा हॉस्पिटल, लखनऊ)
श्री आनन्द तिवारी (बिट्टू भईया)
प्रणम्य "मान परिवार" (ननिहाल)

— दीपाली किरन

मेरे पिता (ससुरजी)
स्वर्गीय श्री मगनलाल धाबलिया

— पायल धाबलिया

अनुक्रम

अभिस्वीकृति

सर्वप्रथम मैं धन्यवाद करना चाहूँगी ईश्वर का, जिनकी असीम अनुकंपा आशीर्वाद से मैं अपनी कल्पनाओं एवं जीवन की वास्तविकताओं को शब्दों में पिरोकर कहानियों का रूप दे पाई, जो मेरी द्वितीय पुस्तक 'कहानियों का ठेला' के जरिये आप सब के समक्ष प्रस्तुत हो रही है, इस पुस्तक को साँचे में ढालने एवं उसे सफल बनाने में मेरी पुत्री भव्या श्रीवास्तव एवं मेरे जीवनसाथी शिशिर श्रीवास्तव का महत्त्वपूर्ण योगदान रहा, अपनी नन्हीं–सी परी को देखकर ही मुझे हमेशा सकारात्मक ऊर्जा मिलती रही और ये कर पाने का विश्वास मेरे पति हमेशा देते रहे, मेरे पिता श्री विनय कुमार श्रीवास्तव ने हमेशा मेरे हौंसलों को सींचा जिसका नतीजा, मैं आज दूसरी पुस्तक की लेखिका हूँ, दीपांकर तुम्हें धन्यवाद करने का इससे उत्तम उपाय मेरे पास नहीं था, यकीनन मेरी पहली पुस्तक 'जब मन छलके' में तुम्हारा योगदान रहा और 'कहानियों का ठेला' तुम्हारे ही सहयोग से आगे बढ़ पाया, इसी के साथ मेरा शत्–शत् नमन मेरे सभी मित्रगण, परिवार के समस्त सदस्यों, आश्रम एवं प्रधान परिवार और विशेषकर क्राउड फण्डर को जिनको मुझ पर भरोसा था कि मैं ये कर पाऊँगी। पायल जी आपके साथ काम करके मुझे ये यकीन हो गया कि आप वास्तव में एक उच्चकोटि की लेखिका तो है ही साथ–ही–साथ बहुत ही परिश्रमी भी हैं। आप जरूर सफलता के शिखर को छुएंगी ऐसा मेरा विश्वास है। आप सभी को मेरा अनेकानेक धन्यवाद।

– दीपाली किरन

माँ सरस्वती को शत्–शत् नमन, जिनके आशीष से, मैं अपने अनुभवों, कल्पनाओं और जीवन की कुछ वास्तविकताओं को कागज पर उतारकर एक किताब का रूप दे सकी। इस स्वप्न को पूरा करने में मेरे माता–पिता, मेरे परिजन, करीबी रिश्तेदारों और प्रिय मित्रों के साथ–साथ ऐसे कुछ खास शुभचिंतकों का भी साथ रहा, जो मेरे लेखन के सफर में हमेशा मेरे साथ रहे। मेरे प्रिय पाठकों का मैं आभार मानती हूँ कि उन्होंने मेरा उत्साह बढ़ाया और मैं अपनी मंजिल की पहली सीढ़ी पार कर सकी।

मेरे हमराही मनीष और ह्रदय स्पंदन हमारे सुपुत्र तक्ष का विशेष सहयोग रहा, जो मेरी लिखी कहानियों के प्रथम पाठक और आलोचक थे।

'कहानियों का ठेला' किताब लिख पाना दीपाली जी के सहयोग और प्रोत्साहन के बिना संभव नहीं था, जो अपने भावों को न केवल कविता के रूप में बल्कि कहानियों में भी बखूबी ढाल लेने का हुनर रखती है।

मैं उनका और मेपल पब्लिकेशन का आभार व्यक्त करती हूँ, जिन के सहयोग से ये सपना साकार हो सका।

– पायल धाबलिया

दीपाली किरन
की कहानियाँ

1
अम्मा जी मत बैठो!

“तू भी क्यों नहीं चली जाती बड़े शहर छुटकी की तरह, जीना हराम कर रखा है तूने बड़की बहू मेरा और कितना चलायेगी?” अम्मा जी अपनी बड़ी बहू को कोसने में लगी हुई थी।

“बस थोड़ा ही दूर और चलना है, अम्मा जी। घर ज्यादा दूर नहीं है।” बड़ी बहू रीना अम्मा जी को सांत्वना देने लगी।

“क्या थोडी दूर और थोडी दूर और करके मरा एक घंटा निकल गया, अब तो और चला भी नहीं जा रहा वजन ही तो घटाने को बोला है वो मुआ डॉक्टर कि जान लेने को बोला है? तुम्हारे पापा जी योगा करना क्या सीख गए हैं पूरे घर को योगा सेंटर बनायेंगे अब क्या? इतनी तो मोटी भी नहीं हूँ मैं। घर का काम भी तो करती हूँ, वहीं पर ही मरी कितनी एक्सरसाइज हो जाती है मेरी 'फिर भी तुम ससुर–बहू मिलकर मेरे खिलाफ साजिश रचो बस आग़ लगे ऐसी वाक को और उस डॉक्टर को।” अम्मा जी चलते–चलते बड़बड़ाती जा रही थी।

“क्या कह रही हैं अम्मा जी, आपका वजन ज्यादा नहीं हैं? याद करिये पिछले महीने पिंकी की मेहन्दी में सारे रिश्तेदार चारपाई पर बैठे बातें कर रहे थे, और आपको बैठने के लिए बुलाया तो आपके एक छोर पर बैठने से हीं चारपाई पलट गयी और दूसरे छोर के चार लोगों को कितनी चोट आयी थी।” रीना ने अम्मा जी को हंसते हुए समझाया।

“अरे! वो मरी चारपाई पहले से टूटी हुई थी” अम्मा जी ने झेंपते हुए कहा। “और बुआ जी की बेटी बबली? उसको तो आपने रिजल्ट आने पर शाबाशी ही दी थी न उसका कांधा थपथपा के बेचारी को डॉक्टर को दिखाना पड़ा हफ्तों दर्द में पड़ी रही बेचारी उसका कन्धा टूटा नहीं बस।” रीना अम्मा जी को हंसते हुए उन्हीं के किस्सों में उलझा रही थी ताकी रास्ता कट जाये।

''अरे! उस बबली की तो बात ही मत करो, सूखी ककड़ी–सी तो है मेरे हाथ का वजन इतना थोडे न है कि उसका कन्धा ही टूट जाये आज–कल की लड़कियों के अंदर जान भी है, फूंक मारो उड़ जायें मरी सब अब तुम्हारे पापा जी जिनको योगा सिखाते हैं, क्या जरुरत है इन हल्की–फुल्की तितलियों को योगा करने की? योगा कर–कर के मरी जा रही है और उस बुढ़ऊ को बड़ा मजा आ रहा है, जो ये तितलियाँ अंकल जी–अंकल जी करके सुबह से मंडराने लगती हैं कल मुझसे कहते हैं तुम्हीं ने उस मरी फाइबर वाली कुर्सी पर बैठ–बैठ कर उसके चारों पैर फैला दिये। मुझे देख कर कहते हैं कि अगर आपके खुद के प्रोड्क्ट में ड़िफेक्ट हो तो, ये देखकर आपसे योगा कौन सीखेगा? बताओ मैं ड़िफेक्ट हूँ?'' अम्मा जी गुस्से में बोलती जा रही थी और तेज–तेज चलती जा रही थी।

''नहीं अम्मा जी, पापा जी तो बस आपके भले के लिए तो कहते है अब। देखिये आपका वजन कम होगा तो आपको कितनी सारी तकलीफों से छुटकारा मिल जायेगा, इसीलिये पापा जी आपको वजन कम करने के लिए कहते है अब तो डॉक्टर ने भी कह दिया है रोज वॉक करने के लिए।'' रीना अम्मा जी को लगातार समझा रही थी।

तभी सामने से एक रिक्शा वाला आते दिखा ''अम्मा जी से रहा नहीं गया बस बहुत हो गयी वॉक, अब तो मैं रिक्शे से घर जाऊँगी। मेरा लाल आज जल्दी ऑफिस न गया होता तो वो ही छुड़ा लेता मुझे तेरे शिकन्जे से, अब इस मरे रिक्शे से जाना पड़ेगा ओ रिक्शा...'' अम्मा जी ने तेजी से आगे बढकर रिक्शे वाले को आवाज लगायी।

''अम्मा जी वो भी आपके फोन करने पर नहीं आते, वो भी चाहते है आप वॉक करें, रिक्शा मत रोकिये।'' रीना, अम्मा जी के पीछे तेजी से चलते हुए कहने लगी।

''कितना पैसा लोगे?'' अम्मा जी ने रिक्शे वाले से पूछा।

''आप अकेली का तीन सवारी का पैसा पड़ेगा अम्मा जी, वैसे भी आप बैठ गयी तो ये मैडम के लिए जगह नहीं बचेगी, आप देख–सोच

लीजिये...'' रिक्शे वाले ने अम्मा जी को देखकर दहशत भरे स्वर में कहा और बात को टालते हुए धीरे–धीरे पैडल मार कर आगे बढ़ने लगा।

अब तो बात अम्मा जी के आत्म–सम्मान पर आ गयी थी उन्होंने रिक्शे वाले से कहा ''अब तो मैं तेरे ही रिक्शे पर जाऊँगी और किराया भी एक ही सवारी का दूँगी...'' और अम्मा जी रिक्शे पर, बैठने के लिए बढ़ने लगी तभी रीना चिल्लायी ''अम्मा जी मत बैठों'' और कुछ ही पल में धड़ाम की आवाज आयी। अम्मा जी के रिक्शे पर बैठते ही रिक्शा पलट गया। रीना ने आस–पास के लोगों की मदद से अम्मा जी और रिक्शा को उठाया रिक्शा वाला बाल–बाल बचा क्योंकि वो अम्मा जी के बैठने तक रिक्शे पर बैठा ही नहीं था। रीना ने जल्दी से पापा जी को फोन करके बुला लिया।

''शुक्र है अम्मा जी! आपको ज्यादा चोट नहीं आयी, हल्की–फुल्की खरोंच ही हैं बस,'' रीना ने कहते हुए अम्मा जी को किनारे बैठाया।

पापा जी तब तक कार लेकर मौका–ए–वारदात पर पहुँच गए रिक्शे वाले का हाल–चाल लेकर उसके नुकसान की भरपाई की और अम्मा जी को कार में बैठाया।

अम्मा जी जैसे ही कार में बैठी, पापा जी व्यंग्य कसते हुए बोले ''अब समझ में आया मेरी लेडी खली, तुमको मैं हमेशा कार से क्यों लेकर चलता हूँ, शुक्र है रिक्शे वाला बच गया, वरना तुम्हारे ऊपर मर्ड़र केस चलता।''

''आप भी न।'' अम्मा जी ने खीझते हुए बोला और तीनों जोर–जोर से हंसने लगे।

अगली सुबह अम्मा जी रीना से पहले ही वॉक पर निकल गयी।

2
भार

मार ही तो है मजबूरियों की नहीं तो कौन चंद पैसों के लिए दूसरों के सामान का भार अपने सर पर उठायेगा। अजीब विडम्बना बुजुर्ग कुली को सामान को ले जाने की विनती करते देख कर। लंबे समय के लिए जाना था इसलिए पैकिंग कुछ ज्यादा हो गयी कश्मकश के साथ पैकिंग मैं जुटी मैं सब कुछ रखना चाह रही थी मान लो जरूरत लगी तो उसका जवाब पति की और से आता ''जंगल में नहीं जा रहे जरूरत लगी तो मिल जाएगा।'' ऑफिस के काम से दो महीने के लिए हमें दूसरे शहर जाना था। खैर, मन कैसे मानता या कह लो भारतीय नारी वाली मानसिकता को कैसे मनाया जाए। हाथों ''को रोकते–रोकते भी अन्ततः मैं'' दो बड़े बैग्स के साथ बाहर खड़ी थी'' वो दो बड़े बैग में भ्रम मात्र का सामान था एक बेबी का बैग, हैंड बैग, लैपटॉप बैग और एक सबसे जरूरी बैग मेरे श्रीमान पति जी का बैग ''इनको तो आपने गिना ही नहीं...''

इतने सारे बैग्स को घर से निकलते देख करके श्रीमान जी की भौहें चढ़ गयी थी और सर चकरा रहा था भावनाओं को नियंत्रित करते हुये बोले ''लगता है बड़ी टैक्सी करनी पड़ेंगी।''

''सामान बहुत ज्यादा है,'' ये कहकर के शायद मेरी तरफ से दिये जाने वाला विस्तार से जवाब सुनने में समय नहीं बर्बाद करना चाहते थे। टैक्सी ने अपना बड़ा–सा दिल खोलकर सामान को भर लिया अपने आवेश में और चल पड़ी मीटर को काम पर लगा बिल बनाते हुये, दिल और बिल दोनों एक–दूसरे के पूरक है आज के समाज में। अभी भी भारतीय नारी वाली जद्दोजेहद चल रही थी मन में ''कुछ रह तो नही गया।''

स्टेशन पहुँचकर टैक्सी तो चल दी बेवफा प्रेमिका की तरह दूसरे प्रेमी का बिल बनाने। सामान को उतने ही अपमान के साथ सड़क के किनारे रखा गया, जितने सम्मान के साथ कभी उसको टैक्सी महबूबा ने आगोश मे लिया था।

हम दोनों मियाँ–बीवी के चेहरे पर प्रश्न चिन्ह।

मैंने विपक्ष की तरह अनेकों सवाल महज आँखों से दाग दिये पर सत्ताधारी रूपी श्रीमान सारे सवालों के जवाब तैयार करके आये थे, "कुली करना होगा, ट्रेन प्लेटफॉर्म नम्बर–6 पर आयेगी, मैंने पता कर रखा है, वही पर आती है, मेरे कुछ बोलने से पहले ही सारे जवाब मेरी झोली में आ गिरे थे।"

अनुभव सब कुछ सिखा देता है चाहे वो पत्नियों के गृहस्थी साथ ले चलने की आदत को स्वीकारने से लेकर उसका प्रबंधन कैसे किया जाए? उस बात का हो, श्रीमान जी ने सब समझ लिया था।

स्टेशनों पर कुली की तलाश नहीं करनी पड़ती, वो खुद–ब–खुद सामान को देखकर चुम्बक की तरह खिंचे चले आते हैं।

लाली मेरे लाल की, जित देखूँ तित लाल।

"हम चारों तरफ से कुलियों से घिरे हुये थे।"

उसी भीड़ में एक बूढ़ा कुली सामान को उठाने की विनती कर रहा था, उसके चेहरे पर मजबूरियों की लकीरें साफ झलक रही थी। मैं असहज–सी थी... "ठीक रहेगा? इन बुजुर्ग के सर पर सामान रखना?"

उधर औरों की टैक्सी महबूबा निर्दयता से उनको सड़क किनारे छोड़ के चली जा रही थी जिसको देख कर मेरे इर्द–गिर्द की लालिमा छितर–बितर हो गयी। ऐसा लग रहा था जैसे ये कुली उस पीड़ित धोखा खाये महबूब से कह रहे हो, क्या हुआ उसने तुम्हें छोड़ दिया, अब मैं तुम्हारा ख्याल रखूँगा, बस तुम मेरी जेब का ख्याल रखना प्यार सयाना और पढ़ा लिखा है आज–कल।

सब जा चुके थे उसका कारण श्रीमान जी की खास मंशा थी की वो सामान किसी के सर पर नहीं देना चाहते थे, वो ट्रोली की खास

इच्छा जाहिर कर रहे थे, सारी भीड़ धीरे–धीरे ओझल हो गयी आँखों से बचा वो 'बुज़ुर्ग'।

उसकी नसें झूर्रियों के बीच में से झांक रहीं थी पनीली आंखें अपना दर्द बयाँ कर रही थी, नाखून सख्त और हल्के पीले पड़ चुके थे, फिर भी भार उठाने का हौंसला चेहरे पर बराबर बना हुआ था।

"दादा ट्रोली है आपके पास?" श्रीमान जी ने पूछा, हमारे यहाँ अक्सर अंजान बुजुर्गों को दादा या बाबा कह कर सम्बोधित करते हैं।

वो उत्साह से बोले... "हाँ है न बाबू जी पर अभी काम पर लगी है, कहीं चिंता न करो हम आपका सामान अच्छे से पहुँचा देंगे डब्बे में भी रखवा देंगें, जो तुमको ठीक लगे दे देना अपनी खुशी से बस और क्या चाहिए, आज भर खाने का हो जाए," अपने कन्धे पर रखे अंगोछे की पगड़ी बनाते हुये वो सामान उठाने लगा।

"आज भर खाने को हो जाए" वाली बात चुभ गयी, मन कराह गया हमारा विकासशील, प्रगतिशील देश बढ़ रहा है सब बातें शीशे की तरह टूटती नजर आयी, घोर और कटू सत्य, इंसान की कदर नहीं है शायद हिन्दुस्तान में...।

क्षण भर की सोच से मैंने बाहर आकर सहसा उनको रोकते हुये बोला, "बाबा रुको तुम पैसे ऐसे ही ले लो और जाकर खाना खा लो ... पर इतना भारी सामान मत उठाओ।"

वो हाथ जोड़ते हुये बोले "बहन जी ये हमारा रोज का ही काम है आज आप खिला दोगे पर, कल तो हमको ये काम करना ही है न मेहरबानी आप हमें सामान उठाने दीजिये समय कम है ट्रेन आने में" ऐसा कहते हुये उसने झट से सारा सामान उठाया और तेजी से चल पड़ा मैं असमंजस में पीछे–पीछे चल दी।

कुछ कहने–सुनने का मौका ही नहीं बचा। प्लेटफोर्म पर इतने सामान के साथ तेजी से चलना सीढ़ियों पर चढ़ना–उतरना साहस का काम है, वो भी उम्र के ऐसे पड़ाव में। ट्रेन आ चुकी थी, वादे के

मुताबिक उसने सारा सामान डिब्बे में रखवाया और थके व कांपते हाथों को जोड़कर खड़ा हो गया।

अब तक मेरी आँखें नम हो चुकी थी

क्या रखूँ उन हथेलियों पर, जो अपनी जिन्दगी के बोझ के साथ हमारे सामान के बोझ को उठा कर मन को बोझिल कर जाए, दो गुना मेहनताना उसके हाथ में रखना भी कम–सा था।

पैसे उसके हाथों में पकड़ाते हुये हमने कहा ''बाबा जाओ खाना खा लो सबसे पहले।''

खुश होते हुये उसने पैसे पकड़े और कहा ''जाते है बाबू जी बूढ़ा हूँ ये देखकर कोई काम भी तो नहीं देता और कोई कब तक उधारी खिलायेगा,'' जय राम जी की कहते हुये उसने हाथों को आशीर्वाद की मुद्रा में उठाया और उतर गया गाड़ी से।

हम निःशब्द थे, बूढ़ा सोच के मैंने भी तो उसे रोका था, मन में उथल–पुथल थी जहाँ एक तरफ बहुत से युवा महज खाना अच्छा नहीं था की तर्ज पर अपनी नौकरी, अपनी पढ़ाई तक छोड़ आते हैं वहीं दूसरी ओर पेट पालने के लिए बूढ़े हौंसलों को बोझ के साथ चढ़ते देखा है।

एक नयी सोच दिमाग में जन्म ले चुकी थी, हौंसलों के चलते कभी बुढ़ापा आड़े नहीं आता 'हमें उन हौंसलों को गिराना नहीं' बल्कि ऊपर चढ़ाना है।

मैंने और श्रीमान जी ने इस विषय पर कई बार चर्चा की, देश के कानूनों को धिक्कारा, अन्य देशों में इंसानों की कितनी कद्र है इन सब मुद्दों पर आपस में बात की, क्यूंकी बात घर कर गयी थी 'हम दोनों के मन में' पर हम निष्कर्षहीन थे हर बार, खैर क्या फायदा, लड़ाई कुर्सी की होती है और इंसान भूखा कब मर जाता है... सत्ताधारियों को क्या खबर। दो महीने बीत चुके थे और हम फिर से उसी पड़ाव पर आकर खड़े हो गए, ढेर सारा सामान और कुली की तलाश तलाश जल्द खत्म हुई एक कमजोर खाँसता हुआ बुजुर्ग कुली फिर नजरों के सामने खड़ा

था, इस बार मुझे बढ़ती उम्र के हौंसलों पर शक नहीं हुआ। उसके पास ट्रोली होने की वजह से मन बोझिल भी नहीं था।

सामान को ट्रोली पर डालकर वो बढ़ गया आगे तेजी से, हम उसके पीछे थे... एक चढ़ाई पर उसकी गति धीमी हो गयी, मैंने तेजी से आगे बढ़कर ट्रोली को धक्का लगाया पल भर मे मेरे हाथों के साथ एक हाथ और आगे बढ़ा, ट्रोली संभालने के लिए वो श्रीमान जी का हाथ था, दूसरे हाथ से बेटी को संभालते हुये उन्होंने ट्रोली को सहारा दिया... और हम दोनों एक साथ बोल उठे ''बढ़ो आगे बाबा'' हम एक–दूसरे को देखकर मुस्कुरा रहे थें, ''बूढ़े हौंसलों को गिराना नहीं, उठाना है।''

3
इन्वेस्टमेंट

मौसम अच्छा हो रहा था इसीलिये शायद तीस–तीस माले पर रहने वाले लोग भी नीचे दिख रहे थे, अच्छी चहल–पहल थी सोसाईटी के मंदिर के सामने बुजुर्ग महिलाये सत्संग कर रही थी, वहीं पार्क में बच्चे खेल रहे थे युवा आदतन मोबाइल में फंसे इधर–उधर बैठे थे और जो घूम रहे थे उनको हेडफोन ने दबोच रखा था और मैं अपनी सहेली के साथ अध्यात्म, समाज, भोजन, पोषक तत्व और न जाने किन–किन बातों के गहन चिंतन–मंथन में लगी हुई थी कुल मिला कर सब अपनी–अपनी उम्र के हिसाब से अलग–अलग गुट बना कर बैठे हुये थे। मेरी सहेली का भाई उम्र में तकरीबन 20–21 साल का पार्क में एक बेंच पर बैठा काफी देर से एक बुजुर्ग महिला, तकरीबन 60–65 वर्ष होगी उनकी उम्र, से बातों में लगा था, मैं और मेरी सहेली इस बात को समझने की कोशिश कर रहे थे कि ये लोग इतनी देर से क्या बातें कर रहे होंगे?

कुछ ही देर में जोरों की बारिश होने लगी हम सब अपने–अपने टावर की ओर भागने लगे ''हमें बच्चों के भीगने की चिंता थी और शायद खुद की भी... इसीलिये हम तेजी से भाग रहे थे। अपने टावर की ओर पहुँचते ही मेरी नजर उन बुजुर्ग महिला पर पड़ी वो बारिश का मजा ले रही थी अपनी मद्धम–मद्धम चाल से वो हर एक बूंद को अपने तन पर लपेट रही थी,'' मैं बस उनको देख रही थी और समझने की कोशिश कर रही थी पीछे से लोग उन पर कसीदे कस रहे थे ''इनको देखो...'' लोग इशारों–इशारों में हंस रहे थे और वो बेफिक्र–सी मौसम का मजा ले रही थी, न जाने क्यूँ मैं उनको देख कर मुस्कुराने लगी जैसे आस–पास बहुत सकरात्मक वातावारण हो गया हो, वजह बारिश

थी या वो महिला, पता नहीं। अगली सुबह पास की दुकान से मैं कुछ सामान लेने निकली तो देखा सामने से वहीं बुजुर्ग महिला हाथों में योगा मैट लिए खिलखिला के हंसते हुये लड़कियों की एक टोली के साथ आ रही थी, मेरे बगल से जब वो गुजरी तो मैंने महसूस किया कि उनके चेहरे पर एक अलग–सी चमक और ताजगी थी कुछ लोग अपनी छवि की वजह से आस–पास कितनी सकारात्मक ऊर्जा बिखेर देते हैं उनको खुद को भी नहीं पता होता, अच्छा लग रहा था उनको उम्र को मात देकर चहकते हुए देख कर। शाम को जब हम फिर पार्क में बच्चों की बातों में मशगूल थे, अलग–अलग तरह की वैरायटी की टेंशन बना और बांट रहे थे, मैने देखा वो महिला मेरी सहेली के भाई पारस के साथ पूरे जोर–शोर से बेडमिंटन खेलने में मशरूफ थी। अद्‌भुत, उनके आगे मैंने हमारी महिला टेंशन महासभा में सभी को बूढ़ा पाया।

मुझसे रहा नहीं गया, खेल खत्म होने पर मैंने पारस को बुलाया और उससे पूछा "कौन है ये आंटी, क्या बला है? इतनी एनर्जी, इतना जोश वो भी इस उम्र में? क्या कर क्या रही है ये आंटी? खाती क्या है...?" धड़ाधड़ सवाल, शायद वहीं पुरानी घिसीपिटी मानसिकता थी, बुढ़ापा यानि घुटनों का दर्द और कमजोर पाचन। पारस ने मुझे बताया कि "ये आंटी मेरी दोस्त है, मेरे साथ बेडमिंटन खेलती है रोज" मैंने कहा "ये तो बहुत अच्छी बात है, आज भी फिट है।" पारस बोला "फिट तो होंगी न दीदी, इन्होंने अपने अकेले दम पर अपने दोनों बेटों को सेटल किया है। एक नेवी में और दूसरा मिलिट्री में।"

मेरी आँखों में चमक आ गयी ये बात सुन कर और गर्व भी "उनके बारे में और जानने की जिज्ञासा हुई तो मैंने पारस को बोला इनसे तो सीखने वाला बहुत कुछ है, तुम एक बहुत अच्छी संगत में हो, ये तो तुमको बहुत कुछ बातें सिखाती होंगी।"

उसने बोला जब आप लोग दूर से हमारी बातचीत को देखकर हंस रहे थे (मैं थोड़ा झेंप गयी), उस दिन वो मुझे इन्वेस्टमेंट के बारे में समझा रही थीं। "इन्वेस्टमेंट की बात? इतने छोटे लड़के से? ओहो! ये

जरूर कोई स्कीम समझा रही होंगी" पीड़ित भारतीय होने के नाते मैं ऐसे ख्याल को अपने दिमाग मे आने से रोक नहीं पायी।

"अरे! वो इन्वेस्टमेंट नहीं, जो आप सोच रही हो, पारस तपाक से बोला" वो शायद मेरे हाव–भाव से समझ चुका था कि इन्वेस्टमेंट सुन कर मैं ऐसा ही कुछ सोच रही होंगी उसने बताया कि उस शाम उसने उन आंटी से ये पूछा की वो इस उम्र मे इतनी फूर्तीली, खुशमिजाज कैसे है? तो उन्होंने इसका राज बताया कि मैंने अपनी युवावस्था से ही खुद पर इन्वेस्टमेंट करना शुरू कर दिया था, जिन्दगी में अनुशासन का इन्वेस्टमेंट, छोटी–छोटी चिंताओं में इन्वेस्टमेंट न करके छोटी–छोटी खुशियों में इन्वेस्टमेंट, जो कि अब मेरी आदत में शामिल हो चुका हैं अब मैं हर पल में खुश रहना जानती हूँ, कैसे हर पल को जीना है वो भी जानती हूँ, मैंने अपने खान–पान को हमेशा अपने शरीर पर किये गए इन्वेस्टमेंट की तरह ही रखा और इस पर भी ज्यादा से ज्यादा इन्वेस्ट किया, जिसका फायदा अब मैं उठा रही हूं, ये अनुशासन मैंने अपने बच्चों मे भी रखा जिसका नतीजा वो दोनों ही मेरा नाम रोशन कर रहे हैं "इन सारे इन्वेस्टमेंट की वजह से आज मैं बहुत खुश हूँ। मैं ये सब सुन कर हैरान थी और खुश भी आज कितनी अच्छी बात सीखने को मिली, अनमोल वचन, जीवन का सच, जिसको हम नकार कर बस फाइनेंशियल इन्वेस्टमेंट में पूरी जिन्दगी सोचते और जूझते रहते हैं, पर जब इन सारे सुखों को भोगने की बारी आती है तब हमारा शरीर साथ नहीं देता "इसलिये जिन्दगी का हर लम्हा जीने के लिए खुद के शरीर और अनुशासन पर भी इन्वेस्ट करना चाहिये।"

4
क्रीम का साइड इफेक्ट

''बिट्टू कितनी बार कहा है अपना सामान ऐसे पूरे घर में मत फैलाया करो अंशिका जोर–जोर से अपने 6 साल के बेटे को डांट रही थी और घर का इधर–उधर फैला सामान समेट रही थी।''

''जब देखो जोर–जोर से चिल्लाती रहती हो बिट्टू पर, बच्चा है, हो जाती है गलती, ये लो पकड़ो ताजी सब्जियां दिखी तो ले आया, ससुर जी ने अंशिका बहू को सब्जियों का थैला पकड़ाते हुए कहां। ''हाँ जब देखो बस, बिट्टू पर चिल्लाती रहती है ये अंशिका। छोटा बच्चा ही है, वो चीजें इधर–उधर नहीं करेगा तो क्या हम बुड्ढे–बुढ़िया करेंगे? आ जा मेरे लाल'', सासुमाँ ने भी बहती गंगा में हाथ धो लिए और अपनी भड़ास अंशिका पर निकालते हुए, बिट्टू को दुलारने लगी।''

''अरे! मम्मी जी, पापा जी, मैं बस ये कह रही हूँ कि ये अपना सामान ठीक से रखा करे अब देखिये न पूरे घर में इसके क्राफ्ट का सामान फैला हुआ है'' अंशिका ने खीझते हुए कहां। ''अच्छा छोड़ों ये सब, जाओ मेरे लिए एक कप चाय बना लाओ, तब तक मैं नहा कर आता हूँ, मुझे सत्संग के लिए भी निकलना है'' ससुर जी ने बात को काटते हुए अंशिका से कहां। ''जी पापा जी।'' अंशिका बोली और चली गयी चाए बनाने। इधर दादी अपने पोते बिट्टू को ट्रेनिंग देने में लगी हुयी थी, ''अरे! आ जा मेरे लाल, तुम्हारी मम्मी तो ऐसे ही चिल्लाती रहती है, मत ध्यान दो उसकी बातों का।''

उधर ससुर जी हरि ओम, भोले नाथ का नाम जोर–जोर से लेते हुए बाथरूम से निकले और तैयार होने लगे सत्संग जाने के लिए। ''तभी थोड़ी देर बाद उनके कमरे से जोर–जोर से चिल्लाने की आवाज आने लगी अरे! सुनती हो जरा यहाँ आना, ये देखो ये क्या हो गया।''

पापा जी ने मम्मी जी को आवाज लगायी।

अंशिका भी जोरों की आवाज को सुनकर रसोई का सारा काम छोड़ कर भागती हुयी पापा जी के कमरे में पहुँची।

"क्या हुआ पापा जी?" अंशिका ने हड़बड़ाते हुए पूछा।

"क्या हुआ? क्यूँ चिल्ला रहे हो?" मम्मी जी ने झल्लाते हुए पूछा पापा जी शीशे के सामने खड़े, भौचक्के से खुद को निहार रहे थे और चेहरे को बार–बार रगड़ रहे थे।

"अरे! लगता है क्रीम का साइड इफेक्ट हो गया है, पता नहीं क्या हुआ, देखो मेरी खाल भी छोड़ रही है", पापा जी ने घबराते हुए कहा।

"अरे मोरे परमात्मा! ये कैसे हो गया? तुम्हारी तो मुई खाल ही निकली जा रही है पूरी। चलो जल्दी डॉक्टर के पास कहीं, कहीं चेहरा बिगड़ गया तो हाय! मेरे जितेन्द्र जैसे दिखने वाले पति का क्या होगा?" मम्मी जी ने हड़बड़ाहट में अपने दिल की सारी बात ही बोल डाली। अंशिका सारा माजरा समझ चुकी थी, उसने बिट्टू को फिर जोर से डांटा "बिट्टू, कितनी बार बोलूँ मैं? अपना सामान इधर–उधर मत रखा करो।"

"अरे! यहाँ मेरे जम्पिंग जैक जितेन्द्र का चेहरा खराब हुआ जा रहा, ये नहीं कि मेरे बेटे विशाल को बुलाए और ये मुई घर फैला–घर फैला चिल्ला रही है" मम्मी जी ने झुँझलाते हुए बोला।

"क्या बहू के सामने जम्पिंग जैक–जम्पिंग जैक चिल्ला रही अब बताओ मैं करूँ क्या?" पापा जी ने खीझते हुए कहा। "ओहो! मम्मी जी, आप शांत हो जाईये पहले, क्रीम ने कोई नुकसान–वुक्सान नहीं किया है, पापा जी ने क्रीम की बजाये फेविकोल लगा लिया है मुँह पर और वो उनकी स्किन नहीं फेविकोल ही है, सूख–सूख कर निकल रहा है अंशिका ने समझाते हुए कहा।"

"क्या? फेविकोल लगा लिया मुँह पर? तुम पढ़ नहीं पाये थे बुढ़ऊ? मम्मी जी ने गुस्से में पूछा।"

अरे! नहा के आया था तो चश्मा नहीं पहना था मैंने कैसे देखता? और ये फेविकोल मेरे सामान के साथ रखा किसने? ''पापा जी ने गुस्से में बोला।'' और कौन पापा जी? आप लोगों का लाल ये बिट्टू ''अंशिका ने कटाक्ष किया।''

''सही कहती है तेरी मम्मी बिट्टू, कहीं भी कुछ भी रख देता है ये बदमाश, पापा जी ने बिट्टू से तेज आवाज में कहा।''

''अच्छा जो हुआ सो हुआ, जाकर मुँह धो लो और नारियल तेल लगाओ मुँह पर, मम्मी जी ने हँसते हुए पापा जी को बोला और हाँ बिट्टू, चलो अपना सारा सामान समेटो और मम्मी की बात सुना करो वो सही कहती है, तुम बहुत शैतान हो गए हो,'' सासुमाँ ने लगभग अपनी हंसी रोकते हुए बिट्टू से कहा और इधर अंशिका जम्पिंग जैक वाली बात सोच–सोच कर अपनी हंसी रोक ही नहीं पा रही थी।

5
अन्नपूर्णा

''क्या भाभी थोड़ा तो खा लीजिये। वैसे भी रात भर शादी की रस्मों के चलते आपने कुछ नहीं खाया। सुबह भी विदाई जल्दी–जल्दी कराने के चक्कर में मुझे पता है आप कुछ भी नहीं खा पायी होंगी।''

छोटी–सी चचेरी ननद मायरा अपनी नई नवेली भाभी संध्या के सामने खाने की थाली लिए खड़ी कहती जा रही थी, कुछ खाने के लिए। संध्या तो सहमी–सी बिस्तर के एक कोने में बैठी अपने ससुराल के माहौल को समझने की कोशिश में लगी थी। अपने मायके की लाडली संध्या आज खुद को असहाय–सा महसूस कर रही थी। ससुराल के लोगों की बातचीत करने के तरीके से संध्या ने लगभग अनुमान लगा लिया था कि ससुराल वाले पुराने ख्याल रखने वाले हैं और रूढ़िवादी हैं। पर संध्या ने तो अपने पति तनय से मिलकर ही शादी के लिए हाँ बोली थी। तनय को भी एक पढ़ी–लिखी लड़की से ही शादी करनी थी तो उसने संध्या को पसन्द किया था।

नयी नवेली बहू के साथ ऐसा व्यवहार संध्या को खटक रहा था, बहू को स्टोर रूम जैसे कमरे में बैठाया गया ताकि आते–जाते लोग बहू को देख न सकें। जहां पंखा तक नहीं था। किसी ने संध्या से पानी तक नहीं पूछा। बस मायरा नयी भाभी की धुन में संध्या के इर्द–गिर्द घूम रही थी। बाहर से लोगों की तेज–तेज आवाजें आ रही थी कोई शादी की कमियां सुना रहा था तो कोई विदाई में मिली साड़ी की लम्बाई माप रहा था, ''देखो जीज्जी पूरी पाँच मीटर की भी नहीं है''।

मायरा के लगातार कहने पर संध्या ने खाने का एक निवाला अपने मुँह में डाला ही भर था कि तब तक सास उसके कमरे में आ गयी। संध्या को खाते देख गुस्से से लाल–पीली हो गयी और कमरे

से बाहर निकलते ही जोर–जोर से चिल्लाने लगी, मैंने कहा था न मत लाओ पढ़ी–लिखी लड़की, अब देखो लाट साहब बनी महारानी हम सबसे पहले खाना खा रही है। अरे! यहाँ मरे जा रहे हैं सबकी विदाई कर–कर के। सुबह से एक निवाला नहीं गया मुह में, अरे! झूठे मुंह ही पूछ लेती की मम्मी जी खाना खाया के नहीं, ये निभायेंगी ससुराल? पचास बार सब ने अंदर बाहर किया। बिस्तर से चिपकी बैठी रही, पैरों की मेहन्दी गीली है, जो इन महारानी से खड़ा नहीं हुआ जा रहा एक बार भी। गले में डिग्रियों की माला जो पहन कर आयी है मैडम, रौब तो झाड़ेगी ही न। बताओ ये अन्नपुर्णा बनेगी इस घर की? लक्ष्मी बनेगी? सासु माँ का गुस्सा चरम पर था।

संध्या के पैरों तले की जमीन ही खिसक गयी। वो समझ ही नहीं पा रही थी कि वो क्या करे? आंसुओं की धार बस संध्या की आँखों से बही जा रही थी और खुद को असहाय समझ कर बस वो सिसकियां लिए जा रही थी तभी एक मासूम–सी आवाज आयी ''पापा ये अन्नपूर्णा क्या होता है?'' संध्या के जेठ की 5 साल की बेटी ने पूछा। ''बेटा, अन्नपूर्णा का मतलब शायद तुम्हारी दादी को अब तक समझ नहीं आया। तुमको कैसे समझाऊँ? पर हाँ तुम जरूर बनोगी अन्नपूर्णा और किसी के घर की लक्ष्मी वो भी डिग्रियों की माला पहन कर। मैं तुम्हे इतना पढ़ाऊंगा कि तुमको किसी के आगे झुकना न पड़े। तुम अपनी नयी चाची की तरह बिल्कुल चुप मत रहना। पढ़ाई कोई पाप नहीं होता बेटा। अन्नपूर्णा का मतलब महज खाना बना कर खिलाना नहीं होता। ये संस्कार नहीं तो क्या हैं? एक इतनी पढ़ी–लिखी लड़की लगातार अपने और अपने घर वालों के बारे में उल्टा–सीधा सुन रही है फिर भी चुप है। उसमें भी लोग कमियां निकालने से नहीं चूकते। अभी खुद ही लोग कहे जा रहे हैं कि पचास बार कमरे में गए बहू के, तो क्या हर बार बहू खड़ी हो जाये? घर है की मिलिट्री कैंप है ये। नयी बहू आयी उसने कुछ खाया या नहीं,

ये किसी ने देखा? अब तुम ही बताओ मां क्या तुम अन्नपूर्णा हो?'' जेठ जी ने अप्रत्यक्ष रूप से सभी के बीच में सारी बात कह डाली।

सासु माँ अपने बड़े बेटे की बात सुनकर शर्मिन्दा हुई तो वहीं संध्या को हौंसला मिला। आज संध्या ने मन ही मन ठान लिया था कि वह अपनी पढ़ाई–लिखाई को किसी के तानों के नीचे दबने नहीं देगी। संध्या के इसी संकल्प से उसने शहर की यूनिवर्सिटी की प्रोफेसर लिस्ट में अपना नाम दर्ज करा लिया। आज सरस्वती ने अन्नपूर्णा का रूप धारण कर लिया था। संध्या को आज अपने जेठ जी की बात रह–रह कर याद आ रही थी कि अन्नपूर्णा का मतलब महज खाना बनाकर खिलाना नहीं होता, बल्कि अन्न के भंडार में अपना योगदान देना भी होता है।

6
मेरे झाड़ू में घूँघरू बंधा दे और फिर मेरी...

"आदी, आदी देखो न! तुम्हारी नानी अम्मा फिर से झाड़ू लगाने लगी आधी रात में," तान्या गुस्से में नींद में बड़बड़ाती हुई अपने पति आदी से कहने लगी।

"ओह हो! तुम सो जाओ न, वैसे भी आधी रात नहीं सुबह के चार बजे हैं गांव की औरतें सुबह जल्दी जाग जाती हैं, उनकी आदत होती है," आदी कहते हुए वापस सो गया।

"तुम मेरी बात कभी ठीक से नहीं सुनते, आज चार बजे है कल तो रात के तीन ही बजे जाग गयी थी वो, कितना शोर होता है कभी आंगन में रखे जूठे बर्तन धोने बैठ जाती है, कभी झाड़ूं, ओह नो! मैं क्या करूँ?" तान्या बड़बडाने लगी।

"अरे! कुछ दिन के लिए आती है वह गांव से, उसमें भी तुम्हें परेशानी हैं उनकी नजर कमजोर है, नहीं दिखा होगा उनको सही टाइम, मेरी नानी है वो। माँ के बाद उन्होनें ही मुझे बड़ा किया है, तुम उनके बारे में ऐसा वैसा मत कहो, अपना घर बार छोड़ कर सिर्फ मेरे पास रहने आती है वो मुझे सोने दो वैसे भी तुम मेरे हाथ की बनी बेड टी पिये बिना नहीं उठने वाली," आदी ने गुस्से में कहां तभी आदी व तान्या के बेडरूम का दरवाजा खटखटाने की आवाज होती है, आदी घबराकर दरवाजा खोलता है, तो देखता है कि नानी अम्मा झाड़ू लिए उसके दरवाजे पर खड़ी है।

"अम्मा? क्या हुआ?" आदी ने आश्चर्य से पूछा।

"अरे! पूरे घर में झाड़ू लगा लिया अब सोचा लाओ तुम्हारा कमरा भी साफ कर दूँ" नानी अम्मा ने आदी के कमरे में घुसते हुए बोला।

अम्मा को कमरे में आते देख तान्या बिस्तर से निकल कर झट से खड़ी हो गयी।

ये क्या पहना है तुमने सांप का केंचुल? ''नानी अम्मा ने तान्या को पास आकर देखा।''

''नहीं अम्मा, साटिन गाउन है,'' ''तान्या नें झेंपते हुए अम्मा से कहा।''

''होगा सातन वाटन फिसलती नहीं हो इसको पहनकर बिस्तर पर से?'' अम्मा, तान्या के गाउन को छूकर कपड़े की पूरी शिनाख्त में लग गयी।

''अम्मा बंटी सो गया था आपके साथ आराम से? आपको रात में परेशान तो नहीं किया?'' तान्या ने बात को टालते हुए कहा।

''सोयेगा नहीं क्या? अपनी परनानी के पास सोया था मेरा लाल और तुम ये नागिन बनकर मत रहा करो रात में फिराक (फ्रॉक) ही पहननी है तो सूती फिराक पहनो, क्या बोलते हो तुम लोग उसको?'' अम्मा ने पूछा।

''अम्मा, मैक्सी'' तान्या ने खीझते हुए कहां।

''हाँ, वहीं मिक्सी, पहन लो ज्यादा आराम चाहिये तो, अच्छा जाओ अब नहाकर पूजा की तैयारी करो, हम भी जाते हैं झाड़ू लगा कर नहाने।''

अम्मा ने झाड़ू लगाते हुए कहा तान्या, आदी को घूरते हुए कमरे से बाहर निकल गयी।

अम्मा नहा कर कपड़े फैलाने बाहर गयी तभी अखबार वाला अखबार लेकर आ गया।

''अरे खबरी लाल कैसा है?'' अम्मा ने अखबार वाले से पूछा।

''अरे! अम्मा? आप कब आयी? और हमारा नाम खबरी नहीं रॉकी है'' अखबार वाले ने इतराते हुए अपने बाल झटके और अम्मा के पास आकर बैठ गया।

''अरे हाँ, लौकी बेटा दो दिन हुए हैं हमें आये और तुम सुनाओ, बांट आये सारे अखबार?'' अम्मा बोली।

''हाँ, अम्मा बस आपका ही घर आखिरी था और सुनाओ अम्मा कैसी हो?'' रॉकी बोला।

''हम ठीक हैं बेटा, चाय पियोगे?'' अम्मा ने पूछा तब तक अम्मा ने अंदर झांका तो देखा आदी चाय लिए बंटी के कमरे की तरफ चला जा रहा था।

''अच्छा तो अब फिर से बहू, बंटी के कमरे में जा कर सो गयी, अब चाय पियेगी मुयी बिस्तर पर, वो भी मेरे लाल से बनवाती है गलत कपड़े थोड़े ही पहनती है सांप का केंचुल, नागिन से कम नहीं अंग्रेजन'' अम्मा बुदबुदाने लगी।

''क्या अम्मा? कौन नागिन?'' रॉकी ने पूछा। ''अरे है कोई, तुम चाय पियोगे? बना लाऊँ?'' अम्मा ने पूछा।

''न अम्मा फिर कभी, अच्छा ये बताओ ये नागिन–वागीन सच में होती हैं क्या? जो रूप बदल कर औरत बन जाती है'' टी० वी० में तो खूब दिखाते हैं ''तुम तो होगी अस्सी–पच्चासी साल की, तुमने तो देखी होगी गांव में अपने?'' रॉकी ने उत्सुकता से पूछा, ''क्यूँ नहीं होती है उसको इच्छाधारी नागिन कहते हैं और चुड़ेले भी होती हैं गांव में। खैर, अब तो शहरों में भी दिख जाती हैं,'' अम्मा ने घर के अंदर झांकते हुए कहा।

''अरे! अम्मा तुमको दिखती है क्या? बताओ न'' रॉकी ने पूछा।

''और नहीं तो क्या हमने तो चुड़ैल के साथ तम्बाकू भी खाया है'' और इस घर में भी देखी, अम्मा ने शेखी बघारते हुए कहा।

''खैर, तुम सुनाओ, क्या खबर है अखबार में?'' अम्मा ने पूछा।

''क्या बताये अम्मा फटी जींस गैंग ने बड़ी दहशत मचा रखी है शहर में'', कहते हैं सिर्फ फटी जींस पहन कर आधी रात में आते हैं और घर के लोगों को मार–पीट कर घर लूट ले जाते हैं, ''कल तो इसी मोहल्ले में ही वारदात हो गयी बड़ा खतरनाक गैंग है,'' रॉकी ने डरे हुए स्वर में कहा।

''हाँ, बताओ क्या जमाना आ गया है लौकी? हमारे जमाने में तो ये सब कच्छा–बनियान पहन कर घर लूटते थे, अब इसमें भी फैसन चल गया'' खैर, चाय पियोगे? अम्मा ने अपना चश्मा चढ़ाते हुए कहा।

''नहीं अम्मा, अब चलता हूँ, और हाँ हमारा नाम लौकी नहीं रॉकी है,'' रॉकी हंसते हुए वहाँ से निकल गया।

शाम को जब घर में अम्मा ने सुना की आदी और तान्या फटी जींस गैंग की बाते करके चिंतिंत हो रहे हैं, "तो अम्मा को एक उपाय सूझा" उन्होंने अगले दिन आदी से घुंघरू मंगाये," "तो क्या अम्मा अब इस उम्र में घुंघरू बांध के नाचने वाली है?" तान्या मोबाइल पर पिज्जा ऑडर कर बड़बड़ा रही थी।

"नहीं, तुझे नचाऊंगी, आज खाना भी नहीं बनाया, कुछ मत कर तू। मैं अपनी खिचड़ी खुद बना लूँगी," अम्मा ने गुस्से में बोला।

"बना लीजिये अपने लिए कुछ, मैं तो आज पिज्जा खाऊंगी," तान्या ऐंठते हुए अपने कमरे में चली गयी।

"सबके सोने के बाद आधी रात में घुंघरू बजने की आवाज आने लगी इतेफाक से आज फिर फटी जींस गैंग वाले आदी के मोहल्ले में ही थे और पड़ोसी घर में घुसने वाले थे पर घुंघरू की छन–छन" की आवाज से वह लोग इतना घबरा गए की वह खुद को संभाल नहीं पाये और शोर–शराबे भागम–भाग में चौकीदार और मोहल्ले वालों के हत्थे चढ़ गए, इतने शोर–शराबे से आदी और तान्या भी हलचल में आ गए। "उन्होंने कमरे से बाहर निकल कर देखा तो अम्मा इत्मिनान से झाड़ू लगा रही थी, बढ़ती उम्र की वजह से उन्हें कम सुनायी देता था तो बाहर के शोर–शराबे की उनको कोई भनक नहीं थी पर तान्या और आदी ने देखा की अम्मा की झाड़ू में घुंघरू बंधे हुए हैं।"

"अम्मा! ये घुंघरू झाड़ू में क्यूँ बांधा?" आदी ने अचरज से पूछा।

"ताकि तुम लोग गहरी नींद सो न पाओ, सतर्क रहो," अम्मा ने हंसते हुए कहा।

तान्या और आदी को आज अम्मा की सूझ–बूझ पर गर्व था और तान्या अपनी हरकतों पर शर्मिन्दा थी वो आज अम्मा को बहुत प्यार और सम्मान की नजरों से देख रही थी उधर चोरों ने बयान दिया कि उनको पड़ोसी के घर से चुड़ैल के घुँघरुओं की आवाज आयी थी और इधर हमारे खबरीलाल ऊर्फ लौकी घर–घर खबर छाप रहे थे कि "आदी भैया के घर में चुड़ैल या इच्छाधारी नागिन है, अम्मा ने हमें कन्फर्म बताया है।"

7
पीतल पहनना भी मुश्किल

''अरे! लौकी कहाँ भागे जा रहे हो? आज कल तो अखबार बस फेंका और भागे क्या बात है अम्मा के हाथ की बनी चाय नहीं पीनी क्या?'' अम्मा ने कपड़े रस्सी पर डालते हुये अखबार वाले रॉकी को तेज आवाज में पुकारा, ''अरे! नहीं अम्मा ऐसी कोई बात नहीं है बस गर्मी बढ़ रही है तो जल्दी–जल्दी काम निपटा लेते हैं'' बस रॉकी ने सहमते हुये अम्मा से कहा और अम्मा के पास आ कर बैठ गया।

''हाँ बेटा, अब तो गर्मी बढ़ेगी ही, ये क्या ले आये काला–काला बोतल में?'' अम्मा ने रॉकी के हाथ में बोतल को देखते हुये बोला।

''अम्मा कोका कोला है ये, अभी खरीदी, अब जाकर फ्रीज में रखेंगे और मस्त ठण्डा करके दोपहर को पियेंगे'' रॉकी ने अपनी जुल्फें झटकी और जबान से चटकारे लेते हुये कहा।

''अच्छा–अच्छा कोला–डोला पीजा के साथ लाते हैं आदी और बहू'' देखा है हमने, ''हम तो बेटा दाल–रोटी खाते हैं बस। ये कोला डोला हमने नहीं चखा कभी।'' अम्मा ने इतराते हुये बोला।

तब तक तान्या, नानी अम्मा के लिए नाश्ता लेकर आती है और बड़े ही विनम्रता से अम्मा के पास सब कुछ रख कर चली गयी और बोलकर गयी कि वो अभी चाय ला रही है दोनों के लिए। रॉकी ने तान्या का संस्कारी बहू वाला अवतार पहली बार देखा था।

''अरे! अम्मा ये भाभी को क्या हो गया, कहीं सच में तो इस घर में चुड़ैल तो नहीं? ये अचानक इतनी विनम्र कैसे हो गयी अम्मा? इसीलिये हम तुम्हारे पास बैठने से डर रहे थे, तुम चुड़ैल के साथ तम्बाकू खाती थी और उस दिन रात में घुंघरुओं की आवाज, राम–राम अम्मा हम जा रहे हैं।'' रॉकी ने घबराते हुये कहा।

"अरे! चुप आठवीं फेल, इसीलिये अखबार बेच रहे हो तुम, कम बुद्धि, चुड़ेल जावे मुलतान में, तुलसी दिया बत्ती वाला घर और तुम कुछ भी अनाप–शनाप बक रहे हो। अरे! कम अकल उस दिन हमने चोरों से निपटने के लिए झाडू में घुंघरू बांधे थे और तान्या तब से सुधर गयी और अभी हमें समझ आया मोहल्ले में अफवाह किसने फैलायी कि आदी के घर में इच्छाधारी नागिन है, अम्मा का गुस्सा चरम पर था।"

"अम्मा अब हम सब समझ गए, हमें माफ कर दो, आप आदी भईया की नानी थोड़े ही हो, आप तो हमारी भी नानी हो, गलती हो गयी अम्मा गुस्सा थूक दो, लो कोला पियो।" रॉकी ने फटाफट अम्मा के पानी के गिलास में कोका कोला डाल दी।

अम्मा ने भी गुस्से में गट से सारी कोला गटक ली और डकार लेते हुये रॉकी के आगे गिलास बढ़ाया और ड़कार लेते हुये बोली औउउर। अब अम्मा का गुस्सा गायब हो गया।

रॉकी बोला हमें और देने में कोई गुरेज नहीं है, पर अम्मा, तुम्हें नुकसान न कर जाये।

"ये छोटी–सी कोला–डोला हमारा क्या नुकसान करेगी, बड़े–बड़े चोर हमारा कुछ न बिगाड़ पाए, अम्मा अकड़ते हुये बोली।"

"हाँ बोलो, अम्मा तुम तो बड़ी टेलेंटेड हो, घूंघरूओं से चोरों का गिरोह पकड़वा दी।" रॉकी ने अम्मा की तारीफ करते हुये कहा।

"और क्या हम चोरों से नहीं डरते लौकी, हमने तो बड़ों–बड़ों की आँखों में धूल झोंक दी। एक बार हम सोने के भारी–भारी भरकम कंगन पहने बाजार चले, लौटते में एक दम सुनसान गली थी, दो लुटेरे जाने कब हमारा पीछा करते घेर लिए हमको, बोले कंगन लाओ। अब भईया वो हमारे खानदानी कंगन हम ऐसे कैसे दे दें। हमने आव देखी न ताव फेंक दिये दोनों कंगन उतार कर सड़क पर और गुस्से में हम बोले, ले जाओ भईया तुम लोगों ने तो पीतल पहनना भी मुश्किल कर रखा है। अब भईया चोर लोग सकपका गए कंगन उठाये चेक किये आपस में

बोले सच में पीतल है और सब छोड़–छाड़ चले गए वहाँ से, और हम वापस अपने कंगन पहने सब्जी का थैला उठाये और घर चले आये।''

अम्मा ने गर्व से रॉकी को सारा किस्सा सुना डाला।

बातों के बीच में ही तान्या चाय ला चुकी थी, वह भी अम्मा की सूझ–बूझ की कायल थी, रॉकी कहानी सुनते वक्त पूरी कोक गटक चुके थे।

रॉकी ने अम्मा के लिए सम्मानपूर्वक ताली बजायी फिर पूछा ''वाह अम्मा! फिर अम्मा आपके खानदानी कंगन अब तक हैं?''

तान्या बोली ''हैं तो...।'' तभी, अम्मा ने बीच में बात काटते हुये बोला ''कहाँ भईया खेती–बाड़ी के चक्कर में लाला के वहाँ गिरवी रखा, फिर कहाँ मिले कंगन। खैर, चाय पियोगे लौकी?''

''नहीं अम्मा, अभी तो कोला पिया है नुकसान करेगी, अच्छा चलता हूँ।'' रॉकी बाल झटकते हुये वहाँ से चला गया।

''अम्मा कहाँ गिरवी रखे कगंन वो तो आपने मुझे दिये थे न?'' तान्या ने आश्चर्य से अम्मा से पूछा।

''अरे! चुप कर पगली, दिखावे के चक्कर में घर की सारी पोल खोल देगी क्या? वैसे भी ये कम बुद्धि खबरीलाल का कोई भरोसा नहीं। घर–घर जाकर खबर छापता है।'' अम्मा ने तान्या को समझाते हुये कहा।

तब तक खबरीलाल ऊर्फ लौकी यू टर्न लेकर वापस आये और बोले ''अम्मा तुम भी मत पीना कोला के ऊपर चाय, नहीं तो निकल लोगी।''

''अरे! हम इतनी आसानी से नहीं निकलने वाले, वरना जो लोग मेरे बारे में अभी पढ़ रहे हैं उन्हें हँसायेगा कौन।'' अम्मा ऐंठते हुये बोली।

8
दिखावा

''रिया क्या हुआ तुम्हें? अभी तो तुम्हारा मूड ठीक था, अच्छी–भली हंस–बोल रही थी। जब से ये सोशल मीडिया साइट खोली है बस अजीब ही जवाब दे रही हो? बात–बात पर मुंह बना रही हो? आखिर बात क्या है?'' अभिषेक ने अचरज से पूछा।

''क्या बोलूँ? तुम्हें कोई फर्क भी पड़ेगा अगर मैं कुछ कहूँगी तो?'' रिया ने मुंह बिचकाते हुए कहा।

''अरे! क्यों नहीं पड़ेगा? ऐसा क्यों सोचती हो? पति हूँ तुम्हारा, दुश्मन तो नहीं।'' अभिषेक ने प्यार से समझाते हुए कहा।

''कहाँ फर्क पड़ता है तुम्हे अभि।'' अब रिया झुंझला रही थी।

''तुम औरतें भी न, पता नहीं कब, क्या मन में रख के बैठ जाती हो, समझ में भी नहीं आता।'' अभिषेक मन ही मन बुदबुदा रहा था।

''खैर छोड़ो, तुमसे तो बात ही करना बेकार है, मैं ही पागल हूँ, सारे शौक मुझे ही करने हैं बस। तुम्हें तो कुछ सोचना ही नहीं। एक वो अनन्या है उसको देखो, उसका पति उसको कितना समझता है, हमेशा ही सोशल मीडिया पर फोटो डालती है। कभी कहीं घूम रहे हैं, कभी कहीं और उसका पति शिवांश न जाने क्या–क्या गिफ्ट दे कर उसे सरप्राइज करता रहता है, एक तुम हो, तुम्हें तो पता भी नहीं होगा कि वेलेन्टाइन वीक चल रहा है, अरे! एक रोज ही ला देते मुझे'' रिया गुस्से में बड़बड़ाते हुए कम्बल से मुँह ढक कर लेट गयी।

अभिषेक ये सब सुन कर समझ नहीं पा रहा था कि इन बातों का वो क्या जवाब दे। रिया के मूड को ठीक करने का उसके पास एक ही इलाज था, वो थी उसके हाथों की बनी चाय इसलिये वो फटाफट रसोई में गया रिया के लिए चाय बनाने। अभिषेक, रिया को बहुत प्यार

करता था और उसका सम्मान भी करता था बिल्कुल सिंपल इंसान। जिसको जमाने या नए दौर के प्रचलन की समझ ही नहीं थी, और अपने सच्चे प्यार का दिखावा करना उसे पसन्द ही नहीं था, उसका मानना था कि एक रिश्ते को तोहफों की नहीं प्यार और सम्मान की जरूरत होती है। पर रिया इस मामले में थोड़ी नादान थी वो जब भी किसी दोस्त की रोमांटिक फोटो देखती सारा गुस्सा अभिषेक पर उड़ेलती और अभिषेक हर बार अपनी सादगी से उससे यहीं कहता कि वो ये सब नहीं कर सकता।

अचानक से रिया का फोन बजता है, "अरे! ये क्या अनन्या?" रिया मन ही मन सोचती है। अनन्या, रिया की अच्छी दोस्त है।

"हैलो, अनन्या कैसी है? आज बड़े दिनों बाद तुझे मेरी याद आयी।" रिया ने हंसते हुए कहा।

"बस यार ठीक ही हूँ या कह ले नहीं, बुखार में तप रही हूँ, 102 डिग्री बुखार है मुझे। यार, मुझे तुझसे वो काढ़ा बनाने की विधि जाननी थी, जो तू बनाती है बुखार में पीने के लिए।" अनन्या ने कहा।

"हाँ, मैं बता तो दूँगी विधि पर मुझे लगता है इतने तेज बुखार में तुझे दवा लेनी चाहिये। तू डॉक्टर के पास जा पहले।" रिया बोली।

"डॉक्टर के पास कैसे जाऊँ? शिवांश को मेरी कोई फिक्र ही नहीं है, वो तो ऑफिस चले गए, ये बोलकर की ऑफिस की जरूरी मीटिंग है तुम मैनेज कर लो किसी तरह।" अनन्या दुखी होकर बोली।

"क्या? शिवांश तुम्हें इतने तेज बुखार में छोड़ कर ऑफिस चला गया। ये तो बिल्कुल गलत बात है उसे समझना चाहिये था।" रिया गुस्से में बोली।

"हाँ यार, शिवांश ऐसे ही है, वो कभी नहीं समझते मेरी तकलीफ" अनन्या दुखी स्वर में बोली।

"बहुत बुरा लगा ये सुनकर, काश! मैं तेरे लिए कुछ कर पाती, पर मैं कुछ भी कर नहीं सकती तू अलग शहर में जो रहती है" रिया बोली, वो खुद को बहुत असहाय महसूस कर रही थी।

रिया ने अनन्या को काढ़ा बनाने की विधि बतायी और अपना ध्यान रखने को बोला। फोन रखते ही वो सोच में पड़ गयी। जिस शिवांश को वह दुनिया का सबसे अच्छा पति समझ कर अभिषेक को कोस रही थी वो तो सोशल मीडिया पर प्यार का बस दिखावा ही करता है। ऐसे महंगें तोहफे किस काम के, जो जब पत्नी की तकलीफ को न समझे, पत्नी की जरूरत को न समझे। तब तक अभिषेक रिया को मनाने के लिए चाय बना लाया था। आज रिया की नजरों में अभिषेक की इज्जत और भी बढ़ गयी थी। उसको अपनी सोच पर पछतावा था।

9
उनको तो छोटी बहन भा गयी

"क्या बताऊँ यार? परेशान न होऊँ तो क्या करूँ? रियल स्टेट की मार्केट कितनी डाउन चल रही हैं तुम तो जानते हो न भाई। ऊपर से मुझे नया घर लेना है" पुराना बेचूँगा तभी नया खरीद पाऊंगा न, कितनी मुश्किल से एक खरीददार रेडी हुआ है बात तो बन ही जाती अगर मैं मिल लेता उनको, पर मेरी कम्पनी को मुझे अभी विदेश भेजना था एक महीने के लिए, शेखर ने झुंझलाते हुये अपने दोस्त प्रनय से कहा।

"यार, मैं समझ सकता हूँ तेरी बात, तू कितने दिन से एक अच्छा खरीददार ढूंढ रहा था, अब जब मनमाफिक डील हुयी है तो साथ बैठ कर सारी बातें आमने–सामने बैठ कर हो जाती तो अच्छा होता," "खरीददार भी वापस चला जायेगा न अमेरिका? इसी हफ्ते?" प्रनय ने पूछा।

"हाँ, यार देख न सब उल्टा–पुल्टा हो रहा है और तू भी जा रहा है अपनी बहन की शादी में, नहीं तो तू उनसे मिल कर थोड़ा बात को संभाल लेता," शेखर ने निराश होते हुये कहा।

"अमा मियां कौन क्या संभाल लेता, जरा हमें भी तो बताइये?" अनवर मियां भी चाय की टपरी पर बैठे शेखर और प्रनय की टेबल की ओर बढ़ते हुये बोले।

अनवर मियां की "लखनऊ के मशहूर कबाब" नाम की दुकान थी, सौंदर्य नगर (कल्पनिक नाम) में। ठीक प्रनय और शेखर के ऑफिस के सामने। प्रनय और शेखर तो अच्छे दोस्त थे ही, अनवर मियां भी अपनी खुश मिजाज और बेबाक स्वभाव की वजह से इन दोनों की दोस्ती का हिस्सा थे पर प्रनय उनकी शेखी बघारने की आदत को पसन्द नहीं

करता था, फिर भी उनको झेलना पड़ता था, सबका चाय की टपरी पर साथ उठना–बैठना जो था।

अनवर मियां को पास आते देख प्रनय ने शेखर से फुसफुसाते हुये कहा, पहले से क्या मुसीबत कम थी, जो अब इनको झेलना पड़ेगा 'अब सुनो इनकी लम्बी–लम्बी गप्पे।'

''अमा मियां क्या खुसुर–फुसुर हो रही है जरा हमें भी सुनाईये'' अनवर मियां साथ वाली कुर्सी पर बैठते हुये बोले।

''कुछ नहीं बस ऑफिस की बात थी, आपके मतलब की नहीं,'' प्रनय कुछ चिढे हुये अंदाज में बोला।

''ऐसे कैसे हमारे मतलब की नहीं, हम तो वो सबके मतलब की चीज हैं, मियां आज ही का किस्सा ले लीजियें एक फ्लैट की डील करवा दी हमनें फ्लैट का मालिक तो हमसे इतना खुश हुआ की पूछो मत। बोला लाखों की डील करायी आपने, एक दो लाख आप भी ले लो पर हम अनवर मियां हैं, नीयत नहीं फिसली हमारी हम बोले मियां अगर कुछ करना ही चाहते हो हमारे लिए तो एक मीठा पान खिला दो, हम भी खुश और तुम मान लेना तुमने फीस दे दी हमें, कसम से कह रहे हैं, हमें अब अपना गुरु मानेगा वो आँखों में आंसू लिए हाथ चूम कर गया है वो हमारे।'' अनवर मियां ने आदतन डींगें हांकना शुरू किया।

''अच्छा अनवर मियां, आप फ्लैट की डील भी कराते हैं?'' शेखर ने उत्साह से पूछा।

''क्या बात कर दी यार तुमने, मियां हम सलमान खान की शादी करवा दें, डील–वील तो सब छोटी चीज है हरफन मौला है हम, बोलो किसका महल बिकवा दें?'' अनवर मियां ने ऐंठते हुये बोला।

''मेरा महल अनवर मियां...'' शेखर ने उत्साह से कहा।

''तुम्हारा महल? तुम कौन–सी सल्तनत के राजा हो भाई?'' अनवर मियां ने मजाकिया अंदाज में कहा।

''अरे! मेरा मतलब है, मेरा फ्लैट'' और फिर शेखर ने सारे हालात अनवर मियां को बतलाये।

अनवर मियां बोले "हाँ–हाँ समझ गया, समझ गया, वैसे भी तुम्हारा फ्लैट किसी महल से कम थोड़े ही है तुम फिक्र मत करो, अब सब तुम मुझ पर छोड़ दो, हमने तो बड़े–बड़ों की डील करा दी फिर तो ये हमारे जिगरी यार का महल है, अब समझ लो खरीददार वहीं समझेगा, जो अनवर मियां उसे समझायेंगें अब तो खरीददार की पूरी जिम्मेदारी मेरी। तुम जाओ विदेश, बाद में तुम भी अनवर मियां को याद रखोगे।"

शेखर बहुत खुश था पर प्रनय अभी भी अनवर मियां की बातों पर यकीन नहीं कर रहा था, उसने शेखर को समझाते हुये कहा देख यार जल्दबाजी न कर, हम कोई और रास्ता निकाल लेंगे तुम्हें तो पता है अनवर मियां की आदत कितनी लम्बी–लम्बी हांकते हैं 'इनकी बातों' पर भरोसा मत कर "ये कहते कुछ और है, और करते कुछ और है।"

"अरे! तुम चिंता न करो मियां सब संभाल लेंगे" शेखर ने कहाँ प्लान के मुताबिक खरीददार अनवर मियां से मिलने उनके घर आया।

शेखर के फ्लैट की तारीफ की लड़ी लगा दी अनवर मियां ने। बातों–बातों में, खरीददार ने पूछा ये आपका खुद का घर है? बस अनवर मियां की शेखी चरम पर पहुँच गयी। "अरे! हाँ–हाँ ये तो हमारा खुद का घर है, इस सोसाइटी की जितनी तारीफ की जाये उतनी ही कम है जनाब अब आप ही देख लीजिये कितने बड़े–बड़े कमरे हैं, चौबीस घंटे बिजली, पानी, किस्मत वालों को मिलते हैं ऐसे घर, ये तो कहिये हमने पहले ही बुकिंग कर ली थी वरना अब तो लोग तरस रहे हैं यहाँ रहने को दो–चार ही फ्लैट बचे हैं रहने को।"

"अच्छा तो हम भी यहीं बुकिंग कर लेते हैं एक फ्लैट की, अंदर से घर भी अच्छे हैं बजट मे भी आ जायेंगे और क्या चाहिये।" खरीददार बोला।

"अरे पर मियां शेखर वाला घर?" अनवर मियां ने सर खुजाते हुये कहाँ।

''अरे! अभी तो हमें यहीं घर भा गया,'' खरीददार ने खुशी से कहां खरीददार के वहाँ से जाते ही शेखर का फोन आया अनवर मियां के पास।

''क्या हुआ मियां! डील हुयी?'' शेखर ने पूरे जोश से पूछा।

''अरे! उन्हें तो छोटी बहन भा गयी'' अनवर मियां ने खिसियाते हुये सारा किस्सा शेखर को सुना डाला।

उधर शेखर रुआंसा–सा प्रनय को सारा किस्सा सुना रहा था और इधर प्रनय कहते जा रहा था मैंने, पहले ही तुम्हें समझाया था ऐसा मत कर। और तो और उधर अनवर मियां किसी और की लुटिया डुबोने की तैयारी में लगे हुये है।

10
अस्थाना जी की रसोई

"क्या? फिर से?" (अभय ने चौंकते हुए कहा) "तुम ही जाओ, मैं नहीं जाने वाला, वैसे भी पिछली बार के सदमें से मैं अभी तक उभर भी नहीं पाया हूँ। एक बार फिर वहीं सब झेलने की मुझमें हिम्मत नहीं है। एक काम करो तुम उनको बोल देना मैं बीमार हूँ या फिर शहर में ही नहीं हूँ या फिर कुछ भी...। बचा ले न मेरे भाई प्लीजजज...।" अभय ने हड़बड़ाते हुए संजय से फोन पर कहा। जैसे की कोई मुसीबत आन पड़ी हो उस पर।

मुसीबत तो नहीं हाँ, अस्थाना जी का बुलावा जरूर आया है खाने का और ऑफिस के सभी कर्मचारी अपने नाखून चबा रहे हैं। सभी की मनोस्थिति एक तरफ कुआं एक तरफ खाई जैसी ही हो गई है। अस्थाना जी बॉस जो हैं सबके। सभी के प्यारे बॉस, एक छोटी–सी आई0टी0 कम्पनी के मालिक। स्वभाव से खुशमिजाज, मिलनसार और मस्तमौला। काम के प्रति बेहद गंभीर और कुशल भी। कुल मिलाकर सभी के सपनों का बॉस। पर चाँद में भी तो दाग होता है, ऐसे ही सब कुछ निष्कंलक, दोष विहीन, परिपूर्ण कैसे हो सकता था? इसलिए अस्थाना जी में कोई कमी कैसे न होती और सभी के गले का कांटा बन गई, "अस्थाना जी की रसोई।" जी हाँ, अस्थाना जी की रसोई ही तो है जिसकी वजह से पूरे ऑफिस में हड़कंप है। वैसे तो अस्थाना जी बहुत ही सुलझे हुए स्वभाव के है पर उनका खाना पकाने का शौक सभी पर भारी पड़ जाता है। मिसेज अस्थाना तो हार मान चुकी है उनको समझाते–समझाते कि ऐसा खाना बनाना किसी अपराध से कम नहीं। यकीन मानिए खाने में नए–नए प्रयोग करना और उनको दूसरों को खिलाना क्या किसी अपराध से कम था। कभी पालक चॉकलेटी

बर्फी, कभी चीज काजू बैंगन, कभी नारियल शिमला मिर्च तो कभी भरवां करेले पकौड़े। और आश्चर्य की बात ये थी कि उनको खुद अपने हाथों के बने खाने से कोई गुरेज नहीं था। न जाने किस अजीब ग्रह के अजीब प्राणी हैं। वहाँ अमर, अभय, साहिल, कीर्ति आदि ऑफिस के कर्मचारी सब बेचारे इसी तरह के भोजन के मारे। साहिल के फोन की घण्टी जैसे ही बजी कि आज खाने का न्यौता है तो उसने हड़बड़ा कर अभय को फोन घुमाया, और अब चारों ओर हडकंप मच चुका था। सब एक–दूसरे को फोन करके न्यौते से बचने की तरकीब सुझा रहे थे। उधर मिसेज अस्थाना सुबह से बड़बड़ा रही थी। ''अब देखना तुम, सब इस्तीफा देकर न चले गए तो कहना।'' पर अस्थाना जी? उनके आत्मविश्वास नें कहाँ कमी आने वाली थी। वह हमेशा यहीं जवाब देकर बात को टाल देते कि ''तुम क्या जानो इनोवेशन क्या होता है? देखा नहीं लास्ट टाइम सब कितनी तारीफ कर रहे थे मेरे हाथ के बनाए खाने की'' और मिसेज आस्थाना मन ही मन मुस्कुरा रही थी और मन ही मन सोच रही थी।

''बेचारे बच्चे तारीफ न करें तो क्या करें। मुझसे पूछो वो कैसे मेरी मदद से खाना सड़क पर चल रहे कुत्तों के लिए पैक करके ले जाते हैं। ऐसा खाना खाकर एक बार साहिल को तो गाय ने सींग भी मार दी थी और पता नहीं ये बात सच है या नहीं पर अभय को कुत्तों ने दौड़ाया भी था।''

पर आज सबने मन बना ही लिया था कि अब वह सब ये जुल्म नहीं सहने वाले। मिसेज आस्थाना हमेशा अस्थाना जी की कुकिंग के खिलाफ रही है। यह बात सभी जानते थे इसलिए सबने सोचा कि क्यों न अपना दुखड़ा मिसेज आस्थाना के सामने रोए। वह जरूर पिघलेंगी। मिसेज आस्थाना के फोन उठाते ही सबने गिड़गिड़ाना शुरू किया।

''मैम आप तो जानती हैं अस्थाना सर की कुकिंग के बारे में और...।'' साहिल कहते–कहते रुक गया।

''और तुम लोग आज फिर से निमंत्रित हो।'' मिसेज आस्थाना नें चुटकी लेते हुए कहा। ''हाँ मैम, हमें सर से कोई परेशानी नहीं है, वह हमेशा से ही एक अच्छे बॉस रहे हैं। बाकी सच तो ये है कि उनके खुशमिजाज और मिलनसार स्वभाव की वजह से बॉस और इम्पलॉई का रिश्ता रहा ही नहीं कभी हमारे बीच, पर मैम यकीन मानिए उनके हाथों का बनाया खाना किसी सजा से कम नहीं है। वह चाहे तो हम संडे को भी काम करने को तैयार हैं। हम लोग उनको बहुत मानते हैं पर ऐसा खाना... ।'' साहिल कहते–कहते रुक गया।

''मैं समझती हूँ, पर मैं भी मजबूर हूँ। उनको लगता है कि वह बहुत अच्छे कुक है और तुम लोग उनके फैन हो। तभी उन्हें लगता है कि तुम लोग, जो हर बार उन्हें कुकबुक गिफ्ट करते हो तो उनकी कुकिंग से खुश होकर नए–नए व्यंजन बनाने के लिए प्रोत्साहित करते हो और तो और वह उसी में से नई रेसिपीस को आजमातें हैं और अपनी खुद की क्रिएटिविटी भी डाल देते हैं। बस बन जाती है, नई जरा हट के डिश। जो न निगलते बनती है और न ही उगलते बनती है, और अगर कभी मैं सोचूँ भी कि मैं किचन में जाकर तुम लोगों के लिए कुछ स्वादिष्ट बना लूँ तो जनाब मुझे किचन में घुसने ही नहीं देते। कहते है आज तुम आराम करो, आज मैं तुम्हारी सेवा करूँगा पर यकीन मानो ये सेवा मेरे लिए भी किसी सजा से कम नहीं है।'' मिसेज अस्थाना ने हँसते हुए कहा।

''आप कहिए तो हम आपके लिए भी खाना पहले से ऑर्डर करके रख लेंगे जैसे कि हम हर बार करते हैं पर अब मैं अपनी जुबान को फिर से परेशान नहीं कर सकता। काश! कोई भेष बदलकर ही सर को ये बता देता कि वह कितने बुरे कुक है। खैर, कल आना तो पड़ेगा ही।'' साहिल ने आह भरते हुए फोन रख दिया। अगले दिन सब लोग अस्थाना जी के घर पहुँच ही गए। अब की बार भी सब के हाथ में कुक बुक ही थी गिफ्ट के तौर पर। लेकिन इस बार न जाने कहाँ से इस ग्रुप में शामिल थे अभय के चाचा जी। उनको यूँ इस प्रकार देखकर

मसालों के छींटों से लथपथ ऐप्रेन पहने अस्थाना जी थोड़ा हैरान थे तो अभय ने उनके सवाल लिये चेहरे को पढ़ते हुए कहा "चाचा जी है मेरे। आज ही आए है शहर। सोचा क्यों न इनको भी आपके हाथों का बना खाने का सुअवसर दिया जाए। आप कितने अच्छे कुक है सर। मैंने कुछ गलत तो नहीं किया?"

इधर अपनी तारीफ सुनकर अस्थाना जी का सीना गर्व से चौड़ा हो गया था उधर पता नहीं क्यों काली घनी मूँछों वाले चाचा जी अस्थाना जी को देखते ही थोड़ा सकपका गए थे। अस्थाना जी तो बहुत ही सामाजिक व्यक्ति थे ऐसे में भला उनको क्यों बुरा लगेगा किसी का आना। उनका तो खुश होना स्वाभाविक था। उन्होंने हँसते हुए कहा "ओह! ये तो तुमने बहुत ही अच्छा काम किया अभय। आज तुम्हारे चाचा जी को भी मेरे हाथ के बनें भोजन का स्वाद लेने का सौभाग्य प्राप्त होगा। और उन्होंने चाचा जी को ससम्मान डाइनिंग टेबल पर बिठाया और बड़े ही अच्छे से सुन्दर–सुन्दर क्रॉकरी में खाना परोसना शुरू किया। सब लोग अस्थाना जी का हाथ बंटाने में लग गए। आज तो अस्थाना जी ने पाइनएप्पल करी, राइस परांठा, और भरवां गाजर जैसे अनमोल नगीनें सब के सामनें हाजिर किए। चाचा जी नें भोजन का पहला निवाला अपने मुँह में लिया उनके तो होश फाख्ता हो गए। उन्होंने खाने के बीच में ही डाइनिंग टेबल से उठते हुए अपने सुविचारों की लड़ी अस्थाना जी के सामने लगा दी। "बुरा मत मानना अस्थाना बेटा। ये भी कोई खाना है? यदि आपको इसी प्रकार का खाना बनाना था तो आप अकेले ही खाते इसे। इन बेचारे बच्चों पर ऐसा प्रयोग कर रहे हो? क्यूँ फंसा रहे हो इन्हें मुसीबत में? बुजुर्ग होने के नाते मैं आपसे यहीं कहूँगा कि... यही कहूँगा कि कि कि... (चाचा जी ने बीच में रुकते हुए अभय की ओर देखा और इशारों से धीरे से पूछा) अभय आगे क्या कहना था?" अभय नें सकपकाते हुए कहा "अरे! चाचा जी आप खाना खाइए तो सही, आप पहले ही शुरू हो गए।" साहिल ने चाचा जी को आँख दिखाते हुए कहा। ये दृश्य देखकर मिसेज आस्थाना

को शक हो चुका था कि दाल में कुछ काला तो है। फिर भी वह शांति से सारे ड्रामे का लुत्फ उठा रही थी। उधर अस्थाना जी के पैरों तले जमीन थोड़ा हिली जरूर थी पर उन्हें यकीन था कि चाचा जी को जरूर कुछ अंदाजा नहीं है इनोवेशन वाले खाने का। इसीलिए वह ऐसा बोल रहे हैं।

"अरे! खाऊँ कैसे ये खाना, ऐसी तो कोई बात नहीं हुई थी अभय हमारी? और हाँ बुजुर्ग होने के नाते मैं आपसे यहीं कहूँगा कि खबरदार आपने आगे से रसोई में अपना एक कदम भी रखा तो..." (और जोर से चिल्लाते ही चाचा जी की मूँछों ने एक ओर से किनारा छोड़ दिया और किनारे से लटक गई और अस्थाना जी आश्चर्य से चिल्लाए, "गिरधारी? तुम?"

"हाँ सर, मैं। मुझे नहीं मालूम था अभय सर मुझे आपके घर ले आएंगें। आपको देखते ही मैं समझ गया था कि मैं ये ड्रामा नहीं कर पाऊँगा। पहले मैंने सोचा कि मैं भाग जाऊँ पर किसी ने मुझे मौका ही नहीं दिया।" गिरधारी यानि चाचा जी ने घबराते हुए कहा।

"सर आप इसे जानते हैं?" अभय ने चौंकते हुए पूछा। बहुत ही अच्छे से, ये बहुत साले पहले मेरे ऑफिस में चपरासी की नौकरी किया करता था फिर इसे नाटक मंडली में काम करने का शौक चढ़ा और इसने नौकरी छोड़ दी, पर तुम इसे? चाचा जी?

थोड़ा सोचते हुए अस्थाना जी ने पूछा और सारा माजरा समझ गए "ओह! अब मैं समझा। पर तुम लोगों को जब मेरे हाथों का बना खाना पसंद ही नहीं था तो तुम लोग मुझे सीधे भी तो कह सकते थे। क्या मैं इतना हिटलर बॉस हूँ तुम लोगों का? सच पूछो तो मुझे भी नहीं पसंद अपने हाथों से बना खाना। पर तुम लोग जिस तरह से मेरे खाने की तारीफ किया करते थे, मुझे रेसिपी बुक गिफ्ट किया करते थे। मुझे लगता था शायद मैं ही गलत हूँ। तुम लोगों के जाने के बाद कितनी बार मैंने ये खाना चुपके से गाय या कुत्तों को खिलाने की कोशिश

की। पर तुम लोग यकीन नहीं मानोंगे, गाय ने ऐसा खाना खाकर मुझे दौड़ाकर सींग मारने की कोशिश की।''

तभी साहिल उत्सुकता से चिल्ला उठा ''सर आपको भी?''

''मतलब? तुमको भी?'' अस्थाना जी ने आश्चर्य से पूछा और दोनों ही एक–दूसरे के चेहरे की उड़ी रंगत देखकर जोर–जोर से हँसने लगे। और अस्थाना जी ने रसोई में अपने इनोवेशन के शौक से तौबा कर ली। अस्थाना जी की रसोई बन गई अब ''मिसेज अस्थाना की रसोई'' जहाँ से सुगंधित व्यंजनों की खुशबू ही बाहर निकलती थी, जो स्वाद से भरपूर होती।

11
वह मेरी पेइंग गेस्ट

''फिरंगन, फिरंगन नाक में दम कर दिया मेरे इस फिरंगन ने। कपड़े देखे हैं उन लड़कियों के? नाम क्या है उसका ''जेली'' नहीं–नहीं जेनी जेनी। उसको मेरा ही बेटा मिला था इश्क लड़ाने को? अरे! अपनी भारतीय लड़कियाँ क्या कम हैं किसी से, जो इस अंग्रेजी जेली को घर पर लाकर बिठा लें'' अनु बस बड़बड़ाए जा रही थी। ओफहो अनु फिर शुरू हो गया तुम्हारा बड़बड़ाना। केशव (अनु के पति) ने चश्मा और न्यूज पेपर टेबल पर रखते हुए कहा।

''हाँ तो, बुला लो उसे खाने पर, मैं तो हूँ ही मटर पनीर बनाने के लिए। खिला दूँगी अपनी होने वाली बहू को। अनु ने कटाक्ष मारा अभी कहाँ बन गई है लेकिन तुम्हारे घर की बहू और ईशान बस उसे खाने पर ला रहा है। उसे ब्याह के नहीं ला रहा। जो तुम इतनी परेशान हो रही हो,'' केशव ने अनु को समझाते हुए कहा।

''हाँ–हाँ मुझे तो आप मत ही समझाओ। मुझे क्या कुछ दिखता नहीं? जेनी नाम है उसका, बेबी नहीं। तो क्यूँ ईशान ने अपने मोबाइल में उसका नाम बेबी लिखा हुआ है?'' अनु ने गुस्से में केशव से बोला।

''क्या? तुम उसका मोबाइल चेक करती हो? सच में अनु तुम पूरी की पूरी टिपिकल इंडियन माँ।'' केशव ने कहा।

''मोबाइल चेक नहीं करती। मैंने कॉल आते देखा था और हाँ, यस बेबी'' भी कहते सुना था अनु बोली।

''सच में अनु तुम्हारा कुछ नहीं हो सकता।'' कहते हुए केशव टॉवल उठा के वहाँ से चला गया। अनु स्वभाव से बातूनी तो है पर दिल से बहुत साफ है। इसलिए मन की बातें जुबान पर लाने में देर

नहीं करती। तभी ईशान ने आकर अनु को कंधे से पकड़ा "मॉम, मॉम, मेरी प्यारी मॉम। आई लव यू मॉम।"

"हाँ–हाँ समझ गई मैं, ले आना अपनी जेली फिश को खाने पर, मैं मलाई कोफ्ता और मटर–पनीर बना दूँगी, उस फिरंगन के लिए।" अनु ने व्यंग्य कसते हुए बोला।

"वॉट मलाई कोफ्ता? मटर पनीर? नो–नो मॉम वह ये सब नहीं खाती है। एक काम करते हैं न मॉम, बाहर से ही कुछ मंगा लेते हैं न। पता नहीं वह ये इंडियन फूड खाएगी भी या नहीं।" ईशान ने अनु की बात काटते हुए कहा। "क्या? बाहर से? अब मेहमानों का खाना बाहर से आएगा इस घर में? अभी तो कदम भी नहीं रखा इस फिरंगन ने और उसके हिसाब से घर के नियम कानून सब टूटने लगे? कल को वह बोलेगी कि तेरी माँ उसे नहीं पंसद, निकाल देगा मुझे घर से?" अनु ने झुंझलाते हुए कहा। "माँ, आप बेकार में बात का बतंगड़ बना रही हो और क्या बहू–बहू लगा रखा है। अभी हम लोग एक–दूसरे को डेट कर रहे हैं बस। हम एक–दूसरे को पसन्द करते हैं पर ये शादी–वादी।" ईशान ने अनु को समझाते हुए कहा।

"हाँ–हाँ जानती हूँ। पहले तू ऑफिस की तरफ से इंग्लैड गया तब वह तेरी क्लाइंट थी, फिर वह इण्डिया आई तो तेरी दोस्त थी। अब बेबी–बेबी बोलता है तू उसे, तो तेरी गर्लफ्रेंड बनी। अब तू उसे घर ला रहा है बहू ही बनेगी सीधे और नहीं तो क्या।" अनु ने फिर से तंज कसा।

"मॉम... ठीक है मैं नहीं ला रहा उसे घर ओके? अब खुश?" ईशान ने चिढ़ते हुए कहा "मैं तो खुश तब होऊँगी जब साड़ी पहनकर छम–छम करके एक प्यारी–सी सुन्दर बहू मेरे सामने आकर खड़ी होगी और मैं चाभियों का गुच्छा उसके कमर में लटका दूँगी और बोलूँगी ये लो बहू घर की चाभियाँ अब तुम्हारी हुई और वह मुस्कुरा कर बोलेगी जी माँ जी।" कहते–कहते अनु ख्यालों में खो गई।

"अरे! तुम कब छोड़ोगी ये टी०वी० सीरियल देखना। आज के जमाने में कौन–सी लड़की साड़ी पहनकर चाभियों का गुच्छा लटकाती है? आजकल तो मॉडर्न जमाना है अपनी सुविधा के हिसाब से कपड़े पहनती है।" केशव ने टॉवल से अपने बाल सुखाते हुए कहा। "अरे! तो मैं कौन–सा मॉडर्न कपड़ों के खिलाफ हूँ, बल्कि मैं तो खुद ही उसको जीन्स और टॉप दिलाऊँगी मॉडर्न कपड़े पहनाऊँगी। साड़ी से मेरा मतलब ये था कि वह संस्कारों को लपेटकर आए, शर्म, शालीनता, मधुरता के गहनों से सजी हो और हाँ, हम ब्राह्मण हैं तो मांस, मछली तो घर में बिल्कुल भी न लाए न खाए। पता नही ईशान के सर से इस जेली फिश का भूत कब उतरेगा।" अनु ने चिंता व्यक्त करते हुए कहा। उधर दिन पर दिन ईशान और जेनी की दोस्ती गहरा रही थी और इधर अनु इस बात को लेकर उदास–सी रहने लगी थी।

एक दिन अनु घर के लॉन में अचार की बरनी रख रही थी। तभी एक मीठी–सी आवाज अनु के कानों में पड़ी।

"हैलो आंटी, ईशान सर का घर यही है?" एक बेहद सुन्दर मधुभाषी नीली जींस पर पिंक फ्लोरल प्रिंटेड कुर्ती उस पर हल्का पीला स्टॉल और माथे पर छोटी–सी बिंदी। सांवरे चेहरे पर नयन–नक्श कितनी फुर्सत में बनाए गए हों जैसे। अनु उसको बस एकटुक देख रही थी और ख्यालों में गुम बस सोच रही थी ऐसी ही हो मेरी बहू। सपनों की दुनिया से निकल कर स्वतः वह बोल पड़ी "हाँ, पर तुम कौन?" "मैं ईशान सर के साथ ऑफिस में काम करती हूँ। उनकी जूनियर हूँ। अभी नई ज्वाइन हुई हूँ। एक्चुली क्या है आंटी, हम दोनों साथ में बैठकर काम कर रहे थे, तभी मेरे घर से कॉल आया और मैं फोन रिसीव करने बाहर निकल गई तभी शायद उसी वक्त ईशान सर ने मेरा लैपटॉप गलती से अपने बैग में रख लिया। मैं यही पास में रहती हूँ। मैंने, ईशान सर को कॉल किया तो पता चला कि उनका घर रास्ते में पड़ेगा तो सोचा उनका लैपटॉप लौटाते चलूँ। ईशान सर...?" थोड़ा हिचकिचाते हुए उसने पूछा।

"हाँ–हाँ अभी बुलाती हूँ?" तुम बैठो ना। अनु ने लॉन पर पड़ी कुर्सी की ओर इशारा करते हुए कहा। "जी आंटी" कहते हुए वह बैठ गई। वहाँ बैठी वह बड़ी ही गौर से अचार की उन बरनियों को ही देख रही थी, जो अनु ने धूप में रखी थी।

"मैंने ईशान को बोल दिया है वह वॉशरूम में है अभी–अभी तो आया है ऑफिस से। तुम थोड़ा बैठो वह आता ही होगा। बेटा तुम कुछ लोगी चाय या...।" अनु ने पूछा। "नहीं–नहीं आंटी बस मैं ये लैपटॉप दे दूं, फिर मैं निकलूँगी।" फिर वह अचार की बरनी की ओर देखने लगी। अनु ने नोटिस किया कि वह अचार की बरनी को बड़े गौर से देख रही है तभी अनु ने बरनी का ढक्कन सही करते हुए कहा, "आम का खट्टा–मीठा अचार बनाया है, ईशान के पापा को बहुत पसंद है। ईशान तो इसकी तरफ देखता भी नहीं है। खैर, आजकल के बच्चों को कहाँ पसन्द होता है अचार, तुम चखोगी?"

"टोक मिप्टी आम एरं अचार टा आमार बेषी पोछन्दो।"

(खट्टा मीठा अचार तो मुझे बहुत पसन्द है)

और अचानक से उसकी आँखों में चमक आ गई। अनु को कुछ समझ नहीं आया। वह शून्य भाव चेहरे पर लेकर खड़ी रह गई। तभी वह लड़की बोली– "ओह! आइ एम सॉरी आंटी। वह मैं बैंगॉली (बंगाली) हूं इसलिए नैचुरली अपनी भाषा में हाँ बोल दिया। मेरा मतलब है मैं जरूर चखूंगी ये अचार। वैसे मेरा नाम तियाशा है।"

"अरे! ये तो बहुत ही अच्छी बात है तुम ही चख कर बताओं तियाशा बेटा कैसा बना है ये अचार? यहाँ तो कोई सही से नहीं बताता, कैसा बना है?" अनु ने अचार का एक टुकड़ा तियाशा को पकड़ाते हुए कहा।

"वॉव आंटी, आपने तो कमाल का अचार बनाया है। मुझे मेरी मॉम की याद दिला दी आपने तो।" तियाशा ने अचार का स्वाद लेते हुए कहा।

"तुम्हें पसंद आया? मुझे तो लगा था कि आजकल के बच्चे कहाँ अचार–वचार खाते हैं। ये तो बस आम का सीजन था तो मैंने शौक–शौक में बना लिया।" अनु ने हँसते हुए कहा।

''नहीं आंटी, मुझे तो बिल्कुल अपनी मम्मी की याद आ गई। वह भी बिल्कुल ऐसा ही अचार बनाती हैं। इनफैक्ट वह तो मुझे बोलती है कि अचार साथ लेकर जाओ पर हॉस्टल में कहाँ बचता है किसी की नजरों से। एक ही दिन में सफाचट।'' तियाशा ने हँसते हुए कहा।

''अच्छा तो तुम हॉस्टल में रहती हो।'' अनु ने पूछा।

''हाँ आंटी,'' तियाशा ने कहा। तभी ईशान वहाँ आ गया। तियाशा ने ईशान की ओर देखा और बोली ''ईशान सर आप गलती से मेरा लैपटॉप... ।''

''हाँ–हाँ, आई नो। तुमने बताया था मुझे फोन पर। (ईशान ने बीच में ही कहा।) ये लो तुम्हारा लैपटॉप सॉरी थोड़ी देर हो गई। तुमने कुछ लिया चाय, काफी?'' ईशान ने तियाशा को लैपटॉप पकड़ाते हुए कहा। तियाशा ने शरारती नजरों से अनु की ओर देखा और दोनों मुस्कुराई और तियाशा बोली ''नहीं चाय, काफी से कहीं ज्यादा स्पेशल चीज खाई हैं मैंने।''

अनु ने तियाशा को चुप रहने का इशारा किया। दोनों एक–दूसरे को देखकर मुस्कुराई और तियाशा अपना लैपटॉप लेकर वहाँ से चली गई। ''ऐसा क्या खिला दिया आपने इसे? आज तक मैंने इसको इतना हँसते कभी नहीं देखा। वैसे आप दोनों को देखकर ऐसा लग रहा था कि जैसे जन्मों से जानते हैं एक–दूसरे को। मॉम बहुत जोरों की भूख लगी है प्लीज मुझे कुछ खाने को दीजिए न।'' ईशान कहते हुए डाइनिंग टेबल की कुर्सी पर बैठ गया।

अनु, ईशान की बातें सुनकर मन ही मन खुश हो रही थी। जन्मों का ही तो रिश्ता लगा, आज जैसे उससे। कितनी शान्त, शालीन, प्यारी–सी मुस्कान चुलबुली एक प्यारी–सी गुड़िया जैसी। अनु की बेटी नहीं थी पर एक बेटी की चाहत हमेशा से थी। वह बेटी वाले सारे अरमान अपनी बहू के रूप में पूरा करना चाहती थी। रात में उसने केशव से भी तियाशा का जिक्र किया। उसके उदास मन में

जैसे तियाशा ने कोई खुशी का बीज बो दिया था। जो दिन प्रतिदिन हरियाली की ओर बढ़ रहा था।

एक दिन घर के पास से तियाशा को गुजरते देख अनु ने उसे रोका और अचार का बड़ा–सा डिब्बा उसे थमा दिया। इसी तरह कभी खीर, कभी लड्डू और कभी अनु के हाथों से बनी स्पेशल मटर पनीर अनु, तियाशा को पैक करके देती थी। तियाशा बहुत ही सुलझी सरल और समझदार लड़की थी और अनु की पारखी नजरों ने उसे पहचान लिया था। धीरे–धीरे तियाशा और अनु एक–दूसरे के दोस्त बन गए। ईशान को भी उनकी दोस्ती से कोई परेशानी नहीं थी। पर हाँ, वह अनु को बीच–बीच में ताने जरूर सुनाता था कि ऑफिस में उसकी दो–चार जूनियर लड़कियाँ और भी है। आप उनसे भी दोस्ती कर लीजिए और मन–ही–मन अपनी मॉम को यूँ खुश देखकर खुश भी होता था। तियाशा को ईशान और जेनी की दोस्ती के बारे में पता था। अनु उसको जेली फिश कहकर चिढ़ाती तो वह जोर–जोर से हंसती थी, ऑफिस में जेनी और ईशान साथ ही रहते थे। एक दिन तियाशा के हॉस्टल में पुलिस आ गई। कुछ लड़कों ने हॉस्टल में जबरदस्ती घुस कर किसी लड़की के साथी गाली–गलौज और उस पर हाथ उठाने की कोशिश की थी, शायद लव ट्राएंगल का मामला था।

"मैं तो तुमसे पहले ही कहती थी मत रहो इस हॉस्टल–वॉस्टल में, ये बिल्कुल सेफ नहीं है। बताओ ऐसे कैसे वह लड़के हॉस्टल में घुस गए? सिक्योरिटी भी नहीं रोक पाई। तुम यहाँ क्यों नहीं रहती हमारे यहाँ, अनु ने कहा।"

"नहीं आंटी, मम्मी–पापा नहीं मानेंगे। मैं वैसे पेइंग गेस्ट वाले रूम ढूंढ रही हूँ। मैंने सोचा है कि अब हॉस्टल का माहौल बिल्कुल ठीक नहीं है। मैं भी वहाँ नहीं रहना चाहती, तियाशा नें कहा।"

"हाँ–हाँ, तो तुम हमारी पेइंग गेस्ट बन जाओ। मैं बात कर लूँगी तुम्हारी मम्मी से।" अनु ने अपनी बात पर जोर देते हुए कहा।

''अरे! नहीं आंटी, अच्छा नहीं लगता आपकी पेइंग गेस्ट... और फिर ईशान सर...।'' तियाशा ने हिचकिचाते हुए कहा।

''अच्छा! तुझे ईशान की चिंता है मेरी नहीं? तुमने ही तो कहा था कि मैं तेरी माँ जैसी हूँ। वह सब बस क्या मेरा दिल रखने के लिए बोलती थी?'' अनु ने कहा।

''अरे! नहीं आंटी, मैं तो बस... (थोड़ा झिझकते हुए तियाशा ने कहा) एक्चुली ईशान सर और मैं एक ही ऑफिस में हैं और उस पर मैं आपकी पेइंग गेस्ट... तो ऑफिस में चार बातें हो जाएंगी।'' तियाशा ने थोड़ा झिझकते हुए कहा।

''तुझे, ईशान की और चार लोगों की पड़ी है अपनी सेफ्टी की नहीं। तुझे अपनी चिंता हो न हो पर मुझे है और मैं आज ही तुम्हारी मम्मी से बात करूँगी।'' अनु ने गुस्से में कहा।

''नहीं आंटी, इसकी कोई जरूरत नहीं है। आप बस एक बार ईशान सर से पूछ लीजिए। वैसे भी ईशान सर और मुझे लेकर ऑफिस में बातें...।'' कहते हुए तियाशा रुक गई।

''ईशान सर से पूछने की कोई जरूरत नहीं है इतना बड़ा नहीं हो गया ईशान, कि मुझे कोई निर्णय ईशान से पूछ कर लेना पड़े। तुम कल से हमारे यहाँ रहोगी एण्ड दैट इज माई फाइनल डिसीजन, यू अण्डर स्टैण्ड? वैसे ईशान और तुमको लेकर ऑफिस में बातें? तुम्हें ईशान पसंद है? मेरा मतलब है हैण्डसम लगता है तुम्हें?'' अनु ने तियाशा की चुटकी ली।

''क्यूँ आपको आपका बेटा हैण्डसम नहीं लगता क्या?'' तियाशा, अनु का इशारा समझ रही थी उसने अनु को उसी अंदाज में जवाब दिया।

''अपना बेटा तो सबको ही हैण्डसम लगता है।'' अनु ने इतराते हुए कहा।

''एक हैण्डसम लड़का और सुन्दर लड़की को साथ देखेंगे तो लोग बातें तो बनाएंगे ही।'' इस बार तियाशा ने चुटकी ली। ''तुमसे

तो बात करना ही बेकार है फिलहाल तुम यहाँ आ रही हो, समझी?'' अनु ने हुक्म जमाया। तियाशा ने भी प्यार से सिर हिलाकर हामी भरी।

''क्या? तियाशा? यहाँ हमारे घर पर। वह भी पेइंग गेस्ट? मॉम, मॉम, मॉम अब ये सब मत करो प्लीज। आपको पता भी है ऑफिस में हमारे बारे में बातें हो रही हैं। आपको पता नहीं है शायद आपकी और तियाशा की दोस्ती क्या हुई ऑफिस में सब हमारे बारे में बातें शुरू कर चुके हैं। तियाशा बहुत ही अच्छी लड़की है, मेरी अच्छी दोस्त भी और मैं नहीं चाहता कि मेरी वजह से उसकी बदनामी हो। कल तो जेली फिश, आई मीन जेनी भी नाराज हो गई थी ऐसी बातें सुनकर। मुझे जेनी की परवाह नहीं पर तियाशा को अपनी वजह से बदनाम नहीं कर सकता और मैं जेनी को भी नाराज नहीं करना चाहता। आज मीन आई एम कंफ्यूज।'' ईशान ने दुविधा में कहा।

''जेनी को नाराज नहीं करना चाहता मतलब? जेनी तुम्हारी इतनी खास हो गई कि तुम अब उसके निर्णय पर चलोगे? अब वह जेली फिश बताएगी मुझे कि मैं अपने घर में पेइंग गेस्ट रख सकती हूँ या नहीं अब तो तियाशा जरूर मेरी पेइंग गेस्ट बनेगी। देखती हूँ मुझे कौन रोकता है?'' ऐसा कहते हुए अनु वहाँ से चली गई। अनु को पिछले कुछ दिनों से ऐसा लग रहा था कि एक हल्की–सी आकर्षण की डोर दोनों के बीच बंध रही है और आज तो ईशान के मुँह से 'जेली फिश' सुनकर उसे यकीन हो चला था कि दोनों के बीच कुछ बात तो जरूर है। अगले दिन तियाशा अपने सामान के साथ ईशान के घर में ऊपर के कमरे में रहने आ गई।

''हाँ माँ, तुम ही पूछो, मैं उनसे इस बारे में बात नहीं कर पा रही। तुम ही पूछो हर महीने का हमें कितना पे करना होगा।'' तियाशा ने कहते हुए फोन अनु को पकड़ा दिया।

''हैलो! मैं तियाशा की माँ, सोमलता बोल रही हूँ। आप कैसी हैं? तियाशा से बड़ी तारीफ सुनी है आपकी। सच में वह कहते हैं न माँ

दुर्गा किसी भी रूप में हमारे साथ होती है। बस मेरे लिए तो आप देवी समान ही है। वरना आजकल पराए देश में कौन किसको पूछता है, सच कहूँ तो तियाशा बहुत ही भाग्यशाली है, जो उसे देवी के रूप में आप मिल गई। अभी उसके ऑफिस में बाहर से क्लाइंट आ रहे हैं जिसकी वजह से वह ऑफिस से छुट्टी लेगी तो उसकी जॉब भी जा सकती है। वह हर बार फोन पर सिर्फ आपकी ही बातें करती है। सच कहूँ तो अब मैं पूरी तरह से निश्चिंत हो गई कि मेरी बेटी आपके पास है। वैसे बुरा मत मानिएगा, तियाशा आपसे इस बारे में खुलकर कुछ कह न सकी। पर हमें महीने का कितना किराया देना होगा...?''

''अरे! कैसी बात कर रही है समधन जी... मेरा मतलब है सोमलता जी। (अनु ने हड़बड़ाते हुए कहा) आप किराए की चिंता क्यूँ कर रही हैं। तियाशा को पहले यहाँ कुछ दिन रहने दीजिए। एक बार वह कंफर्टेबल हो जाएगी तो सारा किराया मैं आपसे एक साथ वसूल लूंगी।'' अनु ने हँसते हुए कहा।

''अरे! आप चिंता क्यूं कर रही है। केशव, तियाशा को बिल्कुल अपनी बेटी की तरह मानते हैं। बल्कि वह तो बहुत खुश है कि तियाशा के आने से इस घर में कितनी रौनक आ जाएगी। आप बिल्कुल निश्चिंत हो जाइए। तियाशा अब हमारी भी बेटी है।'' अनु ने फोन रखते हुए मन–ही–मन सोचा ऐसा क्यूं लग रहा है कि मैं तियाशा को ब्याह के यहाँ लाई हूँ और उसकी माँ को दिलासा दे रही हूँ। फिर वह मन–ही–मन मुस्कुराई और बोली 'काश!'

''अरे भई! क्या काश! मुझे भी तो बताओ? ऐसी कौन–सी ख्वाहिश है, जो मैं तुम्हारी पूरी नहीं कर पाया हूँ।'' केशव ने अनु को छेड़ते हुए पूछा।

''हटिए जी। आपको क्या पता मैं किस बारे में सोच रही हूँ।'' अनु ने मुस्कुराते हुए कहा ''किसके बारे में? हम भी तो जाने हमको छोड़कर हमारी प्रियतमा किसके बारे में सोच रही है।'' केशव ने चुटकी लेते हुए कहा।

''वक्त आने पर बताऊँगी। अभी फिलहाल मुझे बहुत काम है। मुझे, ईशान का रूम भी साफ करना है। कितना गन्दा रखता है यह लड़का अपना कमरा और उधर तियाशा ने तो ऊपर के रूम में नई जान ही डाल दी है''। अनु ने मुस्कुराते हुए केशव से कहा।

''हाँ, वैसे लड़की तो अच्छी है। काश! ऐसी मेरी एक बेटी होती, घर में कितनी रौनक रहती। ये ईशान तो आजकल उस जेली फिश के साथ ही बिजी रहता है।'' केशव ने चिंता जताते हुए कहा।

''क्या कहा आपने? 'जेली फिश' इसका मतलब आप भी उसको पसंद नहीं करते न।'' अनु ने उत्साह भरी नजरों से केशव की ओर देखा।

''हाँ, मैंने देखा है उसे ईशान के साथ। पास के एक रेस्टोरेंट में। कुछ अजीब लगी मुझे। ईशान ने उसे मुझसे मिलाया तो उसने अजीब–सा मुँह बनाया और हैलो तक नहीं किया। पता नहीं ईशान को कैसे पसंद है वह।'' केशव ने कहा।

''वह ईशान सर को अपने फायदे के लिए इस्तेमाल कर रही है।'' तियाशा ने पीछे से बोला। जो अभी–अभी कमरे में आई थी।

''वह कैसे बेटा?'' अनु ने चकित होकर पूछा। तियाशा की नजरों में अनु ने ईशान के लिए चिंता देखी। तभी ईशान पीछे से आ गया।

''ओह! तो तुमने ये काम भी शुरू कर दिया। मेरी माँ को मेरे खिलाफ भड़का कर तुम इस घर में मेरी मॉम के दिल में अपनी जगह बना रही हो, तभी मैं सोचूँ एक कल की आई लड़की मेरे माँ–बाप के लिए इतनी खास कैसे हो गई? मेरी और जेनी की जासूसी जो करती हो तुम और उसके बाद मेरी ही फैमिली को मेरे खिलाफ... कहते हुए ईशान रुक गया फिर कुछ सोचते हुए उसने कहा।''

''मैंने, तुम्हें अपना सबसे अच्छा दोस्त समझ लिया था। दिन–रात बस तुम्हारे बारे में सोच रहा हूँ कि कहीं तुम्हें कोई परेशानी न हो और तुम ऐसी निकली?''

''ईशान,'' केशव ने ईशान को बीच में ही रोकते हुए जोर से डांट लगाई।

''क्या कह रहे हो, किससे कह रहे हो। सब भूल चुके हो? यही संस्कार दिए हैं मैंने तुम्हें, एक लड़की से किस तरह बात की जाती है, ये भी तुम्हें समझाना पड़ेगा?'' केशव ने अपना आपा खो दिया। उधर ये सब सुनकर तियाशा की आँखें छलछला गयी और वह ऊपर अपने रूम में चली गई।

अनु को ईशान पर बहुत गुस्सा आ रहा था। पर उसने सोचा वह ईशान से बाद में शांति से बात करेगी। क्यूंकी वह केशव को और नाराज नहीं करना चाहती थी।

अगले दिन सुबह ईशान के घर के सामने टैक्सी खड़ी थी। तभी केशव के चिल्लाने की आवाज आई ईशान–ईशान जल्दी आओ, अनु के पांव में चोट लगी है। ''केशव की आवाज सुनते ही तियाशा ने अपना सामान फेंका और घर के अन्दर की ओर भागी। उसने देखा कि अनु जमीन पर अपना पांव पकड़े कराह रही थी और केशव उसको उठाने की कोशिश कर रहा था, तब तक ईशान भी वहाँ पहुंच गया। ईशान और तियाशा ने मिलकर अनु को बेड तक पहुंचाया, तभी ईशान ने पूछा मॉम आपको कैसे लगी, आप गिर कैसे गई?'' तभी केशव ने बताया कि वह न जाने क्यों सुबह–सुबह तेरे पुराने खिलौनों वाली अलमारी टेबल लगाकर खोलने के लिए खड़ी हो गई, बस टेबल से पांव फिसला और ये नीचे गिर गई।

''खिलौनों की अलमारी? मॉम सुबह–सुबह आपने खिलौनों की अलमारी की क्या सूझी?'' ईशान ने झल्लाते हुए कहा।

''ईशान तुझे याद है बचपन में तेरे पापा तेरे लिए कोलकाता से एक दुल्हा–दुल्हन वाली गुड़िया लाए थे?'' तियाशा ने कहा, ''ये गुड़ियों से खेलते थे?''

तियाशा मन–ही–मन बुदबुदा कर हँसने लगी। ईशान और तियाशा एक–दूसरे को चिढ़ी नजरों से देखने लगे। ''बस वही गुड़िया ढूंढ रही थी जिसे तू कहता था कि ये मेरी दुल्हन है। तेरे लिए कितनी खास थी वह गुड़िया। बस उसी गुड़िया की याद आ गई। सोचा ऊपर की अलमारी में ढूँढू।'' अनु ने करहाते हुए कहा। केशव अनु की

भावनाओं को भाप चुका था ''मॉम आप कुछ भी करती हैं कितना दर्द है आपको चलिए आप मेरे साथ डॉक्टर के पास।'' ईशान ने अपनी कार निकाली और तियाशा की मदद से अनु को डॉक्टर के पास ले गया। पैरों में फ्रैक्चर होने की वजह से अनु को बीस दिन का प्लास्टर चढ़ गया था और अनु को डॉक्टर ने पूरी तरह से आराम करने की सलाह दी थी। अनु बेड पर लेटी ही थी तभी केशव ने उसके पास वही कलकत्ता वाली गुड़िया लाकर रख दी ''यही ढूँढ'' रही थी न तुम? केशव ने अनु को प्यार से देखा, अनु की आँखों में चमक थी, ''मिल गई ये'' अनु ने उत्साह से केशव को देखा, ''हाँ, मिल गई और देखों अभी भी कितनी प्यारी लग रही है कितना सहेज के जो रखा था तुमने इसको, पूरे चार कवर में थी'' केशव ने हँसते हुए कहा। एक बेटी की चाहत थी पर हम पूरा नहीं कर सकते थे मेरी हेल्थ को देखते हुए। ''इसीलिए ये गुड़िया दिल के कितने करीब हो गई'' अनु ने हल्का–सा मुस्कुराते हुए कहा'' सच कहूँ मुझे भी बहुत पसन्द है ये तुम्हारी कोलकाता वाली गुड़िया ''बस इस पगले ईशान को अक्ल आ जाये'' अनु ने आश्चर्य से केशव की ओर देखा और उसके गले से लिपट गई। ''आप दुनिया के बेस्ट हसबैन्ड है, मेरे बिना कहे ही मेरी सारी बात समझ गये।'' क्या मैं अन्दर आ सकती हूँ? तियाशा दूध का गिलास लिए दरवाजे पर खड़ी थी।

''अरे! तियाशा बेटा, तुम ऑफिस नहीं गई?''

केशव ने आश्चर्य से पूछा।

''नहीं अंकल, मैंने ऑफिस से छुट्टी ली है और जब तक आंटी ठीक नहीं हो जाती मैं ऑफिस नहीं जाने वाली।'' तियाशा ने कहा। ''पर बेटा तेरा प्रोजेक्ट और नए क्लाइंट?'' सोमलता जी ने मुझे सब बताया था कि तू छुट्टी नहीं ले सकती, तेरी नौकरी चली जायेगी। अनु ने अचम्भे से पूछा।

''कुछ नहीं होगा आंटी जी, आप चिंता मत कीजिए, अगर उन्हें मेरा काम पसंद होगा तो वो मुझे कभी नहीं हटा पायेंगे, आप फिलहाल

ये दूध पीजिए। डॉक्टर ने क्या बोला था आपको, कैल्शियम की कमी है, इसलिए आपके खाने में मैं कैल्शियम, न्यूट्रीशियन्स का खास ख्याल रखूंगी'' तियाशा ने हँसते हुए कहा। ''अरे बेटा! तुम खाना क्यों बनाओगी, मैंने एक कुक बुलाई है, बस आती होगी, एक बार वह सेट हो जाये...।'' केशव कह ही रहा थी कि तियाशा ने बीच में उसकी बात काट दी, कुक क्यूँ? मैं हूँ ना, मैं बनाऊंगी खाना, मैं इतना बुरा भी खाना नहीं बनाती हूँ। आंटी जितना टेस्टी नहीं तो क्या काम चलाऊ तो बना ही लूंगी और वैसे भी आंटी की सेहत का खास ख्याल रखना है, मुझे जल्दी से इनके हाथ का बना हुआ खाना भी खाना है ना, तियाशा ने चुटकी लेते हुए कहा, ''पर बेटा तेरा ऑफिस?'' अनु ने पूछा, ''अब अगर आपने एक बार भी ऑफिस जाने के लिए कहा तो मैं यहाँ से चली जाऊंगी।'' तियाशा ने गुस्सा दिखाते हुए कहा। केशव और अनु एक–दूसरे को देखकर मुस्कुराने लगे। अगले दिन ईशान ने जेनी को ऑफिस का इम्पोर्टेंट डेटा ट्रांसफर करते हुए पकड़ लिया। उनके बीच काफी कहासुनी हुई और ऑफिस के सारे दोस्तों ने आज चुप्पी तोड़ी और जेनी की असलियत ईशान को बताई। ईशान ऑफिस में ऊँची पद्वी पर था और जेनी के प्यार में पागल। इसी बात का फायदा उठाकर जेनी दूसरी कम्पनी को ईशान की ऑफिस का डेटा बेचकर पैसे कमाती थी। ईशान पूरी तरह से टूट चुका था। जिस जेनी पर वह इतना विश्वास करता था वह उसके प्यार का फायदा उठाकर उसे कितना बड़ा धोखा दे रही थी। वही इस बात से अंजान जेनी को अपना सब कुछ समझ चुका था। शाम को जब ईशान उदास मन के साथ घर पहुँचा तो उसने देखा कि अनु और तियाशा चुटकुले की किताब पढ़–पढ़कर जोर–जोर से हँस रही थी और गरमा गरम बंगाली आलूर चाप खा रही थी। ईशान को देखते ही तियाशा वहाँ से चली गई। उसके चेहरे से ईशान के लिए नाराजगी साफ जाहिर हो रही थी। ''ईशान का मन वियोग और आत्मग्लानि के भाव से बोझिल था। वह जोर–जोर से रोना चाहता था। अनु ने ईशान की ओर देखा तो

वह समझ गई कि कुछ बात जरूर है लेकिन, वह खामोश थी। ''अब कैसी तबियत है मॉम आपकी? और तियाशा आज ऑफिस क्यों नहीं आई?'' ईशान ने अनु से पूछा। ''भला मेरी तबियत को क्या हुआ है और रही बात तियाशा की, उसने छुट्टी ले रखी है जब तक मैं ठीक नहीं हो जाती तब तक,'' अनु ने ऐंठते हुए कहा। छुट्टी तो मैं भी ले रहा था मॉम पर पापा ने बोला कि वह घर पर ही है और कुक से बात चल रही थी, तो मैंने सोचा ऑफिस से जल्दी आ जाऊँगा और तियाशा उसके तो नए क्लाइंट आये थे आज ऑफिस में? ईशान ने आश्चर्य जताते हुए कहा।

''ये सवाल तुम तियाशा से सीधे क्यों नहीं पूछ लेते?'' अनु ने ईशान को घूरते हुए कहा। ईशान अपने कमरे में चला गया, तभी तियाशा चाय का कप लेकर ईशान के कमरे में पहुंची। ''मुझे संचिता ने सब बता दिया है कि आज ऑफिस में क्या हुआ?'' तियाशा ने पीछे से बोला। ईशान ने आश्चर्य से तियाशा की ओर देखा, वह चाय का प्याला लिए ईशान के पीछे खड़ी थी। ईशान, तियाशा से नजरें नहीं मिला पा रहा था, उसकी आँखों में आँसू आ गये। उसने नजरें ने झुकाते हुए तियाशा से चाय ले ली पर वह अपने आँसू रोक नहीं पाया और आँसू छलक कर कप में गिर गये।

''आमी कोतो भालोभेरो तोमार जोन्नो चा बनालाम आर तुमि खराप कोरे दिले।''

(ये क्या किया तुमने, मैंने इतने प्यार से चाय बनाई थी और तुमने इसको खराब कर दिया।)

इतना सुनते ही ईशान को ना जाने क्यों हंसी आ गई। तियाशा आश्चर्य से उसे देखने लगी। बंगाली भाषा आती है तुम्हें? उसने पूछा ''कॉलेज में मेरा रूममेट बंगाली था वो भी चार साल लगातार।'' ''मैं दूसरी चाय बना कर लाती हूँ,'' तियाशा ने बात पलटते हुए कहा। ''अरे! उसकी कोई जरूरत नहीं, मैं खुद बना लूंगा वैसे संचिता से मुझे पता चला कि तुम आज ऑफिस नहीं आई। मुझे तुमको थैंक्स बोलना

था और आई एम सॉरी।'' उसकी आँखें फिर भर आई। ईशान को ऐसे रोता हुए देखकर तियाशा खुद को रोक नहीं पाई और अपनी आँखों के कोरों को पोंछते हुए कमरे से बाहर निकल गई। उस रात ईशान अपने दुख को किसी से कहना चाहता था, रोना चाहता था। पर जेनी ने उसके सारे दोस्तों से मनमुटाव जो करा दिया था, तानी, अंगद, संचिता, परेश सब दोस्त ही तो थे ईशान के, पर जेनी के आने के बाद उसने सभी से ईशान का मनमुटाव करा दिया। अब उसके पास कोई नहीं था जिससे वह अपने दिल की बात कह सके। पर दोस्त तो दोस्त ही होते हैं उन्होंने तियाशा को समझाया था कि वह ईशान का खास ख्याल रखे। तियाशा ने किसी से ईशान की कही बातों के बारे में कुछ भी नहीं कहा था। एक तरफ तियाशा की नाराजगी और दूसरी तरफ ईशान से सहानुभूति, दोनों ही तियाशा को परेशान कर रहे थे। अगले दिन सुबह ईशान जल्दी तैयार होकर रसोई में आ गया, उसने सबके लिए चाय नाश्ता बनाया, वैसे तो ईशान की कुकिंग में कोई रुचि नहीं थी पर ब्रेड में बटर लगाना कोई बड़ी बात नहीं थी। तियाशा जब नीचे आई तो उसने देखा कि ईशान ने सब कुछ पहले ही कर लिया था। ईशान सर आप?'' तियाशा ने चकित होकर पूछा, ''हाँ मैं, क्यूँ क्या हुआ, वैसे तुम मुझे सिर्फ ईशान बुलाओ, ये घर है, ऑफिस नहीं और ऑफिस से याद आया मॉम जब तक ठीक नहीं हो जाती, मैं छुट्टी ले रहा हूँ और तुम आज से ऑफिस जा रही हो,'' ईशान ने आदेश देते हुए कहा। ''इसकी कोई जरूरत नहीं, वैसे भी मैंने नया पेंइग गेस्ट हाउस बुक कर लिया है और एडवान्स भी जमा कर चुकी हूँ।'' वह तो बस मैं आंटी के पास थोड़ा रहना चाहती थी इसलिए मैं रुक गई। वैसे भी इस बार मै यहाँ से काफी दूर रहूँगी।'' तियाशा ने अनु के लिए गिलास में दूध उड़ेलते हुए कहा। ईशान, तियाशा की बातें सुनकर सकपका गया। तियाशा, अनु के लिए पोहे बनाने में लग गई और ईशान उसकी तरफ एकटुक देखता जा रहा था। तियाशा कुछ गुनगुना रही थी और ईशान बस उसको सुन रहा था कितनी

मधुर आवाज थी उसकी, ईशान ने मन में सोचा। इतने दिनों से अनु और तियाशा की जोड़ी को हँसते–खेलते देखा और तियाशा का अनु के प्रति प्यार कितना सच्चा था एकदम निश्छल और तियाशा चली जाएगी ये बात ईशान को सीने में चुभ रही थी। तियाशा महज अनु की ही नहीं उस घर के तिनके–तिनके की आदत बन चुकी थी। ईशान का लगातार घूरना तियाशा को असहज महसूस कर रहा था। उसने ईशान से पूछ ही लिया "आपको कुछ चाहिए? मैं आंटी के लिए पोहे बना रही हूँ, डॉक्टर ने उन्हें हेल्दी डाइट लेने के लिए कहा है। आपको भी खाना है तो आपके लिए भी बना देती हूँ। ईशान सकपका गया और बोला "हाँ, नहीं–नहीं, आई मीन हाँ, मै भी खाऊँगा। तुम कहो तो मैं तुम्हारी कोई मदद कर दूँ," "नहीं, इसकी कोई जरूरत नहीं है। आप बस ये दूध आंटी को दे दीजिए। उनकी दवा का टाइम हो चुका है और हाँ जब तक पोहे बन रहे हैं आप ऑफिस के लिए रेडी हो जाइए। इस हफ्ते मैं आंटी के साथ हूँ, आप उसके बाद छुट्टी ले लीजिएगा।"

ईशान को बार–बार तियाशा के जाने वाली बात चुभ रही थी। पता नहीं एक अजीब–सी हलचल हो रही थी। शायद वह नहीं चाहता था कि तियाशा कभी भी उस घर से जाए।

"नहीं, मैं भी रुकता हूँ अगर कुछ जरूरी काम आया तो चला जाऊँगा," ईशान ने कहा। शायद वह तियाशा के साथ समय बिताना चाहता था। "ओहो! आज सारा का सारा परिवार एक साथ नाश्ता कर रहा है। वाह!" क्या बात है केशव ने अनु के बेड पर लगे नाश्ते के टेबल को देखा। तियाशा सबके लिए नाश्ता परोस रही थी और ईशान उसकी मदद कर रहा था। केशव के मुंह से सारा परिवार सुनकर ईशान सकपका गया और तियाशा को गौर से देखने लगा। उसने शिफॉन की लाइट येलो फ्लोरल स्कर्ट पर ऑफ व्हाइट शर्ट पहनी हुई थी। उसके बाल हल्के से क्लच किए हुए थे आगे की लटें उसके गालों को बार–बार छू रही थी। वह झटक कर उन्हें पीछे करती फिर भी वह उसके चेहरे पर बार–बार गिर जाती। ईशान बस उसको देखता जा

रहा था। तियाशा वास्तव में बहुत सुन्दर थी। उसकी बड़ी–बड़ी आँखें काली घनी पलकें, नुकीली–सी नाक और होंठों पर जैसे दो गुलाब की पंखुड़िया रखी हो। बेहद शान्त और मनमोहक चेहरा। ईशान की नजर तियाशा से हट ही नहीं रही थी, वह उसके चेहरे से लटों को हटाना चाहता था, जो उसे परेशान कर रही थी। उसने जैसे ही उसकी ओर अपना हाथ बढ़ाया वह चाय का कप लेकर पलट गई और सारी चाय उसकी स्कर्ट पर गिर गई।

"ओ माँ गो तुमि एटा की कोरले एटा आमार सोब छेचे स्कर्ट छीलो।"

"ओह माँ! ये क्या तुमने मेरी फेवरेट स्कर्ट खराब कर दी।" तियाशा ने झुंझलाते हुए कहा और भागी अपने कमरे में।

"ओह! सॉरी–सॉरी तुम जली तो नहीं? ईशान, तियाशा के पीछे–पीछे भागा।"

अनु ने केशव से कहा फ्रीजर से आइसबैग लेकर तियाशा को पकड़ा दे। ईशान, तियाशा के दरवाजे पर खड़ा बाहर से आवाज लगा रहा था, "तियाशा आर यू ओके? डॉक्टर के पास चलो मेरे साथ। आई एम सॉरी, प्लीज बताओ तुम ठीक तो हो? केशव, तियाशा के प्रति ईशान का रवैया बदलते देख बहुत प्रभावित हुआ और आइसबैग उसे देकर चला गया। इधर केशव ने ईशान को तियाशा को लेकर परेशान होने वाली बात अनु को बताई। अनु मन ही मन मुस्कुरा रही थी। तियाशा ने गुस्से में दरवाजा खोला, हल्के गुलाबी रंग के सूट में फ्लोरल दुपट्टे में तो वह और भी खूबसूरत लग रही थी।" कुछ नहीं हुआ है मुझे "पाँच लेयर की शिफॉन स्कर्ट थी, मेरी फेवरेट। कोलकाता से ली थी। ऐसी तो यहाँ मिलेगी भी नहीं, कितनी अच्छी बार्गेनिंग की थी मैंने, इस स्कर्ट के लिए गली–गली भटकी थी तुम्हें क्या पता ऐसी स्कर्ट मार्केट में आसानी से नहीं मिलती। पता नहीं क्यूँ? इतना करीब होकर नाश्ता परोस रहे थे थोड़ा दूर नहीं खड़े रह सकते थे। (हे भगवान) अब न जाने ये चाय का निशान जायेगा भी या नहीं डॉक्टर नहीं लॉण्ड्री...।"

ईशान ने तियाशा के ओंठों पर उंगली रख दी और उसके करीब आकर बोला। "कितना बोलती हो तुम, सच–सच बताओ। तुम्हें लगी तो नहीं, जलन तो नहीं हो रही है। तियाशा, ईशान को इतना करीब देखकर सकपका गई। वह उसकी आँखों में देखती रह गई। उसने गर्दन हिलाकर न का इशारा किया। उसकी लट फिर उसके गाल पर आ गिरी। ईशान ने उसके गालों से लट को हटाकर उसके कानों के पीछे करते हुए कहा, पर मुझे हो रही है जलन।"

"आप भी जल गए क्या चाय से? तियाशा ने असहज–सा होते हुए धीरे से ईशान से पूछा। ईशान ने उसका हाथ अपने सीने पर रखते हुए कहा यहाँ हो रही है जलन, तुम्हारे जाने के नाम से।" तभी ईशान को एहसास हुआ कि वह तियाशा के काफी करीब है। वह झटके से दूर हटा और बोला "मॉम ने ये आइसबैग भेजा है। वैसे ये पिंक सूट तुम पर फब रहा है।" तियाशा अभी भी हैरान थी उसके सामने एक नया बदला हुआ ईशान खड़ा था। जो कभी उससे मतलब नहीं रखता था वह आज उसकी इतनी फिक्र कर रहा है। ईशान ने नीचे आकर देखा कि तानी, अंगद, संचिता, परेश उसकी मॉम के बेड पर चारों तरफ से बैठे हँसी ठिठोली कर रहे हैं।

"क्या हुआ सर, दे आए आइसबैग मैम को? संचिता ने ईशान की खिंचाई की।"

"पूछो मत मैडम को, अपनी नहीं अपनी स्कर्ट की चिंता है, बेचारी ने बड़ी मेहनत से जो खरीदी थी।" ईशान ने पसीना पोंछते हुए कहा।

"अब अपना ख्याल क्यूँ रखे वह भला। तू रख रहा है न उसका ख्याल।" अंगद ने भी ईशान की खिंचाई की।

"क्या करें हम इंडियन लड़कियां होती ही ऐसी हैं। घंटों बार्गेनिंग करके बड़ी मुश्किल से हजार में से एक ड्रेस पंसद करती है।" तानी तपाक से बोली, "और लाइफ पार्टनर कैसे ढूँढती हो तुम लोग? ये सीक्रेट भी बता दो। हमारा रास्ता भी क्लियर हो जाए" परेश ने तानी से शरारती अंदाज में पूछा।

''एक नजर में जब वह आपके करीब आता है आपसे नज़रें मिलाता है, आपकी फिक्र करता है तो आप खुद–ब–खुद समझ जाते हैं कि यही है वह जिसके साथ हम पूरी जिंदगी बिताने के लिए तैयार हैं।''

तियाशा ने ईशान की तरफ देखते हुए कहा। ईशान और तियाशा एक–दूसरे की नजरों में खो चुके थे और अनु उन दोनों को बड़े प्यार से निहार रही थी। तभी संचिता की नजर अनु के तकिया के पीछे चाँदी के चाभी के गुच्छे पर पड़ी।

''अरे आन्टी! आप अभी भी पुराने जमाने की तरह कमर पर लटकाने वाला चाभियों का कीरिंग रखती है?'' तभी केशव ने कमरे में आते हुए कहाँ पूछो मत बेटा ये सिर्फ चाभियों का गुच्छा ही नहीं तेरी आन्टी का बरसों का अरमान है कि अपनी बहू को ये चाभियों का गुच्छा दे दे वैसे पूरी फिल्मी है तुम्हारी आन्टी और सभी हँसने लगे। तभी तानी ने कहा चलो–चलो मिल लिया ना आन्टी से सभी ने? लेट्स गो, ऑफिस के लिए लेट हो रहा है तभी ईशान ने सबको रोका और सॉरी बोलकर सभी को गले लगाया। सभी थोड़े भावुक हो गये थे और तियाशा, ईशान के इस रूप को देखकर आकर्षित हो रही थी। रात भर तियाशा दिन में हुई घटना के बारे में सोच रही थी। ईशान का करीब आना उसका एहसास वह भुला नहीं पा रही थी। उधर ईशान, तियाशा के जाने की बात से बेचैन था। वह तियाशा के प्रति जन्मे अपने प्रेम को बताना चाहता था और उससे कहना चाहता था कि वह उसे छोड़कर कही न जाये। सुबह तियाशा जब नीचे आई तो उसने देखा उसकी माँ सोमलता, अनु के साथ बैठकर बातें कर रही है।

''माँ कोखोन एले तुमि?''

(माँ तुम कब आई) और तियाशा ने खुद को चिकोटी काटी और भागकर अपनी माँ के गले से लिपटकर रोने लगी। ''आई मिस्ड यू माँ'' तियाशा ने सिसकिया भरते हुए कहा। ''आई मिस्ड यू टू बेटा''

सोमलता ने तियाशा को पुचकराते हुए कहा। तभी ईशान वहाँ पर आ गया और उसने सोमलता के पैर हुए।

सोमलता, ईशान को बस एक टुक निहारने लगी। ''कैसे हो बेटा? तुम तो फोटो से भी ज्यादा...'' सोमलता बोल रही थी तभी अनु ने बीच में टोकते हुए कहा ''ईशान इनसे मिलो ये तियाशा की माँ है, तियाशा के पापा का कोलकाता में बहुत बड़ा साड़ियों का कारोबार है, ये देख, ये मेरे लिए साड़ी लाई है और आप क्या बता रही थी आपका बेटा?''

अनु ने व्याकुलता से पूछा।

''वह तो यू.एस.ए. में है मैंने आपको बताया था न फोन पर, वह इंडियन हैण्डक्राफ्ट इण्टस्ट्री में है।''

सोमलता ने कहा।

''फोन पर बात? आप लोगों ने फोन पर बात कब की? तियाशा ने हैरानी से पूछा। ''अरे! मैं हालचाल अनु जी का। खैर, तू छोड़ न तू फटाफट ये साड़ी पहन कर आ। आज हमें पलाश से मिलने जाना है'' पलाश यहाँ पर, तियाशा ने हैरानी जताई।''

''हाँ, वह कुछ दिन के लिए यू.एस.ए. से इण्डिया इसी शहर में आया है तो मैंने सोचा तुम लोग एक–दूसरे को समझ लो।''

मतलब? ये पलाश कौन है? ईशान ने हड़बड़ाते हुए कहा। ''पलाश मेरे भाई कौस्तुभ के साथ काम करता है मुझे पसन्द करता है। मुझसे शादी करना चाहता है। पर मैं...।'' तियाशा बोलते–बोलते चुप हो गई। ''पर मैं क्या?'' ईशान ने पूछा। तियाशा ने गुस्से से ईशान की ओर देखा और अपनी माँ के हाथ से साड़ी छीनकर ऊपर चली गई। ईशान की बेचैनी बढ़ती जा रही थी। वह तियाशा को बेइन्तहा चाहने लगा था। उसे समझ नहीं आ रहा था कि वह ये बात तियाशा से कैसे कहे? और दूसरी तरफ तियाशा की शादी की बात ने तो उसके दिल में एक अजीब–सी हलचल पैदा कर दी थी। वह तियाशा को इस घर से तो क्या अपनी जिन्दगी से भी नहीं जाने देना चाहता था। वह बेचैन–सा

इधर–उधर धूम ही रहा था तभी वह एक दम से सकपका गया। नीली साड़ी में आ रही तियाशा को देखने लगा, तियाशा ने लाल बॉर्डर वाली नीले रंग की साड़ी पहनी हुई थी। उस पर माथे पर छोटी–सी बिन्दी और उसके खुले बाल उसने एक कंधे पर आगे की ओर समेट रखे थे। होंठों पर हल्की–सी ब्राउन लिपिस्टिक उस पर खूब फब रही थी। ईशान स्तब्ध रह गया उसे देख कर, जैसे अभी–अभी ताजी हवा उसे छूकर गुजरी, वह खुद को रोक नहीं पाया और तियाशा की ओर बढ़ने लगा। तियाशा ने भी दो कदम आगे बढ़ाये। दोनों एक–दूसरे के काफी करीब आ चुके थे। ईशान ने तियाशा के कानों के पास आकर कहा तुमने उस दिन "ये क्यूँ बोला कि तुमने प्यार से मेरे लिए चाय बनाई थी?" तियाशा ने शर्म से नजरें झुका ली। "मुझे नहीं पता था आपको बंगाली भाषा आती है।" उसकी आँखों में शरारत थी।

"तियाशा, मैं तुमसे कुछ कहना चाहता हूँ अगर तुम्हारा जवाब हाँ होगा तो तुम यूँ ही नजरें झुका लेना मैं समझ जाऊँगा।"

तियाशा हैरानी से ईशान की ओर देख रही थी। ईशान ने तियाशा का हाथ पकड़ा और अनु के रूम में ले गया। जहाँ अनु और सोमलता पहले से ही बातें कर रही थी। ईशान ने अनु के सिरहाने से चाभियों का गुच्छा उठाया और तियाशा की कमर में लटका दिया। तियाशा आश्चर्य से ईशान को देखने लगी। उसकी आँखें छलछला गई वह ईशान से लिपटकर रोने लगी। ईशान ने तियाशा को गले से लगा लिया। तभी अनु ने झूठी खांसी से दोनों का ध्यान हटाया। तियाशा ने अनु की तरफ देखा और उसको गले से लगा लिया तभी अनु ने कहा "तुझे पता है जब तुझे पहली बार मैंने देखा तभी मुझे क्यूँ लगा की तुझसे जन्मों का नाता है।" "ऐसा ही तो तियाशा ने मुझसे कहा था कि आपसे मिलने बाद उसे लगा कि वह आपको जन्मों से जानती है।" सोमलता ने हँसते हुए अनु से कहा। "वैसे मॉम मुझे लगता है आपका नाता फिश से है। जेलीफिश तो नहीं पर हाँ फिश तो जरूर आयेगी घर में।"

जी नहीं, उसका इंतजाम मैंने कर लिया है। हमारे सोमनगर वाले फ्लैट में, जिसका जो मन है बनाकर खाये पर यहाँ बिल्कुल नहीं। अनु ने आदेश जमाते हुए कहा। ''पहले से मतलब?'' ईशान और तियाशा ने एक साथ पूछा। तभी सोमलता और अनु एक–दूसरे को देखकर जोर–जोर से हँसने लगी और सोमलता ने तियाशा को बताया कि ''ये सब तो तुम दोनों को मिलाने का प्लान था। बाकी पलाश ने तो कब की शादी कर ली।'' तभी केशव कमरे में मिठाई लेकर आता है अब ''कोई मुझे बताएगा कि ये मिठाई मुझसे किस खुशी में मंगवाई गई है?'' और कमरे में सभी जोर–जोर से हँसने लगे।

12
कच्चे आम

"का जानी का बात हमरे घर आएके नुनचा चीखे।" (क्या जाने क्या बात है मेरे घर आकर अचार चखा) कैथा ने गाय को खूंटे से बांधते हुए पुरवा से कहा।

"तोहरे हुआ भी चीखिस का?" (तुम्हारे यहाँ भी चखा क्या)

पुरवा ने हैरानी से पंखा झल्लाते हुए पूछा। "हम सबहीं खियां खाईस" (हम सभी के यहाँ खाया)।

बुधिया चबूतरे पर बैठी कटहल के छोटे–छोटे टुकड़े करते हुए कहने लगी।

"सही बताई हमका तो लागत है कि दाल में कछु काला है।" मुनिया ने मुँह बिचकाते हुए कहा।

"कछु तो हमहुक लागत है मुहौं तो खूब चमकत है, घाट–घाट का पानी तो हमहुँ पिएन हन। हमका नाहि बना पइयैंह। चार ठोर लरिका हैं हमार।"

(कुछ तो मुझे भी गड़बड़ लगता है, चेहरे पर चमक जो है, मैंने भी घाट–घाट का पानी पिया है मुझे नहीं बना पाएगी। मेरे भी चार बच्चे हैं।) कैथा ने ऐंठते हुए कहा।

"देखन माँ तो बहुते सीधी लागत है छुटके पर से देखा रहा उका। अब तो सहर वाली हुई गई है काहे बतइहैं पुरवा चच्ची का? हमका का पता नहीं सब? नौकरी खातिर मुला लरिका नाहिं चाहत हैं। खैर, हमहुँ का का पड़ी है। जीका जौन मरजी आवै सौन करी। चलो बहिनी चला बगिया देखी आम की। कौन मा बौर आवा कौनो मा नाहि।"

(देखने मे तो बहुत सीधी लगती है। शहर वाली हो गई है बच्चे नहीं चाहती होगी इसलिए नहीं बता रही। खैर, हमें क्या जिसकी जो मर्जी आए वो करे। चलो आम की बगिया देखे किसमें बौर आया किसमें नहीं, पुरवा ने कहा।)

"हाँ, चच्ची अबकी खूब और आवा है। खूब अचार बनाउब।"

(हाँ, चाची अबकी खूब बौर आया है खूब अचार बनाऊँगी।)

मुनिया बोली और सब हँस के वहाँ से रवाना हो गए।

उत्तमपुर गांव में बहुत दिनों से ऐसे ही कानाफूसी चल रही है और चर्चा का विषय है नन्दिता। जी हाँ, शीतला की बेटी नन्दिता। शीतला गाँव की नामी पक्के मकान वाले प्रजापति जी की बहू है। शीतला के पति नौकरी के सिलसिले में गाँव छोड़कर शहर चले गए फिर वहाँ से कभी लौटे ही नहीं। गाँव के कुछ लोगों ने उन्हें शहर में देखा भी पर कोई फायदा नहीं, लोगों ने तो यहाँ तक भी बताया कि उन्होंने शहर में दूसरी शादी कर ली है। शीतला ने नन्दिता की परवरिश अकेले ही की। कुछ दिनों बाद प्रजापति जी भी नहीं रहे और नन्दिता की नौकरी लगते ही वह शीतला को लेकर शहर में बस गई। कुछ सालों बाद नन्दिता ने भी अपना घर बसा लिया। नन्दिता और उसके पति अभिनव ने मसालों का एक बड़ा व्यापार खड़ा कर लिया। मसालों का व्यापार बहुत ही अच्छा चल रहा था। तभी अभिनव ने अचार के बिजनेस में भी इन्वेस्ट किया और दुर्भाग्यपूर्ण उसमें उसे भारी नुकसान उठाना पड़ा और अभिनव व नन्दिता कर्ज से लद गए। अभिनव और नन्दिता इस चक्रव्यूह को भेद नहीं पा रहे थे एक तरफ कर्जदारों का शोर और दूसरी ओर जीविका और जिम्मेदारियां। नन्दिता सुकून चाहती थी इसीलिए उसने अपने गाँव उत्तमपुर जानें की बात अभिनव से कही। अभिनव को ये बात बिल्कुल रास नहीं आई कि उसे इतनी समस्याओं के बीच में छोड़कर नन्दिता सुकून की तलाश में उत्तमपुर जा रही है फिर भी अभिनव को यह महसूस हो रहा था कि नन्दिता कि तबियत कुछ ठीक नहीं है। इसलिए उसने उसे जाने से रोका भी नहीं।

इतने सालों बाद नन्दिता के उत्तमपुर जाने के नाम से शीतला फूली नहीं समा रही थी। गाँव में उनका पक्का मकान नन्दिता के ममेरे भाई हरिया की देख–रेख में था।

नन्दिता को गाँव आकर अपने बचपन को फिर से जीने का मौका मिला था। ट्यूबवेल के पानी की तेज धार, पत्तल की जलेबी, मोर की आवाजें, खेतों में पगडंडी में वह अपना बचपन निहार रही थी। पर फिर भी मन में कसक–सी थी। गाँव की हालत अभी भी कुछ ठीक न थी। संसाधनों की कमी, पिछड़ापन देखकर नन्दिता के मन में एक टीस–सी उठ रही थी। गाँव में अभी भी सम्पन्नता नहीं थी, जिससे नन्दिता बहुत ही विचलित हो उठी थी। हरिया के छोटे–छोटे बच्चे और उनके दोस्त दिन भर नन्दिता के साथ खेलते और धीरे–धीरे उनकी एक टोली बन गई, पर पिछले कुछ दिनों से नन्दिता कुछ परेशान–सी थी। कभी कैथा चाची के यहाँ तो कभी पुरवा के यहाँ गाँव के एक–एक घर में जाकर नन्दिता आम का अचार चख रही थी। कभी सीधे ही मांगती या कभी किसी के घर से अचार चुराती या बच्चे की टोली की मदद से अलग–अलग घरों से अचार मंगवाती। पर उसकी ललक खत्म ही नहीं हो रही थी। वह अब कुछ उदास और निराश–सी रहने लगी। एक दिन उसने कैथा चाची से पूछा,"चाची गुजरिया अम्मा कहाँ गई? उनका घर तो खंडहर हो गया है।"

"अरे! पूछो न बिटिया, उका बिटवा बड़ा ही बिगड़ैल निकला। परधान के साथ मिरजुर कै जानै का घोटारा कीहिस के आपन भागी गवा और गुजरियौ का कहीं का नाहि छोरिस, बतावत हैं कि ऊ भाग गवा है बम्बई हीरो बनें खातिर। बिटिया तबहीं सन हम टी.वी. देखन बन्द कर दीएन। हमका कहीं बिखरियों बना दिखा ससुर टी.वी मा तो टीवीए फोरि डारब हम। हीरो बनिहें ससुर सकल न सूरत। भगवान ऐसी औलाद कोंहू का नाहि दे। अपनी अम्मा के पास कछहु नाहि छोड़िस, गहनौं लई के भाग गवा ससुर और ऊ परधान इतना ज्यादा निर्दयी, देख्यौ आपन करमन का फल भुगत ही रहा। जेल चला गवा

ऊका बेटा फिर भी नहीं सुधरत। गांव के सारे आम कोई अपनी मर्जी से नाहीं बेच सकत सबहीं का ठेका लिए है यूँ। ऊपर वाला सब देखत है बिटिया।'' कहते हुए कैथा चाची का गला भर्रा गया।

(अरे पूछो न बेटा उसका बेटा बड़ा ही बिगड़ैल निकला। प्रधान के साथ मिलजुल के जाने क्या घोटाला किया कि अपना तो भाग गया और अपनी अम्मा को कहीं का नहीं छोड़ा। लोग कहते हैं कि वह मुम्बई भाग गया है हीरो बनने के लिए। तभी से मैंने टी.वी. देखना बंद कर दिया, अगर कहीं भिखारी बना भी दिख गया टी.वी. में तो टी.वी. फोड़ दूँगी अपना। शक्ल न सूरत हीरो बनने गया है। भगवान ऐसी औलाद किसी को न दे। अपनी माँ के पास कुछ भी नहीं छोड़ा। गहना तक लेकर भाग गया है और वह प्रधान अपने कर्मों का फल भुगत रहा है फिर भी नहीं सुधरता। बेटा जेल में है फिर भी वह इतना निर्दयी है कि गाँव में आम कोई भी अपनी मर्जी से नहीं बेच सकता सबका ठेका ले रखा है उसने। ऊपर वाला सब देख रहा है बिटिया।)

''और गुजरिया अम्मा? वह अब कहाँ है?'' नन्दिता ने रहस्यमय ढंग से पूछा।

''का जानी कहाँ गई बिटिया। उका घरौ कब्जाए लिहीस परधान उकी बगिया खेत सब तो परधानों पासै चला गवा। एक दिन हमार बिटवा होरीलाल बतावत रहा कि बरैय्या गाँव मा देखिस रहा गुजरिया का। उके भाई–भौजाई का घर है हुआँ जानौ। हमार कितनौ मन कीहिस मिले खातिर पर हम मन मार लिहेन। का मुँह दिखाई, हम सब कछु का न सके ऊके खातिर। चलो चली अब बिटिया? आपन ध्यान राखा, ऐसन मा ज्यादा दउर भाग ठीक नहीं है।''

(क्या जानें कहाँ गई वह बिटिया। उसका घर, बाग, खेत सब प्रधान ने कब्जा कर लिया। मेरे बेटे होरीलाल ने उसे बगल के बरैय्या गाँव में देखा था। उस गाँव में उसके भईया–भाभी रहते हैं। कितना मन हुआ उसे देखने का, लेकिन किस मुँह से जाते उसके सामने हम लोग उसके लिए कुछ कर भी तो नहीं पाए। चलो चलती हूँ बिटिया, अपना ध्यान रखो, ऐसे में ज्यादा दौड़ भाग ठीक नहीं है।)

कहते हुए कैथा वहाँ से चली गई।

कुछ दिनों बाद गांव में हल्ला होने लगा। चारों तरफ आम की चोरी की खबर आग की तरह फैल रही थी। सब तरफ अफरा–तफरी आखिर सारे कच्चे आम कौन चुरा रहा है? लोगों ने दिन–रात बगिया में पहरा देना शुरू किया पर फिर भी उनकी नाक के नीचे से कच्चे आमों की चोरी हो ही जाती। अब तो सभी तंग आ चुके थे। बात ग्राम पंचायत तक पहुँच गई।

"यू रामखिलावन का लरिका ही है जौन चुरावत है अम्बिया। हम दयैखन उई दिन भोर मा ईका बगिया से भागत।"

(ये रामखिलावन का लड़का ही है, जो कच्चे आम चुरा रहा है। हमने देखा है उस दिन सुबह इसको बगिया से भागते हुए)।

घसीटन ने ग्राम पंचायत के सामने अपनी बात रखी।

"यू बोलत तुमका शरम नाहि आई? यू काहे भूल जात हो कि हमार बगिया मा भी चोरी भई है।"

(ये बोलते हुए तुमको शर्म नहीं आई? ये क्यों भूल गए की चोरी मेरी बगिया में भी हुई है।) रामखिलावन ने गुस्से में कहा।

"आखिर सबहीं के बगिया मा चोरी कैसन भई? चोरी आखिर कीहिस को?" ग्राम पंचायत सदस्य जानकी प्रसाद बोले।

"ई कीहिन है चोरी" (इन्होंने की है चोरी)।

छुहारा, गुजरिया अम्मा को पकड़कर ग्राम पंचायत में ले आया।

झूर्रीदार शरीर, झुकी कमर, सफेद बाल और आँखों पर मोटे लेंस का चश्मा और हाथ में डंडा लिए गुजरिया अम्मा ग्राम पंचायत के बीचों–बीच आकर खड़ी थी।

"गुजरिया अम्मा?" चारों तरफ खुसुर–फुसुर होने लगी। सबने एक–एक करके गुजरिया अम्मा के पांव छुए।

"छुहारा! तोहार दिमाग तो ठीक है? ई गुजरिया अम्मा है हम सबहीं की। कित्ते दिनों बाद मिली। हम तो धन्य हुई गएन। गुजरिया का मतलब भी जानत हो?"

"सर्वगुण सम्पन्न" गाँव की शान है ये। रामखिलावन ने अम्मा की तरफ हाथ जोड़ते हुए कहा।

"ईनका चोर बोले की तोहार हिम्मत कइसे भई?" घसीटन ने गुस्से में छुहारा को बोला।

"अरे! हमरी पूरी बात तो सुनो सब जनै हमही पर चढ़ लीहीन। हम रामखिलावन के लरिका का पीछा कीएन तो ऊ नन्दिता के साथ टम्पू में बैठकर बरैय्या गांव गवा वहीं मा आम भरे रहैं। हम अपनी आँखन से देखा कि गुजरिया अम्मा के घर मा आमन का ढेर लगा पड़ा है अउर अम्मा उनका काटत रही हम तुरन्त पकड़ लाएन अम्मा का। आप सबहीं के सामने।"

(अरे! मेरी पूरी बात तो सुनो सब लोग हम पर ही चढ़ लिए। मैंने रामखिलावन के लड़के का पीछा किया तो देखा कि वह नन्दिता के साथ टैम्पों में बैठकर बरैय्या गाँव गया और टैम्पो में मैंने आम भरे हुए देखा। मैंने अपनी आँखों से देखा कि गुजरिया अम्मा के घर में आमों का ढेर लगा हुआ है और अम्मा उन आमों को काट रही है। मैं तुरन्त अम्मा को पकड़कर आप सबके सामने ले आया।)

छुहारा ने अकड़ते हुए कहा।

"का ई सच कहत है अम्मा?"

(क्या ये सच कह रहा है अम्मा) जानकी प्रसाद ने पूछा।

"सच ही तो कहत है यू। हम कोउ का डेराइत नाहीं। जौन करेक हो कर ल्यो।"

(सच ही तो कह रहा है ये। मैं किसी से डरती नहीं हूँ। जिसको जो करना है कर लो।)

बिना दाँत वाली गुजरिया अम्मा ने डंडा पटकते हुए कहा।

"कोई कुछ नहीं करेगा अम्मा आपको, जिसको जो सजा देनी है मुझे दे। मैंने ही चुराए है आम।" नन्दिता पूरे आत्मविश्वास के साथ ग्राम पंचायत के बीच आ खड़ी हुई "नन्दिता तुमने?" जानकी प्रसाद ने पूछा। पर क्यों? बिटिया। ऐसी क्या जरूरत आन पड़ी कि तुमको चोरी करनी पड़ी?

''हमका पता है।'' भीड़ में से मुनिया बोली।

''तोहका पता रहै? हम पति है तुम्हार हमका काहे नहीं बताई तुम?'' छुहारा बीच में ही बोला।

''अरे! नन्दिता की खुशखबरी है।'' मुनिया ने छुहारा के कान में बोला।

''खुशखबरी? कौन–सी खुशखबरी और उससे आम की चोरी का का लेना–देना। तुमहु बौड़म हो।'' छुहारा तेज–तेज से चिल्लाकर मुनिया को डांटने लगा।

''खुशखबरी? आम की चोरी?'' चारों तरफ फिर खुसुर–फुसुर शुरू हो गई। नन्दिता आश्चर्य से सबकी तरफ देखने लगी और उसे मुनिया की बात का मतलब समझ आ गया और वह शर्म से लाल हो गई। तभी जोर से चिल्लाने की आवाज आयी।

''चुप करो सब लोग, न जानौ न समझौ बस बकर–बकर शुरू होई गए और ई मुनिया इके कबौ अकर न अइहै। छुहारा तुम बिटवा ईका छुहारा खिलावा करो नाहि तो गांव का नाम डुबो देगी एक दिन। और मुनिया जब तुम खुशखबरी सुनाई थी तो पूरे गाँव के आम खा गई थी का? कबहूँ तो अक्ल लगावा करौ।''

अम्मा ने गुस्से से मुनिया की तरफ देखते हुए कहा।

''शांत हो जाओ अम्मा, गलती मेरी ही है मुझे इस बारे में पहले आप सब से पहले ही विचार–विमर्श कर लेना चाहिए था। पर मैं डर रही थी कि कहीं आप लोगों ने मना कर दिया तो? नन्दिता ने शर्मिन्दा होते हुए कहा।''

''ऐसी कौन–सी बात थी, जिसके लिए हम मना करते नन्दिता बेटा? जानकी प्रसाद ने पूछा'', ''वो एक्चुली शहर में मेरा और मेरे पति का मसालों का बहुत बड़ा व्यापार है। ये बात तो आप सबको पता ही होगी पर हमारे बिजनेस में हमारा बहुत बड़ा नुकसान हुआ। सभी नन्दिता की तरफ आश्चर्य से देखने लगे!'' तो यहाँ के आम चुराकर नुकसान की भरपाई करती का? छुहारा ने बीच में बात काटकर चिल्लाते हुए पूछा।

तभी गुजरिया अम्मा ने एक लाठी छुहारा की पीठ पर दे मारी और बोली, ''नाम छुहारा अउर मुँह मा मिरची भरे हो? ससुर सकल तुम्हरी छुहारा जइसी तो कम से कम बातें ही अच्छी कर ल्यों। अब अगर आपन मुँह खोलिहों तो कुआँ मा ढकेर देब तुमका।''

''सच तो ये है कि मैं उत्तमपुर सिर्फ और सिर्फ गुजरिया अम्मा के अचार के लिए आई थी।'' नन्दिता ने बीच में बात काटते हुए कहा।

''देखा हम सही बोलत रहीं। खुशखबरी...।'' मुनिया बोल ही रही थी। तभी अम्मा डंडा लेकर उसकी तरफ बढ़ी।

''तुमका बहुत पड़ी है खुशखबरी। परिवार नियोजन मा शिकायत दर्ज करवाई? तीन–तीन ठो बिटिया लरिका हैं जी नाहि भरा।''

''ऐसी कोई बात नहीं है मुनिया और हाँ, आप सबका आशीर्वाद रहा तो वह दिन भी जल्द ही आएगा पर हाँ गुजरिया अम्मा का अचार मुझे मेरे बिजनेस को बढ़ाने में जरूर मदद करेगा, ऐसा मेरा यकीन था। पर यहाँ आकर मैंने जब गुजरिया अम्मा को न पाया तो उनके हाथों के उस अलौकिक अचार का स्वाद सभी के घर में ढूँढने लगी, शायद इसी वजह से आप लोगों को मुझ पर शक हुआ कि कहीं मै... (थोड़ा शर्माते हुए वह चुप हो गई)... पूछताछ से पता चला कि गुजरिया अम्मा अब बगल के गाँव में अपने भाई के यहाँ रहती है। मैंने जैसे–तैसे उन्हें ढूँढ निकाला। अम्मा को सारी बात बताई पर अम्मा का कहना था कि वह इसी गाँव की बगियों का अचार बनाती है तो ही उसका असली स्वाद आता है। मतलब गुजरिया अम्मा के साथ–साथ यहाँ की बगियों के आम का जादू का संगम है वह अलौकिक विशेष अचार। जिसकी खोज में मैं यहाँ आई थी।''

''पर नन्दिता तुम तो शहर की पढ़ी–लिखी लड़की हो और तुम आपन फायदा खातिर चोरी काहे कियो? हम सबहीं का कितना नुकसान हुई गवा तुमका मालूम भी है।'' राम खिलावन नें कहा। ''सच कहूँ तो पहले मैं सिर्फ अपने लिए ही आई थी यहाँ और सिर्फ अपने बारे में ही सोच रही थी पर जब मैंने देखा कि इतने सालों में भी इस

गाँव में न अस्पताल है, न ही स्कूल, न ही रोजगार और खेतों के लिए संसाधनों की कमी। मैंने देखा अभी भी हमारा गाँव कितना पिछड़ा है। ये बात दिन–रात मुझे परेशान करने लगी। मैं अपने बारे में भूल कर गाँव के बारे में सोचने लगी थी और गुजरिया अम्मा से मिलकर मुझे पता चला कि कोई भी ऊपरी दबाव के चलते हुए अपनी मर्जी से अपनी ही फसल अपनी फल सब्जियों को कोई बेच नही सकता" (नन्दिता ने सरपंच की ओर देखते हुए कहा।)

जब शिक्षा का अभाव रहेगा तो आपको आपके अधिकारों के बारे में कौन बताएगा? ऐसे ही लोग आपके अनपढ़ और भोले–भाले होने का फायदा उठाएंगे। इसीलिए, मैंने निर्णय किया कि मैं सब कुछ सुधार कर आप लोगों को दिखाऊँगी कि मुझे डर था कि कहीं किसी ने मेरा साथ न दिया तो? मुझे माफ कीजिएगा पर आपका कोई नुकसान नहीं हुआ, बल्कि आपको जानकर खुशी होगी कि जब मैंने, गुजरिया अम्मा के हाथों से बने आम के अचार का सैम्पल शहर भेजा तो वो हमारे क्लाइंट को बहुत पसंद आया और हमें ढेरों आर्डर मिलने लगे और आपको ये जानकर और भी ज्यादा खुशी होगी कि मैंने और मेरे पति अभिनव ने यहाँ पर कारखाना खोलने की सोची है जहाँ पर आपके घरों की औरतें अचार बनाएंगी। गुजरिया अम्मा की देख–रेख में उनकी खास रेसिपी से और आप सब निश्चिंत रहिए आप सभी के बगिया के आमों का हम मार्केट से अच्छा रेट देंगे। आपको उसे लेकर बेचने कहीं जाना नहीं पड़ेगा और आपके घरों में रोजगार होगा। "हम तो पहिले ही कहती रहीं कि कुछ तो बात है नन्दिता में।" कैथा चाची बोली।

"यहीं खातिर यहीं बात सुनकर हम नन्दिता का साथ दीएन, पर ई बौड़म छुहरवा सारा काम बिगाड़ दीहिस। ई बात तो हम खुदै तुम सबका बताए खातिर आज ही आते पर ससुर बोड़मन की कमी नाही है गांव म। इक यू हमारा तिलोकी और अब तुम सब जनै बस भेड़चाल चलौ खुद की अक्ल मत लगाओ। कितना अच्छा सोच रही नन्दिता हम सब के खातिर और तुम सब।"

गुजरिया अम्मा ने सबको फटकार लगाई।

''हम सब का? हम सब कौन मना करे है। (जानकी प्रसाद ने बात बीच में काटते हुए कहा) हमको तुम्हारा विचार बहुत अच्छा लगा। तुम कारखाने का काम आगे बढ़ाओ पर कारखाने के लिए जमीन?''

''जमीन हम देंगे'' (सरपंच ने बात बीच में ही काटते हुए कहा) ''बिटिया तुमने आज मेरी आँखें खोल दी। सच में इतने सालों में हमारा गांव कितना पिछड़ा है। पर अब हमने सोच लिया है कि हम तुम्हारा साथ देंगे।'' ये बात सुनकर नन्दिता भावुक हो गई। तभी अभिनव ने पीछे से नन्दिता के कंधे पर हाथ रखा। जो शीतला के साथ नन्दिता के पीछे खड़ा था। ''माँ ने मुझे सब कुछ बता दिया है। आई०एम० प्राउड ऑफ यू।'' कहते हुए अभिनव ने गर्व से नन्दिता को अपनी बाहों में भर लिया।

''मुझे आपको और भी कुछ बताना है। हम दो से तीन होने वाले हैं।'' नन्दिता नें शर्माते हुए धीरे से अभिनव से कहा। ''रियली?'' अभिनव ने कहते हुए खुशी से नन्दिता को और कसके अपनी बाहों में जकड़ लिया। तभी गुजरिया अम्मा, मुनिया से बोली ''सुन लियौ खुशखबरी अब जाओ नाचउ'' और चारों ओर ठहाके गूँज उठे।

13
खुशियों वाली बास्केट

"तू फिर आ गई? अभी मैं माँ से कह ही रही थी कि क्या बात है सृष्टि मैडम आज दिखी नहीं। नहीं तो बहुत ही कम ऐसा होता है, जो तू मुझे यहाँ न मिले।" रोशनी ने सृष्टि को आते देखते ही तंज कसा।

"हाँ तो? मायका है मेरा। मेरा मन जब चाहे तब आऊँगी। तुम्हें इतनी परेशानी क्यूं है? वैसे मैं तुम्हारी तरह वी०आई०पी० नहीं हूँ कि एक ही शहर में रहकर अपने मायके आने का समय न निकाल पाऊँ।" सृष्टि ने पलटवार किया और अपने साथ लाई हल्की गुलाबी रंग की शॉपिंग बास्केट को टेबल पर रख दिया।

"अरे! चुप करो तुम लोग, एक–दूसरे से इतने दिनों बाद मिली हो फिर भी नोंक–झोक करने का मौका नहीं छोड़ा तुम लोगों ने। न जाने कब जाएगा तुम लोगों का बचपन। दोनों ससुराल वाली हो गई हो अब तो बचपना छोड़ो। रोशनी और सृष्टि की माँ ने दोनों को फटकार लगाई।"

"मैं कहाँ कुछ कह रही हूँ माँ, ये रोशनी ही है मेरे आते ही शुरू हो गई आखिर इसको मुझसे प्रॉब्लम क्या है?" सृष्टि ने माँ से कहा।

"मुझे किसी से कोई प्रॉब्लम नहीं है, बड़ी हूँ तुझसे। तू ही पलट के जवाब देती है बार–बार।" रोशनी बोली और टेबल पर रखी सृष्टि की बास्केट को निहारने लगी।

"आखिर एक ही साल तो बड़ी हो। बड़ी हो तो बड़ों जैसी बातें भी किया करो। अच्छा माँ बहुत प्यास लगी है देव ने जबरदस्ती रास्ते में मालपुए खिला दिए फिर ही मुझे यहाँ छोड़ा। आज देर से पहुँचे होंगे ऑफिस, जरा देखूँ पहुचें या नहीं।" सृष्टि अपने पति देव को फोन करने ही वाली थी तभी उसके फोन की घण्टी बजी। सृष्टि ने थोड़ा शर्माते हुए फोन उठाया और बोली "मुझे पता था कि आपका फोन

जरूर आएगा। हाँ बाबा आराम से ही जाऊँगी आप चिंता मत करिए। अच्छा? तो ये सरप्राइज था? तभी मैं सोच रही थी कि कल ही मैं मम्मी जी से कह रही थी कि खेवट की दुकान के मालपुए खाने का मन हो रहा है और... अच्छा? (उसने चौंकते हुए कहा) तो मम्मी जी ने आपसे ये बात कही की मुझे...? ओह! अब मैं समझी। मम्मी जी भी न मेरे मुंह से निकला नहीं और सामान हाजिर। अच्छा बाबा लव यू टू, बाए, बाए।" सृष्टि चहकते हुए देव से बात कर रही थी और रोशनी कभी उसको तो कभी उसकी टेबल पर रखी बास्केट को निहार रही थी। "एक बात बता, तू हमेशा ये बास्केट लेकर क्यूँ चलती है?" रोशनी ने बास्केट की ओर इशारा करते हुए पूछा।

"अरे! जब भी मुझे माँ से मिलने का मन होता है तो मैं घर पर पूछती हूं बाजार से कुछ मंगवाना तो नहीं है और तुम तो जानती ही हो घर गृहस्थी में रोज किसी न किसी चीज की जरूरत पड़ती ही है बस उठाई बास्केट शॉपिंग की और थोड़ी देर के लिए यहाँ आ गई।" सृष्टि ने इतराते हुए कहा। "अकेले ही शॉपिंग?" रोशनी ने हैरानी से पूछा।

"अकेले कहाँ? सच कहूँ तो मैं फोन करके कभी माला के साथ तो कभी शीलू के साथ प्लान बना लेती हूँ। गोलगप्पे, लस्सी और शॉपिंग। शॉपिंग की शॉपिंग मस्ती की मस्ती।" सृष्टि कहते–कहते सोफे पर पसर गई।

"देव नहीं जाते तेरे साथ?" रोशनी ने अपनी मंहगी पर्स में कुछ ढूंढते हुए पूछा। "सच कहूँ मैं देव को खुद ही नहीं ले जाती। अगर ऑफिस जाने के पहले जाएंगे मेरे साथ पूछ–पूछ कर परेशान कर देते हैं कि क्या खाओगी ये वो और ऑफिस के बाद या छुट्टी का दिन है तो लॉन्ग ड्राइव पक्की। अब घर के काम निपटाऊँ कि उनके साथ लॉन्ग ड्राइव पर जाऊँ?" सृष्टि ने हंसते हुए कहा।

"अच्छा और तेरे घरवालों को कोई परेशानी नहीं होती? तेरे इतने बेफिक्र घर से निकलने में?" रोशनी अभी भी अपनी पर्स में कुछ ढूंढते हुए सृष्टि से पूछ रही थी।

''घूमती कहाँ हूँ बल्कि मैं तो उल्टा सबकी मदद करती हूँ कोई रोज–रोज मार्केट नहीं निकलती मैं। हफ्ते–दस दिन में एक बार बस। उसी में सबसे मिलना हो जाता है और थोड़ा मूड भी फ्रैश हो जाता है, नहीं तो रोज–रोज एक जैसी जिंदगी? न बाबा न! मैं तुम्हारी तरह बड़े घर की बहू नहीं हूँ जिसके आगे–पीछे नौकरों की जमात लगी हो। जिसका महल जैसा घर हो, मैडम को ड्राइवर ही सब जगह ले जाएगा। आपकी तो ठाठ है मैडम। वैसे ये मंगलसूत्र नया है क्या? बहुत ही सुन्दर लग रहा है और ये डायमण्ड रिंग? क्या बात है और क्या चाहिए जिंदगी में।'' सृष्टि ने गर्दन मटकाते हुए कहा। ''हाँ, मंगलसूत्र पवन ने दिया हमारी सेकंड एनीवर्सरी पर, तभी मॉम ने डायमण्ड रिंग भी दी थी।'' रोशनी कहते हुए अपनी पर्स में कुछ ढूंढ रही थी।

वॉव आई मस्ट से जीजू की पसंद एकदम बढ़िया है। पहले मेरी इतनी सुन्दर बहन को ले उड़े और अब उसको इतने सुन्दर गहनों से भर दिया। जीजू ने यह सरप्राइज दिया तुम्हें? बोलो न, सृष्टि ने आँख मारते हुए पूछा। ''सृष्टि तू कितना बोलती है? तेरे घर वाले परेशान रहते होंगे तुझसे। जा अब मुझे परेशान मत कर और मेरे लिए एक गिलास पानी ले आ।'' रोशनी ने चिड़चिड़ाते हुए कहा।

''जा रही हूँ वैसे भी रसोई से कितनी मनमोहक खुशबू आ रही है। लगता है माँ मेरे लिए कुछ स्पेशल बना रही है।'' सृष्टि ने रसोई की ओर जाते हुए कहा। ''रोज–रोज आने वालों के लिए कुछ स्पेशल नहीं बनता वो तो मैंने ही कहा था माँ से, अपने हाथों से बना गाजर का हलवा खिला दे कितना टाइम हो गया खाए।'' रोशनी ने तंज कसते हुए कहा। ''रोज–रोज नहीं आती हूँ मैं। पर हाँ, तुम्हारी तरह मेहमान बनकर भी नहीं आती कि बस दो महीने में एक बार आओ, महंगी साड़ी, गहनों से इतने लदे रहो कि चल भी न पाओ और चन्द घंटे बैठो और बस टाटा बाए।'' सृष्टि कहते हुए पानी का गिलास लेकर रसोई से बाहर निकली। अरे! दोनों की पसंद का बनाया है मैंने। कितना लड़ती हो दोनों। भगवान जाने कब सुधरोगी। माँ कहते हुए चाए की ट्रे लेकर

रसोई से बाहर आई। अरे वाह माँ! यू आर द बेस्ट, मेरी फेवरेट मटर वाली चाट बनाई तुमने। वरना मुझे लगा कि रोशनी की वजह से कही मुझे फिर से मीठा न खाना पड़े। "सृष्टि ने मुंह बिचकाते हुए कहा। क्या ढूँढ रही हो बेटा अपनी पर्स में? कुछ खो गया क्या? माँ ने रोशनी को पूरी तल्लीनता से पर्स में कुछ ढूँढते देखा तो उसने पूछ ही लिया।"

"हाँ, बहुत देर से कुछ ढूँढ रही है पर्स में, मैंने सोचा शायद मेरे लिए कोई गिफ्ट लाई होगी इसलिए मैंने पूछा नहीं।" सृष्टि ने आँख मारते हुए कहा। "तुझे हरदम मजाक कैसे सूझता है? और मैं अपनी दवाई ढूँढ रही थी, पानी पकड़ा मुझे।" रोशनी ने चिढ़ते हुए कहा। "जब तू आई थी तभी भी सिरदर्द की दवाई खाई थी। फिर से दवाई? किस बात के लिए बेटा? तेरी तबियत तो ठीक है? और मैं देख रही हूँ तेरा चेहरा बुझा–बुझा है। घर में सब ठीक तो है न?" माँ ने चिंता व्यक्त की। "इतना बड़ा कारोबार है इसका। चारों ओर नौकर–चाकर, इतनी बड़ी गृहस्थी की देख–रेख। थक जाती होगी बेचारी। सृष्टि और रोशनी के पापा ने घर में घुसते हुए कहा। सृष्टि की पिंक बास्केट पर नजर पड़ते ही फिर बोले लगता है मेरी छोटी–सी गुड़िया का बास्केट वाला डे था आज?"

"हाँ पापा, आज पूरे एक हफ्ते बाद निकली मैं घर से। इससे ज्यादा नहीं रह सकती मैं आप लोगों से मिले बगैर।" सृष्टि ने पापा के गले लगते हुए कहा। "मैं भी।" रोशनी कहते हुए झट से अपने पापा के गले लग गई।

"झूठ! तू कहाँ आती है हमसे मिलने। देख एक ही शहर में रहकर भी पूरी दो महीने बाद आई है।" पापा ने रोशनी के गाल खींचते हुए कहा।

"क्या करूँ पापा। आप तो जानते हैं मेरे घर में कितनी फॉर्मेलिटिज होती हैं अब कहाँ खाली हाथ आने देते हैं देखिए न, मायका जाना मतलब दुनिया भर का झमेला। ये देखिए मम्मी जी ने मिठाईयाँ भेजी हैं और फिर आपको भी उतनी ही फॉरमेल्टी करनी पड़ती है।" रोशनी ने थोड़ा हिचहिचाते हुए कहा।

"मैं तो इस मामले में बिल्कुल फ्री हूँ, हम मिडिल क्लास जरूर हैं पर इतनी फॉरमेल्टी? न बाबा न। मेरे घर में तो सब इस मामले में बिल्कुल स्वतंत्र सोच के हैं। भला तीज–त्योहार में तो चलता है ये सब पर, मायका जाना कोई रस्म तो है नहीं..." सृष्टि ने कहा। "मैं समझता हूँ बेटा, बड़े लोग हैं विचारधारा भी हमसे अलग ही है। सच कहूँ मैं तो बहुत खुशनसीब हूँ, जो मेरी लड़कियों की शादी इतने अच्छे घरों में हुई है।" पापा ने दोनों बेटियों को सीने से लगाते हुए कहा।

"अच्छा पापा अब मैं निकलूंगी। रोशनी ने घड़ी देखते हुए कहा" अरे! अभी तो आई है तू और अभी ही चली जाएगी? "माँ ने अचरज से बोला।" और मैं तो अभी ही आया हूँ तुझसे ठीक से मिल भी नहीं पाया, मुझसे मिले बगैर चली जाएगी? अरे! "अपने पापा के पास बैठकर बातचीत का भी समय नहीं है तेरे पास।" पापा ने हैरानी से पूछा।

"नहीं पापा ऐसी बात नहीं है, वैसे भी मुझे आए दो–तीन घंटे हो गए हैं, फिर से आऊँगी न पवन के साथ।" रोशनी ने पापा को दिलासा देते हुए कहा।

"पवन? उससे तो मिले एक अरसा हो गया। मैं भी यही सोच कर हिचकिचाता हूँ फोन करने से, कहीं व्यस्त न हो," पापा ने कहा। "भगवान ने हमें बेटे नहीं तो क्या, बेटों के रूप में इतने अच्छे दामाद दिए हैं।" "चलिए मैडम आपको रास्ते में ड्रॉप कर दूँगी। ड्राइवर तो बैठा ही है कार में या आपका सास–ससुर को छोड़कर यहीं डेरा जमाने का इरादा है?" रोशनी ने सृष्टि को फिर तंज कसा।

"काश! यही डेरा जमा पाती मैं। आपको आपका ड्राइवर मुबारक हो। वैसे आज मेरा और देव का कुछ और ही प्लान है। आज मम्मी–पापा मेरे साथ मेरे घर जा रहे हैं।" सृष्टि ने मम्मी–पापा के गले में हाथ डालते हुए कहा।

"तुम्हारे घर?" वह क्यों भला? रोशनी ने आश्चर्य से पूछा।

"सृष्टि, रोशनी का हाथ पकड़कर कोने में ले गई और फुसफुसाने लगी" अरे! तुम्हें याद नहीं है? आज मम्मी–पापा की एनीवर्सरी है।

इसीलिए मेरे घर वालों और देव ने प्लान किया कि हम उन्हें सरप्राइज देंगे। इसीलिए तो मैंने अभी तक उन्हें विश नहीं किया और सॉरी, मुझे लगा शायद तुम लोग न आओ इसीलिए मैंने, किसी को इनवाइट नहीं किया।

''अरे वाह! मै भी चलूँगी।''

रोशनी कहते–कहते रुक गई फिर कुछ सोचकर बोली ''मम्मी जी से पूछा नहीं है न इसीलिए...''

''हाँ–हाँ मुझे पता था तुम लोग छोटी–मोटी पार्टी में नही जाते।'' सृष्टि ने ताना मारा और रोशनी अपना दबा–सा मन लेकर वहाँ से चली गई। बाद में उसने फोन पर मम्मी–पापा को विश करना ही उचित समझा। वह अपनी पंसद का तोहफा भी क्या लेती? उसे तो हाई–फाई दुकानों से लाकर थमाया जाता है वह उसके माँ–बाप के किस काम का होता भला? पिछली बार इम्पोर्टेड वाइन ग्लास सेट और बड़ा–सा बुके, विदेशी चॉकलेट भेजी थी उसके ससुराल वालों ने। जबकि रोशनी का मन अपने पापा को कुर्ता पायजामा उनकी फेवरेट मिठाई और माँ के लिए चाँदी की सुन्दर–सी पायल लाने का था।

दिन गुजरते गए। सृष्टि और रोशनी के जीवन में कोई बदलाव नहीं आया। सृष्टि दिन–पर–दिन अपने जीवन में तरक्की करने लगी थी। एक छोटा–सा बुटिक खोलकर उसने दिन–रात उसमें मेहनत की। अपनी सासु माँ की मदद से कुछ ही दिनों में बुटीक का शहर में खास नाम हो चुका था और अब सृष्टि का स्तर रोशनी से कुछ कम न था। उधर रोशनी के जीवन में उदासी के बादल छाए रहते थे। रोशनी की दिन–पर–दिन गिरती सेहत कि वजह से पवन को अस्पतालों के चक्कर काटने पड़ रहे थे। जिसकी वजह से उसको बिजनेस में भी खासा नुकसान उठाना पड़ रहा था। नतीजा आपसी कलेश। रोशनी की ऐसी दशा देखकर उसके माता–पिता ने उसके सास–ससुर से उसको कुछ समय के लिए मायके ले जाने की अनुमति मांगी। रोशनी के ससुर ने रोशनी को मायके जाने की अनुमति दे तो दी साथ–ही–साथ निर्देश भी दिए।

"रोशनी आप हमारे घर की बहू हैं, आपको ये बात हमेशा ध्यान रखनी है। हमने आपको हमारे स्तर तक लाने के लिए आप में काफी बदलाव किए हैं ध्यान रहें कि आप अपने मायके में रहकर फिर से उसी तरह मत बनिए। कही जाने के लिए आपको रिक्शा या पैदल जाने की जरूरत नहीं, ड्राइवर हमेशा आपको लेकर जाएगा और ध्यान रहें शहर में हमारा खासा नाम है, आपके पहनावे से कही हमें शर्मिन्दा न होना पड़े। आप अपनी मिडिल क्लास फैमिली के रहन–सहन में वापस न ढल जाएं इसलिए हम आपको वहाँ ज्यादा जाने और रहने की इजाजत नहीं देते, पर आज आपके माता–पिता ने हमसे काफी आग्रह किया है इसलिए हम आपको वहाँ भेज रहे हैं, लेकिन ध्यान रहे...।"

"मैं इस परिवार की बहूँ हूँ।" रोशनी ने बात बीच में ही काटते हुए कहा और नजरें झुका कर वहाँ से चली गई। रोशनी की सेहत में मायके जाने के बाद भी कोई सुधार नहीं था। अब तो वह सृष्टि के बार–बार घर जाने पर तंज भी नहीं कस रही थी और उसके माँ–पापा ने गौर किया कि रोशनी पवन की फोन पर भी ज्यादा बात नहीं होती तो उन्होंने सीधे पवन को ही कॉल किया और रोशनी की हालत के बारे में बताया और उसे इस बात से आग्रह किया कि अगर रोशनी ऐसे ही दिन–प्रतिदिन मुरझाती गई तो हम उसे खो देंगे।

"मैं क्या करूं? शहर के बड़े से बड़े डॉक्टर को दिखा चुका हूँ मैं। पैसा पानी की तरह बहा दिया। फिर भी मुझे समझ नहीं आ रहा आखिर कमी क्या है। मैं भी उसे बहुत प्यार करता हूँ, दुनिया की सारी सुख–सुविधाएं उसके कदमों में लाकर रख दी मैंने पर हाँ, बस समय ही तो नहीं दे पाता उसे पर महंगें जेवर, कपड़े क्या नहीं है उसके पास। अब मैंने सोच लिया है कि उसे बड़े शहर के टॉप डॉक्टर को दिखाऊँगा। मैं आ रहा हूँ उसे लेने। कहते हुए पवन ने गुस्से में फोन रख दिया।"

रोशनी की माँ भाप गई थी कि रोशनी अन्दर से दुःखी है किसी बात को लेकर। इसीलिए वह मुरझा रही है। उसने रोशनी को खूब

समझाया। ''बेटा! कितना अच्छा ससुराल है तुम्हारा, पवन भी कितना मानता है तुम्हें। आज तो कह भी रहा था तेरे पापा से कि'' वह तुम्हें इण्डिया के टॉप के डॉक्टर को दिखाएगा। क्यों तुम दिन–प्रतिदिन घुट–घुट कर मरने की कोशिश कर रही है, आखिर तुम्हें और क्या चाहिए? तभी सृष्टि घर के अन्दर आई और अपनी वहीं गुलाबी बास्केट को टेबल पर रखते हुए बोली ''हाँ बोलो, आखिर तुम्हें क्या चाहिए? मैं तुम्हें लाकर दूँगी।''

''तुम्हारी ये खुशियों वाली बास्केट। रोशनी ने एकटुक बास्केट की ओर देखते हुए कहा।''

''मतलब?'' सृष्टि ने अचरज से पूछा, मतलब ये बास्केट ही तो है जिसकी वजह से तू जब मर्जी आती है मम्मी–पापा से मिल लेती है जब मर्जी आए अपने दोस्तों के साथ मस्ती कर लेती है और तो और अपने पति के साथ समय व्यतीत कर लेती है। याद है शादी के पहले हमारे पास भी ऐसी बास्केट थी जिसको लेकर हम बाजार से अपनी मनमर्जी के सामान खरीद लाते थे। अपनी मनपसंद कपड़ें, जूते, श्रृंगार और न जाने क्या–क्या। अपनी पंसद की चन्दन की छोटी–सी दुकान पर पानीपूरी और दोस्तों के साथ मस्ती। मैं तो हमेशा से ऐसी थी बेफिक्र, बेपरवाह बहती हवा–सी। पर अब मुझे घुटन होती है बड़ी सोसाइटी की दिखावटी दुनिया में जहाँ मै बिल्कुल अकेली हूँ। पवन ने मुझे सबकुछ दिया पर वह प्यार, वह समय नहीं, जो हर लड़की का सपना होता है। एक लड़की को क्या चाहिए उसका पति बिन कहे उसके मन की बात समझ जाए, उसको छोटी–छोटी खुशियां चाहिए बस। इन भारी भरकम गहनों से बातें करूं? या उस आलीशान घर के शानौ–शौकत वाले कमरों में मस्ती करूँ? कहते–कहते रोशनी का गला भर गया और वह जोर–जोर से रोने लगी।

''तुम बस खिल जाओ उस गुलाब की तरह जिस सुन्दर गुलाब को देखकर मुझे तुमसे पहली नजर में प्यार हुआ था। मुझे नहीं पता था कि जिस प्यारे खुशबूदार गुलाब को मैं अपनी बगिया में लगाने चला था

उसको कैसे सींचना है मुझे माफ कर दो रोशनी, मैंने ही तुम्हारा हाथ तुम्हारे माता–पिता से मांगा था और मैं उनकी उस प्यारी–सी कली को सहेज के रख भी नहीं पाया। मैं आप सबका गुनहगार हूँ। पर अब नहीं। अब से मेरा पूरा समय तुम्हारा। मैं और तुम साथ में वह पुरानी खिलखिलाती पुरानी वाली रोशनी वापस लाएंगे। अब मैं बनूँगा तुम्हारी खुशियों वाली बास्केट।'' पवन ने अपने बहते आँसुओं को पोंछते हुए कहा जो कि पीछे से रोशनी की सारी बातें सुन रहा था।

रोशनी पवन का ये रूप देखकर अंचभित थी। वह पवन, जो सिर्फ प्रैक्टिकल लाइफ में विश्वास रखता था आज भावनाएं उसकी आँखों से बह रही थी रोशनी ने झट से पवन को गले लगा लिया और दोनों की आँखों से बस आसुओं की धारा बह रही थी। पवन को उसका गुलाब खिलता दिख रहा था और रोशनी को अपनी खुशियों वाली बास्केट मिल गई थी।

माहौल को इतना भारी होते देख सृष्टि ने झट से बोला ''तो चले अब चन्दन के यहाँ पानीपूरी खाने?''

''सिर्फ मैं और रोशनी, साली साहिबा। आपकी बारी फिर कभी।'' कहते हुए पवन ने फिर से रोशनी को कसकर अपनी बाहों में जकड़ लिया और रोशनी तिरछी नजर से उस गुलाबी बास्केट को देखकर मुस्कुरा रही थी।

14
क्वीन ऑफ द डे

आज कृष्णा के घर पर उसके बेटे के जन्मदिन की पार्टी थी। सोसाइटी के सभी दोस्तों को उसने खाने पर बुलाया था। बच्चों के लिए गेम्स का आयोजन भी था। जिसमें विजेता लड़के को प्रिंस ऑफ द डे और लड़की को प्रिन्सेस ऑफ द डे के खिताब से नवाजा जाना था। कृष्णा ने बहुत अच्छे से सारी पार्टी का सारा इंतजाम किया था। सब लोग उसकी तारीफ करते नहीं थक रहे थे। पर उसको पता था की वो ये सब अकेले बिल्कुल भी न कर पाती अगर सरिता साथ न होती तो। सरिता उसकी कामवाली बाई का नाम था। पार्टी की सारी तैयारी में उसका खास योगदान था। सरिता स्वभाव से बहुत अच्छी थी। एक हफ्ते पहले से ही सरिता समय निकाल कर घर की अच्छे से सफाई, गिफ्ट पैक करने में मदद, क्रोकरी की सफाई सब कुछ करने में कृष्णा की पूरी मदद कर रही थी। कृष्णा के पति ऑफिस में ज्यादा व्यस्त होने की वजह से कृष्णा की मदद नहीं करा पा रहे थे और वह पाँच साल के बेटे विहान का जन्मदिन धूम–धाम से मनाना चाहती थी। आज जन्मदिन के दिन सरिता का उपवास भी था पर फिर भी वो शाम को कृष्णा की मदद करने आयी और खाना परोसना और गेस्ट की देखभाल में पूरी तरह से तत्पर रही। कृष्णा ये सब देख कर मन ही मन भाव–विभोर हो गयी। वो किन शब्दों में उसको शुक्रिया करती। ये तो अक्सर ही होता था जब भी कृष्णा को सरिता की जरूरत होती वह हमेशा उपस्थित होती। आज उसने सरिता को धन्यवाद बोलने का तरीका सोच ही लिया। जब बच्चों के गेम्स के विनर को प्रिन्स और प्रिंसस का टियारा पहनाया जा रहा था तो कृष्णा ने घोषणा की

और हमारे बीच आज उपस्थित है ''क्वीन ऑफ द डे। हमारी प्यारी सरिता।'' और सरिता को प्यारी–सी साड़ी उपहार में देते हुये उसने सरिता को भी सबके सामने टियारा पहनाया। इतना सम्मान मिलते देख सरिता की आँखों में खुशी के आंसू थे और सब लोग सरिता के सम्मान में तालियां बजा रहे थे और कृष्णा की सूझ–बूझ की सराहना कर रहे थे।

15
मेरी वाली रेड लिपस्टिक

''अरे! काव्या तू विदेश घूमने गयी थी या शॉपिंग करने? इतना ढेर सारा सामान?'' कहते हुए दादी सास काव्या के बेड पर बैठ गयी और बेड पर फैले सामान को निहारने लगी।

देखते–ही–देखते काव्या के कमरे में पूरा परिवार आ खड़ा हुआ, सबको जिज्ञासा जो थी काव्या और अंकन की विदेश यात्रा के बारे में जानने की। काव्या के ससुराल में दादी सास, दादा जी, अंकन के माता–पिता और एक बहन रहते थे। अकेली बहू होने की वजह से सब काव्या को खूब ढेर सारा प्यार करते थे। अंकन और काव्या की शादी को एक साल होने को आये थे, अंकन की नई नौकरी की वजह से दोनों शादी के बाद घूमने ही नहीं गए। इसलिए परिवार के दबाव में आकर दोनों ने विदेश यात्रा का ही प्लान बना लिया।

''अरे! इतनी भीड़ क्यों इकट्ठी की सबने बहू के कमरे में, आज ही तो आयी है, उसे आराम करने दो'' दादा जी गुस्से में कमरे में आये।

''अरे! नहीं दादा जी बैठने दीजिये न सबको अच्छा लग रहा है सबके साथ'', काव्या ने मुस्कुरा कर बोला।

काव्या ने सभी के लिए लाये तोहफे सबको दिये और ननद अवन्तिका को प्यारी–सी जीन्स दी।

दादी सास ने जींस को देखते ही तपाक से बोला ''अरे! ये क्या कटी–फटी जींस? आजकल की लड़कियों के तो दिमाग ही खराब हैं, बताओ कल सुभद्रा की बहू को देखा, नीली नेल पोलिश लगाये घूम रही थी और तुम्हारी सास को देखो टीवी सीरियल जैसे झूमके और बिन्दी लगाये घूमती रहती है। सब के दिमाग खराब कर दिये हैं ये मुआ फैसन (फैशन)।''

ये सब सुनकर काव्या जोर–जोर से हंसे जा रही थी।

"क्या दादी! छोड़िये न, ये लीजिये आपके लिए मैं लायी हूँ मखमली मुलायम स्वेटर और मम्मी जी आपके लिए सनग्लासेस।"

"थैंक यू बेटा, खुश रहो" मम्मी जी ने मुस्कुरा के बोला।

दादी ने कसीदे कसते हुए कहा ह्मम "सनग्लासेस" ये मुआ फैसन।

"अरे ओ बुढ़िया! आ जाओ बाहर, बहू को आराम भी करने दो।" दादा जी ने दादी की खिचायीं करते हुये बोला।

"आती हूँ" दादी ने इतराते हुये बोला। कमरे से निकलते–निकलते वो काव्या के कान के पास आकर बोली "अरे! काव्या तुम, मेरी वाली रेड लिपस्टिक नहीं लायी? जैसी मैंने तुमसे मंगायी थी जैसी शिल्पा शेट्टी लगाती है?"

"अरे! हाँ दादी, मैं तो भूल ही गयी वो आपको देना" काव्या ने अपनी पर्स टटोलते हुये बोला।

"ये लीजिये दादी, आपकी शिल्पा शेट्टी वाली रेड लिपस्टिक" काव्या ने दादी को लिपस्टिक देते हुये कहा।

लिपस्टिक देखकर दादी की आँखों में एक अलग चमक थी वो खुशी से काव्या को बोली थैंक्स डार्लिंग और तेजी से कमरे से बाहर निकल गयी।

काव्या दादी का ये अवतार देखकर अपनी हंसी रोक नहीं पायी और सामान समेटते हुए बोली "ये मुआ फैसन (फैशन)"।

16
टेक ऑफ

"अब कुछ ही समय में हमारी फ्लाइट उड़ान भरेगी, अपनी कुर्सी की पेटी बांध लीजिए...।" एयरहोस्टेस उड़ान भरने से पहले की अपनी सारी औपचारिकताएं निभा रही थी और दिव्यांका खिड़की के बाहर एकटक नजरे गड़ाएं थी। फ्लाइट के टेक ऑफ करते ही वही उस चमचमाते शहर को ऊपर से बड़े गौर से देख रही थी कभी ऊपर से इसी तरह शहर को देखकर उसकी आँखों में चमक आ गई थी। पहली बार उड़ान जो भरी थी उसने, पहली बार अपने छोटे से गाँव के बाहर कदम जो रखा था प्रताप का हाथ थामकर, "प्रताप" वह नाम जिसको सुनकर भी कभी दिव्यांका के दिल की धड़कने तेज हो जाया करती थी। आज उसी प्रताप को बिन बताए छोड़ आई थी वह। वह प्रताप, जो बारात लेकर जब दिव्यांका के दरवाजे पर खड़े थे तब लोग उनके और उनके परिवार के ठाठ देखकर बलैय्या लेते नहीं थक रहे थे। वह प्रताप, जो दिव्यांका को दुल्हन के जोड़े में देखकर खुद को रोक नहीं पाये और बढ़ा दिया अपना हाथ उसको स्टेज पर चढ़ाने के लिए। उसी प्रताप को छोड़कर जाने का निर्णय, यूँ पासपोर्ट हाथ में लेकर घर से हमेशा–हमेशा के लिए निकल जाने का निर्णय, अचानक इतना आसान कैसे बन गया था दिव्यांका के लिए। दिव्यांका ने खिड़की से उस खूबसूरत जगमगाती दुनिया पर नजरें गड़ाई हुई थी और ख्यालों में अतीत के पन्नें खुद–ब–खुद पलटने लग गए थे। तभी एयरहोस्टेस ने फूड पैकेट्स दिव्यांका की ओर बढ़ाते हुए पूछा, "मैम, वेज या नॉनवेज?" दिव्यांका अचानक पुरानी यादों की गलियों से बाहर आ गई और उसने महसूस किया कि उसका अस्तित्व अभी भी जिन्दा है, जो पंख लगाकर हवा के साथ उड़ान भर रहा है। खाना खाने के बाद

उसने जब अपनी आँखें बंद की तो वह फिर अतीत के गलियारों में चलने लगी। जहाँ उसके अस्तित्व ने मिटने की ओर कदम रखा था। ''तुम, तुम क्या अंग्रेजी मूवी देखोगी, तुम्हें कुछ समझ भी आयेगा?'' उम्र में ग्यारह साल बड़े प्रताप ने कब समझा था कि एक छोटे गांव के गरीब परिवार की लड़की भी दिल में कुछ बनने के ख्वाब बुन रही है सर्वगुण सम्पन्न दिव्यांका लड़े जा रही थी अपना वजूद बनाने के लिए। पर हाथ क्या लगा बस हार। क्योंकि वह समाज भी प्रताप की कही भाषा बोलने लगा था।

''अरे! भाभी आपको नहीं मालूम होगा। ये मोबाइल की टेक्निक, आप प्रताप भईया से समझ लेना देवर की टिप्पणी।''

''तुम तो रहने ही दो ऑफिस की पार्टी में जाने के लिए। मैं अकेला चला जाऊँगा।'' पति की टिप्पणी।

''बहू अब रख भी दो ये पोथा–पथरी। प्रताप ऑफिस से आ चुका है, ये नहीं के चाय नाश्ते का इंतजाम देखो।'' सास की टिप्पणी।

''बड़े शहर आकर दो–चार अंग्रेजी के शब्द क्या सीख लिए जिससे देखो अंग्रेजी में ही बतियाएगी।'' ससुर की टिप्पणी।

किससे कहती? वह पढ़ना चाहती है और आगे बढ़ना चाहती है। छोटे शहर से आने की परिभाषा लोग कैसे तय कर सकते हैं कि वह आधुनिकता से हमेशा परे ही होंगे? बस कोई हौंसले के दो बोल कानों में फूंक दे तो ज्यादातर दम तोड़ते सपने फिर से जी उठते हैं। बस उन्हीं हौंसलों के दो बोलों की ही तो कमी थी दिव्यांका के जीवन में। अपनी इच्छाओं को बस एक साधारण–सी गृहिणी वाले जूड़े में बाँध लिया था उसने और संभाल ली थी वहीं गृहस्थी की बागडोर, जो पति के तौलिए और टिफिन से हर रोज शुरू होती और सास के पैर दबाने पर खत्म होती। दिन भर तानों के अलावा सुनती ही क्या थी वह? दिव्यांका चुप थी बस चुप। बचपन से यही तो सिखाया गया था उसे। संस्कारों में यही तो डाला गया। बचपन से ही स्कूल में पढ़ाई एवं सांस्कृतिक कार्यक्रमों में अव्वल रही। सदैव सराहना और प्रोत्साहन

पाने वाली दिव्यांका ने जीवन में कुछ कर दिखाने का ख्वाब कब पाल लिया पता ही नहीं चला। पर उसे क्या पता था उन ख्वाबों को रौंदने के लिए उम्र में ग्यारह वर्ष बड़े प्रताप की ओर से महज उसकी सुन्दरता से प्रभावित होकर विवाह का प्रस्ताव आ जाएगा। घर की आर्थिक तंगी और पिता के कंधों पर जिम्मेदारियों को देखते हुए उसने हां कर दी। दिव्यांका चल पड़ी थी अपने सपनों की गठरी को मायके की दहलीज पर छोड़कर, एक नई दुनिया बसाने, प्रताप का प्यार पाने। उसके घर, उसके शहर। प्यार ही तो कर बैठी दिव्यांका प्रताप के प्रभावशाली व्यक्तित्व से। उम्र में बड़े हुए तो क्या हुआ, पढ़े–लिखे, समझदार बहुत ही प्रख्यात मल्टीनेशनल कम्पनी के उच्च पद पर कार्यरत प्रताप भा गए थे दिव्यांका को। भावनाओं से ओत–प्रोत दिव्यांका को बस प्यार ही चाहिए था। पर बेचारी क्या जानती थी जिस प्रताप को वह अपना सबकुछ मान बैठी थी वह तो वास्तव में एक प्रैक्टिकल इंसान था। जो भावनाओं से परे बसी प्रैक्टिकल जिंदगी में ही विश्वास करता था। जिन्दगी में बस पैसा, रुतबा और ऊंचाईयां यही सपना था प्रताप का, जिसको पाने की प्रतिस्पर्द्धा में शादी की उम्र कहीं पीछे छोड़ दी उसने, घरवालों के दबाव में आकर एक समझौते के तौर पर दिव्यांका से विवाह कर लिया। पत्नी के रूप में प्रताप को दिव्यांका एक सुंदर लड़की दिखती थी और उसके बाद वहीं एक गृहिणी। दिव्यांका उसकी नजर में तो छोटे शहर से आई एक मामूली लड़की थी। विवाह के शुरुआती दिनों में सबकुछ कितना अच्छा था। प्रताप अपनी व्यस्त जिंदगी से दिव्यांका के लिए खूबसूरत लम्हें चुरा ही लाते थे और दिव्यांका, उन्हीं लम्हों के दम पर पूरी जिन्दगी प्रताप को सौंप चुकी थी। शायद प्रताप ने दिव्यांका के साथ वहीं चंद लम्हें प्रेमपूर्वक बिताए, जो लगभग हर पुरुष बिताना चाहता है अपनी नई–नवेली पत्नी के साथ। अपनी तरक्की, अपनी जॉब, एक पत्नी दो बच्चे बस यही तो था प्रताप के सपनों का पिटारा। उसमें दिव्यांका का वजूद कहाँ था। फिर भी जैसे हर लड़की अपने सपनों को भूलकर एक अजनबी के सपनों

को साकार करने के लिए बस हर दिन खुद को मिटाती है। दिव्यांका भी तो वही कर रही थी। आज आँखें मूंदे फ्लाइट में बैठी दिव्यांका को याद आ रहा था वो दिन जब उसने प्रताप से कहा था ''मैं आगे पढ़ना चाहती हूँ, पोस्ट ग्रेजुएशन करना चाहती हूँ।'' ''क्या करना है आगे पढ़कर? फिर तुम इस पढ़ाई के झमेले में न ही पड़ो तो ही अच्छा है। वैसे भी माँ–पिता जी की तरफ से बार–बार दबाव आ रहा है हमें अपना परिवार आगे बढ़ाना होगा। शादी लेट हुई तो क्या हुआ। कम से कम बच्चे...।'' प्रताप ने शीशे में अपनी टाई ठीक करते हुए कहा।

''शादी तो आपकी लेट...।

मेरा मतलब है। मैं एक बार अपने आगे की पढ़ाई पूरी कर लूँ, फिर बच्चों के बारे में भी...'' दिव्यांका ने बीच में ही बात काटते हुए कहा और कहते हुए अचानक रुक गई।

''ठीक है तो एक काम करो, कहीं से पत्राचार से कुछ कर लो। तुम्हारे ऊपर माँ–पिता जी को जिम्मेदारी भी है ये जरूर याद रखना। फिलहाल मेरा ब्रेकफास्ट रेडी करो, मुझे ऑफिस के लिए लेट हो रहा है।'' कहते हुए प्रताप ने अपना लैपटॉप बैग उठाया और कमरे से बाहर निकल गया।

''पर...।'' दिव्यांका कहते हुए रुक गई। उसकी हर बात ऐसे ही तो खत्म होती थी। अपनी योग्यता एवं प्रतिभा के चलते शहर के विश्वविद्यालय में दिव्यांका को दाखिला मिल गया और उसने बिना किसी की दिनचर्या को क्षति पहुँचाते हुए दो साल कब निकाल दिए, पता ही नहीं चला। उधर प्रताप की व्यस्तता बढ़ चुकी थी। बड़ी–बड़ी पार्टी, फ्लाइट और विदेश यात्राएं। प्रताप का जीवन इन्हीं सब के इर्द–गिर्द घूम रहा था और उसकी जिन्दगी में दिव्यांका ने एक नया पन्ना जुड़ते हुए देखा था।

वह थी ''आयशा''। पढ़ी लिखी मॉडर्न लड़की जो कि प्रताप के ऑफिस की नई मैनेजर थी। शुरुआत में तो दिव्यांका से आयशा की नई दोस्त के रूप में परिचय कराया था प्रताप ने, पर दिव्यांका तो उस

दिन बिखर गई जब घर में दी गई पार्टी में नशे में धुत प्रताप ने सबके बीच आयशा को 'जान' कहकर सम्बोधित किया। उसी दिन की तो बात है, जब प्रताप ने अपने प्रमोशन की खुशी में घर में एक बड़ी पार्टी का आयोजन किया था और पार्टी का सारा खाना रसोई में दुबकी दिव्यांका ने खुद बनाया था। जिसको प्रताप ने बाहर आने से मना किया था। तभी प्रताप के सहकर्मियों ने दिव्यांका से मिलने का आग्रह किया ताकि वे उसके हाथ के बने खाने की प्रशंसा कर सके। प्रताप ने कुछ असहज महसूस करते हुए दिव्यांका को बुलाया। दिव्यांका को देखकर लोगों ने अंग्रेजी में उसकी बड़ाई करना शुरू कर दिया था। प्रताप ने बीच में ही बात काटते हुए सबसे बोला, "सॉरी गाइज, मेरी वाईफ हाउसवाइफ है छोटे शहर की, प्लीज स्पीक इन हिन्दी।" तभी दिव्यांका ने अंग्रेजी में सबको उनकी बात का उत्तर देना शुरू कर दिया। तभी प्रताप ने उसका खिताब भी खुद को दे डाला और लगभग दिव्यांका का मजाक बनाते हुए बोला, "सॉरी मैं तो भूल ही गया था कि ये छोटे शहर की थी पर, मैं इसको बड़े शहर ले आया हूँ। इसको इतना काबिल, जो बना दिया मैंने, जो आपसे बात कर पा रही हैं वरना इनके पिता की औकात ही क्या थी।" तभी आयशा ने नशे में धुत प्रताप को बीच में टोकते हुए कहा, "प्रताप बिहेव योर सेल्फ।"

तुम नहीं जानती 'जान' कितनी मजबूरी में मैंने इस गांव की लड़की से शादी की थी। नशे में धुत प्रताप बड़बड़ाता जा रहा था, तभी उसके छोटे भाई अनुज ने उसको संभाला और बेडरूम की ओर ले गया।

दिव्यांका बुत बनी ये सब सुन रही थी और आयशा पर्स उठा के वहाँ से चली गई थी। पार्टी में शामिल लोग धीरे–धीरे वहाँ से जा चुके थे। कैसे संभालती वो प्रताप और आयशा की सच्चाई को? कैसे सम्भालती वो प्रताप की नजरों में अपनी छवि को? कैसे सम्भालती वो अपनी आँखों में भरी हुए भावनाओं को? बस आँखों से बहता चला जा रहा था प्रताप के लिए प्यार, उसके परिवार के लिए समर्पण, उसका आत्म–सम्मान बस बहता चला जा रहा था, आँसुओं के रूप में।

आज तो प्रताप ने अपने प्रमोशन की पार्टी दी थी पर दिव्यांका को भी तो आज प्रताप को कुछ खास बताना था अन्तर्राष्ट्रीय विश्वविद्यालय में पढ़ने के लिए उसे स्कॉलरशिप जो मिली थी। पर आज तो वह कुछ बताने से पहले बहुत कुछ जान चुकी थी। इस घटना के बाद के कुछ दिन तो दिव्यांका बस इस जद्दोजेहद में थी कि वह प्रताप से बात क्या करें? क्या पूछे आयशा के बारे में? जब प्रताप की नजरों में दिव्यांका की कोई कीमत ही नहीं थी। ऐसी खोखली दुनिया में घुट–घुट के मरने से बेहतर था एक निर्णय लेना या तो वह प्रताप की उस झूठी दुनिया को छोड़कर अपने मायके जाती या सीधे लंदन जहां उसके सपने साकार होने के लिए उसकी राह देख रहे थे। पिता के बोझ को हल्का करना था उसे न कि वापस जाकर उसके बढ़ाना। ऐसे बहुत से विचार दिन–रात उसके मन में उथल–पुथल कर रहे थे।

अपनी कॉलेज की कुछ सहेलियों की मदद से दिव्यांका ने लंदन जाने की तैयारी कर ली थी। एक दिन आधी रात को दिव्यांका ने प्रताप से शादी के बंधनों की दहलीज लांघ दी। एक नोट प्रताप की अलमारी पर चिपकाकर वह वहाँ से चली गई।

"गुड बाय! डिवोर्स के पेपर जल्द ही भेजूंगी। आयशा और आपको नई जिन्दगी के लिए गुड लक।"

फ्लाइट में चाय की चुस्की लेते हुए दिव्यांका अपनी नई जिन्दगी की ओर "टेक ऑफ कर चली थी और सुकून से आँखों को मूँदकर नए सपनों को बुनने में लग गई थी।"

17
पहेली–सी पहली नजर

घड़ी में रात के साढ़े सात बज रहे थे। शुक्रवार का दिन, अयान आज दफ्तर से जल्दी निकला तो कार एक मॉल की तरफ मोड़ ली। रेडियो का बटन दबाते ही रोमांटिक गानों की लड़ी लग गई। वह साथ में गुनगुनाने लगा "समय का ये पल थम–सा गया है।"

अचानक उसे ये एहसास हुआ कि सच में थम ही तो गया है ये सफर। फरवरी का महीना, गुलाबी मौसम, हवा में हल्की–सी दिल को सुकून देने वाली ठंड। रूमानी मौसम, रोम–रोम में रोमांच भर जाना कोई नई बात तो नहीं थी इस महीने में। अयान का दिल भी आज बेवजह खुश था। इसीलिए निकल पड़ा वह उसी खुशी को अकेले–ही–अकेले एंजाय करने। क्या करता वह ऊब–सा गया था। वहीं नौ से पाँच वाली जॉब। जो बस कहने को पाँच बजे ओवर होती थी। दिन भर की मीटिंग्स, काम का प्रेशर, फोन कॉल्स और ऊपर से मैनेजर का दिया एक्स्ट्रा वर्क लोड। इस दिनचर्या को जीते हुए वह तीस की उम्र वाला पायदान कब पार गया। एहसास ही नहीं हुआ।

शुरू–शुरू में तो वीकेंड में दोस्तों के साथ हफ्ते भर की दौड–भाग से थोड़ा सुकून तो मिल ही जाता था। फिर क्या? धीरे–धीरे सबने अपना घर बसा लिया। बचा सिर्फ अयान और उसका अकेलापन। जो कभी वीकेंड में किसी मॉल में जाकर अकेले ही खुद के लिए कुछ कपड़े खरीद लेता या कभी घर पर ही बाहर से डिनर मंगाकर अकेले ही किसी फेमस वेब सीरीज देखकर अपना समय काट लेता। एक दिन यूँ ही वीकेंड पर जब अयान किसी वेब सीरीज में साथ अपने अकेलेपन को मिटाने की कोशिश में लगा था तभी उसके फोन की घंटी बजी। हर रोज की तरह भाभी का कॉल था। माँ–पापा के जाने के बाद एक

भईया–भाभी ही तो थे अयान की जिन्दगी में, जो एक छोटे बच्चे की तरह ख्याल रखते थे उसका। "हाँ, भाभी खा लिया खाना। हाँ–हाँ सो जाऊँगा टाइम पर, भईया को बोल दीजिए मुझे उनकी आवाज आ रही है पीछे से।" अयान ने उबासी लेते हुए कहा।

"आज खोली थी मेट्रीमोनी साइट?" भाभी ने रोज की तरह वहीं सवाल दोहराया। "कल देख लूँगा न भाभी। वैसे भी वहाँ क्या नया होने वाला है और सुनाइए कैसे हैं आप और भईया?" अयान ने बात को टालते हुए पूछा।

"तुम्हारे भईया तो बस एक ही चिंता में रहते हैं कि तुम्हारा घर बस जाए और मैं तो रोज ही ऑनलाइन नई–2 साड़ियां पसन्द करती हूँ" भाभी ने कहा।

"ओह! मेरी प्यारी भाभी आप लोगों के पास और बात नहीं है करने को? वैसे सुहानी कहाँ है आजकल?" अयान ने जिज्ञासा जताते हुए पूछा।

"सुहानी कहाँ टिकती है एक जगह। उसकी जॉब ही ऐसी है इवेंट वाली। अभी कल ही तो प्रमोशन भी मिला है उसे। एक–दो दिन में चली जाएगी हमारे घर से भी। पिछले दो हफ्ते उसके साथ कैसे बीते पता ही नहीं चला। कहने को तो मेरी बुआ की बेटी है पर मेरी सगी बहन से कम नहीं है। वैसे एक बात बताइए देवर जी मैं नोटिस कर रही हूँ सुहानी जब से मेरे पास आई है आप हमेशा उसका हाल–चाल जरूर पूछ रहे हो। चक्कर क्या है?" भाभी ने चुटकी लेते हए पूछा "ऐसी क़ोई बात नहीं है भाभी। मुझे क्या लेना–देना सुहानी से। आपके भाई की शादी में ही तो मिले हैं हम लोग। वो तो बस हमारे घर आई है अपने ऑफिशियल काम से पूछना तो बनता है न कि उसे कोई तकलीफ तो नहीं है।" अयान ने हिचकिचाते हुए जवाब दिया। "आप चिंता मत करिए कोई तकलीफ नहीं है यहाँ पर उसे वैसे एक बात बताऊँ सुहानी भी तुम्हारे बारे में काफी कुछ पूछती रहती है। उसे

तो तुम्हारे बारे में बात करना, तुम्हारे किस्से सुनना, बहुत पसंद है।'' भाभी ने हंसते हुए कहा।

''क्या भाभी आप भी न। अच्छा फोन रखता हूँ। काफी लेट हो गया है।'' कहते हुए अयान ने फोन रख दिया।

अगले हफ्ते जब एक सुबह अयान ऑफिस जाने की तैयारी में था। तभी उसकी डोरबेल बजी।

''दीदी, देखो कौन आया है'' अयान ने जूते की डोरी बांधते हुए अपनी मेड से कहा। जो रसोई में अयान का नाश्ता बना रही थी।

''भईया कोई लड़की आई है आपसे मिलने'' मेड ने दरवाजे से ही आवाज लगाई। अयान ने बाहर आ कर देखा तो सामने सुहानी को खड़ा पाया, अयान को एक पल के लिए यकीन ही नहीं हुआ कि सुहानी ही उसके सामने खड़ी है। खुद को यकीन दिलाने के लिए वह पूछ बैठा

''सुहानी? तुम?''

''हाँ मैं, अयान पहचाना नहीं मुझे? तुम्हारी भाभी की...।''

सुहानी कह ही रही थी तभी अयान ने बीच में ही उसकी बात काटते हुए कहा ''आई नो, आई नो तुम्हें अपना इंट्रो देने की जरूरत नहीं है। मैं तो बस सरप्राइज हो गया तुम्हें यहाँ देखकर। अन्दर आओ। भाभी ने बताया ही नहीं कि तुम मुम्बई आ रही हो।'' अयान ने सुहानी को अंदर बुलाते हुए कहा। ''हाँ, अचानक प्लान बना मुम्बई आने का। मुम्बई में एक बहुत बड़ा इवेंट ऑर्गेनाइज करना था। काम हो गया। सोचा तुमसे मिलती चलूँ।'' सुहानी ने कहा।

''ओह! ग्रेट। बहुत अच्छा किया वैसे वापसी कब है तुम्हारी?'' अयान ने पूछा।

''अभी काम पूरा नहीं हुआ है तो डिसाइड नहीं किया। आई एम सॉरी, तुम ऑफिस के लिए निकल रहे हो शायद। मुझे तुमको पहले से बताना चाहिए था। अच्छा, दीदी ने तुम्हारे लिए कुछ लड्डू, मठरी, नमकीन और अचार के कुछ पैकेट्स भी भेजे हैं। तुम उन्हें रख लो मैं बस निकलूँगी, उन्हें मैंने बताया कि शायद मैं मुम्बई जाऊँगी तो उन्होंने

ये कहकर मुझे ये सामान पकड़ा दिया कि अगर मैं मुम्बई पहुँचती हूँ तो तुम्हें दे दूँ और अगर नहीं जाती हूँ तो मैं खुद खा लूँ। सॉरी मैंने इसमें से दो–चार लड्डू पहले से ही खा लिए हैं।'' सुहानी ने हँसते हुए कहा।

''अरे! इसकी क्या जरूरत थी। ये इंडियन माँ भी न लड्डू, अचार बांधने में एक्सपर्ट हैं और मेरी भाभी माँ तो दो हाथ आगे ही हैं तुमसे, भेज दिया ये सब। एक काम करो ये सब तुम रखो। इनकी तुम्हें ज्यादा जरूरत है। इतनी मेहनत वाली जॉब जो है तुम्हारी।'' अयान ने पैकेट्स सुहानी को थमाते हुए कहा।

''अरे! पैक तो वह मेरे लिए भी कर रही थी, ये सब। पर यू नो मेरी ट्रैवेल वाली जॉब। मैंने ही मना कर दिया उन्हें। मैं कहाँ लेकर घूमूंगी ये सब।'' सुहानी ने अयान को समझाया।

''तुम लेडीज से तो हम हारे ही अच्छे। खैर और सुनाओ क्या हाल चाल है तुम्हारे। काफी चेंज दिख रही हो। आई मीन पहले से ज्यादा स्मार्ट। क्या मंगाऊ इतनी खूबसूरत लड़की के लिए चाय, कॉफी, जूस?'' अयान ने बड़ी ही चतुराई से अपने मन की बात सुहानी से कहते हुए पूछा।

''ऑरेंज जूस प्लीज। वैसे तुम बिल्कुल भी नहीं बदले। अभी भी वहीं अंदाज है तुम्हारे, लड़कियों को इम्प्रेस करने वाले। शादी क्यूँ नहीं की अब तक? लड़कियां तो तुमसे बहुत जल्दी इम्प्रेस हो जाती है।'' सुहानी ने तिरछी नजरों से अयान की ओर देखा।

''फर्स्ट इम्प्रेशन इज द लास्ट इम्प्रेशन, शायद पहली नजर में मुझे कोई पहले ही भा गया, जो अब तक मेरे लिए पहेली ही है।'' अयान ने बात को गोल–मोल घुमा दिया।

''तुम और तुम्हारी बातें। अच्छा चलो मुझे भी आज थोड़ा काम है और आई थिंक तुम्हें भी ऑफिस के लिए लेट हो रहा होगा। मैं चलती हूँ।'' सुहानी ने जूस का गिलास टेबल पर रखते हुए कहा और अपना पर्स उठा लिया।

''हाँ–हाँ चलो, मैं तुम्हें रास्ते में ड्रॉप कर देता हूँ। मैं भी रेडी ही हूँ'' अयान ने कहा, और दोनों एक साथ निकल पड़े। कार में सुहानी ने अयान के साथ उस शादी के सारे किस्से शेयर किए, जिसमें दोनों पहली बार मिले थे।

दोनों ऐसे बातें कर रहे थे जैसे एक–दूसरे से रोज ही मिलते हों। वीकेंड में साथ घूमने का प्लान भी बना लिया दोनों ने। उस बीच फोन ने दोनों की काफी दूरियाँ मिटा दी थी।

शनिवार की सुबह अयान जब बिस्तर पर पड़ा, सुहानी के ख्यालों में गुम था। तभी उसके फोन की घंटी बजी।

''क्या बात है जनाब! अभी तक सो रहे हो? मुझे मुम्बई दर्शन कराने वाला वायदा भूल गए क्या?'' फोन उठाते ही सुहानी ने बातों की लड़ी लगा दी।

''हाँ बाबा, रेडी हो रहा हूँ। तुम मिलो मुझे एक घंटे में।'' अयान ने ऊँघते हुए कहा। थोड़ी देर में दोनों साथ थे दोनों को एक–दूसरे का साथ बहुत पसंद आ रहा था। दोपहर में बीच पर बैठे–बैठे सुहानी ने अयान को वह किस्सा याद दिलाया जब शादी की 'हल्दी' वाले दिन सुहानी के हाथ से हल्दी का कटोरा अयान के कुर्ते पर गिर गया था।

''वैसे आश्चर्य हुआ मुझे मेरी वजह से तुम्हारे कपड़े खराब हुए और तुमने बस हंसकर ये कहा दिया कि अब तो तुम्हारी शादी मुझसे ही होगी और सब हंसने लगे थे इसी वजह से तो पापा ने मुझे डाँट तक लगाई। क्या तुमको सच में बुरा नहीं लगा था?'' सुहानी ने अयान से आश्चर्य से पूछा। ''तुम भी कितनी अजीब हो। लड़के ने तुमको सामने से शादी के लिए प्रपोज किया और तुमने उस बात पर ध्यान भी नहीं दिया। मैं कब से तुम्हारे जवाब का इंतजार कर रहा हूँ और तुम? तुमको कुर्ते की पड़ी है?'' अयान ने झल्लाते हुए कहा और अचानक उसे एहसास हुआ कि उसने सुहानी से कुछ ज्यादा ही कह दिया। वह फिर बोला।

"आई एम सॉरी सुहानी...।" अयान कह ही रहा था तभी सुहानी वहाँ से उठ के चल पड़ी अचानक उसका पैर पत्थर से टकराया और वह गिर पड़ी और उसके पैर में हल्की–सी मोच आ गई। अयान उसको संभालते हुए घर ले आया और घबराते हुए अपनी भाभी को फोन कर उसकी मोच ठीक करने का उपाय पूछा।

"एक काम करो हल्दी वाला लेप दे दो उसे। पैर में लगा लेगी।" भाभी ने सलाह दी।

अयान लेप लेके कमरे में पहुँचा तो सुहानी ने अचानक कहना शुरू किया। "अपने आपको बहुत स्मार्ट समझते हो न तुम? लड़की को कोई इस तरह प्रपोज करता है? और अगर मैं तुम्हें पहले से ही पसंद थी तो तुमने मुझसे पहले ही बात क्यूँ नहीं की? दीदी ने तो बताया कि तुम रोज मेट्रीमोनी साइट खोलकर बैठते हो? आखिर तुम चाहते क्या हो? मैं अगर यहाँ न आई होती तो? तुम किसी और से...?" सुहानी ने अयान के सामने सवालों की लड़ी लगा दी।

"ऐसी कोई बात नहीं है। सच कहूँ तो तुम मुझे पहली नजर में ही पसन्द आ गई थी। प्यार कर बैठा था मैं तुमसे। पर भाभी से पता चला कि तुम इतनी बड़ी इवेंट मैनेजमेंट कम्पनी में इतनी ऊँची पोस्ट पर हो तो मुझे लगा शायद मैं तुम्हारे लायक नहीं हूँ। इसलिए मैं तुमसे कुछ कह नहीं पाया।" अयान ने हिचकिचाते हुए कहा।

"बस! सब कुछ खुद ही सोच लिया? और मुझसे पूछा तक नहीं? सच तो ये है मैं भी तुमसे प्यार कर बैठी थी उस दिन से। वर्ना तुम्हारे लिए मैं मुम्बई इतनी दूर नहीं आती। सिर्फ तुम्हारे लिए। कोई इंवेट नहीं है मुम्बई में मेरा।" कहते हुए सुहानी की आँखें भर आयी। अयान भी खुद को रोक नहीं पाया और उसे समझाते हुए गले लगाने लगा। तभी सुहानी कराह उठी अपनी मोच के दर्द और अयान ने उसके पैरों पर हल्दी वाला लेप लगाया। सुहानी ने हल्दी लगाते हुए अयान के प्रपोजल का जवाब आज दे ही दिया ये कहकर "अब तो तुम्हारी शादी मुझसे ही होगी" और दोनों खुशी से एक–दूसरे के गले लग गए।

पायल धाबलिया

की कहानियाँ

18
अखिल - द फाइटर

"लीजिए जनाब... बज गई प्रेशर कुकर की सीटी, आपको नहीं सुनाई देगी... क्योंकि ये सीटी बजी है मुंबई के अंधेरी ईस्ट की एक सोसायटी की दूसरी मंजिल पर रहने वाले विश्नोई जी के घर और वो भी सुबह के 5:15 बजे, जो रोज सुबह 7:12 की ट्रेन पकड़ते है और पत्नी जी उनके लिए टिफिन बनाती है, लेकिन हमें यहाँ नहीं जाना... हमें तो 204 में जाना है क्योंकि कहानी विश्नोई जी की नहीं पाटिल परिवार की है। तो फिर चलिए।"

भूरे रंग के लकड़ी के दरवाजे पर शुभ–लाभ और स्वस्तिक लगा हुआ है और लोहे के सेफ्टी डोर पर लटकी एक कपड़े की छोटी–सी थैली वाला घर ही है पाटिल जी का घर।

सुबह के 6 बजते ही पाटिल जी की नींद खुल ही जाती हालांकि अलार्म भी रोज लगाते हैं सेफ्टी के लिए। बाईं तरफ की टेबल से चश्मा उठाकर पहनते, अपना सफेद कुर्ता सही करते, स्लीपर पहन बाथरूम जाते। फ्रेश होकर कमरे से बाहर जाते।

जाते–जाते दीवार पर टगी अपनी स्वर्गवासी पत्नी की तस्वीर को एक पल निहारते और बाहर दरवाजे पर टंगी थैली से डेढ़ लीटर दूध के पैकेट लेकर अंदर आ जाते।

रसोई घर में एक तरफ चाय चढ़ाते और दूसरी तरफ अंडे उबालते। तभी दूसरे कमरे में हलचल होती और उनके भाई श्रीकांत जी, जिन्होंने 45 वर्ष में भी कुंवारे रहने की उपाधि ली हुई है, जाग जाते, लेकिन वो कमरे से बाहर तब तक ना आते जब तक अखबार ना जाए।

तभी दरवाजे की घंटी बजी, श्रीकांत जी ने लकड़ी का दरवाजा खोलने का शुभ काम किया।

सामने देखा तो हमारी कहानी का नायक अखिल कंधे पर बैग लटकाए, हाथ में लैपटॉप बैग पकड़े, गले में कैमरे को लटकाए, अपनी काली चौकोर चश्मे की फ्रेम को एडजस्ट करता, मुस्कुरा रहा था।

काली घनी मूछों में हालांकि उसका ऊपरी होंठ दिखाई नहीं देता था। ''गुड मॉर्निंग... काका'' कहकर अखिल की मुस्कान और बड़ी हो गई।

काका भी अपने बेस्ट फ्रेंड जैसे भतीजे को देख फुर्ती में आ गए और लोहे वाले सेफ्टी डोर को भी झट से खोला।

अखिल ने थोड़ा झुककर काका के पैर छुए, काका ने उसके माथे पर हाथ रखा और उसके कंधे से बैग निकालने लगे और बोले... ''ओह हो! कितना भारी है... इतना सारा क्या भरा है इसमें तूने...।''

अखिल की खिलखिलाहट से घर में मानो जान आ गई। दूध को उबलने से बचाने के लिए पाटिल जी रोज की तरह दूध पर अब भी नजर टिकाए हुए थे।

अखिल ने अपने काले जूते बिना उसकी लेस खोले निकाले, अंदर जाते–जाते गले से डी एस एल आर कैमरे को डाइनिंग टेबल पर रखते हुए पापा के पास गया और उनके पैर छुए।

''बाबा, आप आराम करो, क्यों इतनी जल्दी उठते हो, वंदना आती तो है 8 बजे, कर देगी सब।''

बाबा यानी पाटिल जी ने दूध के उबाल के साथ गैस को बन्द किया, ढ़क्कन लगाया और अखिल को गले लगाते हुए बोले... ''अरे! हा रे! बाबा ... लेकिन सुबह की चाय तो चाहिए ना... वो कौन बनाएगा? तेरा काका...''

तीनों एक साथ हंसने लगे। बाबा ने अखिल को चाय का कप पकड़ाते पूछा... ''और बता कैसा रहा तेरा ट्रिप?''

अखिल मुंह धोकर आया, नेपकिन से मुंह पोंछते हुए सफेद कप को आराम से पकड़ते हुए बोला... ''बाबा, खूब मज़ा किया। हमने इस बार अपना ही रिकार्ड तोड़ा। नेपाल में पहाड़ी पर चढ़ने का मज़ा आ गया।''

अखिल की खुशी इतनी थी कि लंबे सफर की थकान दिख ही नहीं रही थी। काका चाय का कप किचन सिंक में रखते हुए बोले... ''फोटो तो दिखा।''

अखिल झट से चाय को पीकर कैमरे को लेने उठा तब उसे याद आया कि कैमरे की बैटरी खत्म हो गई।

अखिल कैमरे को कवर से निकालते हुए बोला... ''काका, अभी चार्जिंग पर लगाता हूँ। थोड़ी देर में फोटो दिखाता हूँ।''

बाबा अब इत्मीनान से चाय खत्म कर चुके थे। बाहर अखबार वाले के पेपर डालने की आवाज आते ही काका अखबार लपकने उठ गए।

अखिल पास पड़े पारदर्शी डिब्बे से दो तीन बादाम खाते हुए बोला... ''चलो अब छुट्टियाँ खत्म, काम शुरू। कल से ऑफिस। अभी थोड़ा सोता हूँ। वंदना काम करने आए तो जगा देना। आज मैं कुछ अच्छा बनवाऊँगा। वहाँ कुछ स्पाइसी नहीं खाया।''

पाटिल जी को अपने इकलौते बेटे की खुशी सबसे प्यारी थी। पत्नी आशा के निधन के समय अखिल मात्र 19 साल का था। बी. टेक. कर रहा था। उन्होंने बेटे को दोस्त बना लिया, लेकिन माँ की कमी कौन पूरी कर सका है?

अखिल को मल्टीनेशनल कंपनी में काम करते अब दो साल हो चुके थे।

साल में दो तीन बार अपने दोस्तों के साथ ऊँची–ऊँची पहाड़ियों की चढ़ाई करने जाता। प्रकृति प्रेमी, नॉनवेज का शौकीन, यारों का यार है... हमारा नायक अखिल।

सेवानिवृत्त पाटिल साहब अपने भाई और अखिल के साथ खुश थे। पेंशन आती थी... घर के खर्चे आराम से चल रहे थे। बैंक में भी एक बड़ी रकम जमा थी, ताकि अखिल को कभी भी पाटिल जी या उनके भाई की फिक्र ना करनी पड़े।

अखिल की जिंदादिली ऑफिस में सभी को भाती थी। काम भी उसका समय पर और परफेक्ट हो जाता था। इसलिए तरक्की भी मिल गई।

करीब एक साल बाद जब वो ऑफिस से घर आ रहा था तब उसके दाएं पैर में तेज दर्द उठा। पैर की सारी नसें एक साथ खिंचने लगी। दर्द बर्दाश्त से बाहर था। काका ने तुरंत गाड़ी की चाबी निकाली, बाबा ने अखिल को सहारा दिया और वे अस्पताल पहुँचे।

डॉक्टर ने दर्द के लिए दवा दी, लेकिन कुछ टेस्ट भी लिख दिए। करीब एक महीने वो तीनों अस्पताल के चक्कर लगाते रहे। बड़े–बड़े डॉक्टर्स को दिखाया। कुछ तो केस समझ ही नहीं पाए। लेकिन तीन बड़े डॉक्टरों ने एक ही बात बोली... अखिल एक ऐसी बीमारी का शिकार हो चुका था, जो केवल कुछ ही लोगों को होती है और इस बीमारी का कोई इलाज अब तक नहीं था।

अखिल जैसे पर्वतारोही जिसके लिए उसके पैर उसकी ताकत थे, अब कमजोर होने लगे।

पाटिल जी ने अमेरिका के बड़े डॉक्टर के साथ बात की और अखिल को लेकर अमेरिका गए।

अखिल जितनी बार टूटता उतनी बार उसके बाबा उसकी हिम्मत बनते। जितनी बार उसकी आंखें नम होती उतनी बार वो अपनी माँ की तस्वीर को देखता। जितनी बार भगवान से शिकायत करता उतनी बार उसे अपने काका दिखाई देते, जो मानसिक रूप से कुछ कमजोर थे।

अमेरिका में इलाज के लिए तीन महीनें उन्हें वहाँ रुकना पड़ा...

"बाबा, हम यहाँ आए ही है, तो क्यों ना घूम भी ले। इलाज अपनी जगह होता रहेगा।" अखिल ने अस्पताल के बेड पर लेटे–लेटे बाबा से कहा।

बेटे की बात सुन पाटिल जी ने डॉक्टर्स से बात की। उन्होंने जाने की इजाजत दे दी। अब निखिल को चलते समय दाईं तरफ एक सहारे की जरूरत पड़ती जिसके लिए एक स्टिक दे दी गई।

बाप–बेटे की जिंदगी को जीने के इस जस्बे की जितनी तारीफ की जाए कम है।

डॉक्टर्स ने अब फाइनल रिपोर्ट बनाई। जिसे उन्होंने सरल शब्दों में समझाया कि ''धीरे–धीरे अखिल के पैर, हाथ और बाद में बाकी अंग इस बीमारी के चलते काम करना बंद कर देंगे। इस बीमारी का कोई इलाज नहीं है।''

जवान बेटे की इस तरह की मेडिकल रिपोर्ट देख एक बाप पर क्या बीती होगी? इसकी कल्पना करते ही आपकी आंखें भी नम हो गई होंगी।

अखिल ने ईश्वर के इस फैसले को स्वीकार कर लिया था। स्टिक की मदद से खड़े होते हुए बाबा से बोला... ''बाबा! अभी बहुत टाइम है हम साथ में रहेंगे। अब जो है... सो है। सब कुछ तो यहाँ हमने करके देख लिया। चलिए अब भारत चले। वरना बॉस नौकरी से निकाल देगा।''

दोनों भारत आ गए। घर में बदलाव आने लगे। अखिल को कुछ–कुछ काम में बाबा की मदद लेनी पड़ती।

ऑफिस में उसके दोस्त भी उसकी उस हालत से अन्जान नहीं थे, लेकिन उसके साथ सहानुभूति नहीं दिखाते बल्कि उसी तरह सामान्य व्यवहार करते जैसे पहले करते थे।

अब लंच में कैंटीन की जगह अखिल का डेस्क ही खाने की मेज बन गया था।

दोपहर की चाय अब अखिल के लिए कभी संतोष तो कभी गौरव ले आते।

लिफ्ट के लिए अब अखिल को सबसे आगे रखा जाता।

अखिल के साथ–साथ सबको अब इसकी आदत हो गई थी।

ऑफिस में अखिल को ''बेस्ट एंप्लॉई ऑफ द ईयर'' का एवार्ड मिला... अब तो दोस्तों के साथ–साथ पूरे ऑफिस में वो फेमस हो गया।

एच. आर. डिपार्टमेंट की गीता अखिल को उसके पेपर्स देने खुद आई।

अखिल ने कहा... "अरे! तुम क्यों आई? कॉल करती मैं आ जाता। अभी चल सकता हूँ यार।"

गीता, अखिल से सिर्फ काम की ही बात करती लेकिन आज वो उसके साथ काफी देर तक बात करती रही।

गीता अब अक्सर अखिल से फोन पर या ऑफिस में बात करती। दोनों को ही एक–दूसरे का साथ अच्छा लगता।

"... और, अखिल शादी के बारे में क्या सोचा है?" गीता ने टिफिन से रोटी–सब्जी खाते हुए पूछा।

अखिल झेंप गया। पानी पीकर बोला... "अरे! क्या शादी, तुम तो जानती हो मेरी मेडिकल कंडीशन।"

गीता ने अखिल के हाथ पर अपना बायां हाथ रखते हुए कहा... "यदि मैं प्रपोज करूँ तुम्हें, तो क्या जवाब रहेगा तुम्हारा?"

अखिल ने तुरंत अपना हाथ हटाया और स्टिक लेकर खड़ा होकर जाने लगा।

गीता ने टिशू से हाथ पोंछा और उसके पास आई और उसके कंधे पर हाथ रख कर बोली... "मुझे पता है। सब पता है। आई लव यू अखिल। बोलो मैं क्या करूँ... मुझे तुम अच्छे लगते हो, तुम्हारा साथ, तुम्हारी बातें, तुम्हारे जोक्स सब कुछ।"

अखिल पलटा और दुबारा घूम कर गीता को समझाते हुए बोला... "गीता, तुम बेवकूफी भरी बातें ना करो। धीरे–धीरे मेरा पैर, फिर हाथ और फिर सब कुछ खत्म हो जाएगा। तुम क्यों अपनी जिंदगी बर्बाद करना चाहती हो। तुम एक अच्छी और पढ़ी–लिखी लड़की हो, एक अच्छा जीवन साथी चुनो।" ऐसा कहकर अखिल जाने लगा।

गीता ने खड़े–खड़े वहीं से अखिल से पूछा... "यदि हमारी शादी पहले हो चुकी होती और उसके बाद ये सब होता तो...? तब क्या कहते तुम...?"

अखिल ने गीता को बहुत समझाया, लेकिन वो ना मानी। गीता अपने पिता को खो चुकी थी। माँ को उसने जैसे–तैसे इस शादी के लिए मना लिया।

पाटिल साहब के घर दो साल बाद फिर से खुशियों की शहनाई बजी। गीता अखिल की दुल्हन बन घर आई।

बाबा को अब दूध को उबालते समय एकटक नहीं देखना पड़ता था। काका को पेपर के साथ चाय समय पर बिना कहे मिल जाती थी। स्टिक की जगह अब गीता, अखिल के साथ हमेशा रहती।

फिर एक बार सभी जीने लगे। बाबा अखिल को लेकर अब निश्चिंत हो गए।

ऑफिस से अखिल को लंदन का एक प्रोजेक्ट मिला। वो गीता के साथ लंदन चला गया।

गीता के लिए सपने से भी सुंदर था लंदन। उसे मानो खुला आसमान मिल गया हो। लंदन की जिंदगी, वहाँ का रहन–सहन, वहाँ की लाइफ स्टाइल सब कुछ उसने अपना ली।

दोनों ने आस–पास की सारी जगह देख ली। गीता बहुत खुश थी।

अखिल अपनी शारीरिक असमर्थता के कारण अक्सर घर पर रहना पसंद करता जिसके चलते गीता को भी उसके साथ ही रहना पड़ता, जो उसे बहुत अखरता।

निखिल को अब गीता के व्यवहार में कुछ बदलाव दिखने लगे। प्रोजेक्ट खत्म होने के बाद वे दोनों वापस इंडिया आ गए।

दोनों की ऑफिस शुरू हो गई। दोनों के बीच अब पहले जैसा प्यार दिखाई नहीं दे रहा था।

फिर भी दो साल तक दोनों ने शादी के रिश्ते को बनाए रखा।

गीता अपना भविष्य अब अखिल के साथ नहीं देख पा रही थी। अखिल के अब दूसरे पैर ने भी काम करना बंद कर दिया था। अब उसे व्हील चेयर और बैसाखी का सहारा लेना पड़ता। अखिल इन सबके लिए तैयार था।

एक दिन गीता ने अखिल से कह दिया, जो अखिल पिछले कई महीनों से जानता था। ''अखिल, मैं डाइवोर्स चाहती हूँ। तुम और पापा, काका सब अच्छे हो, लेकिन मेरा अब यहाँ मन नहीं लगता। मैं शायद पहले समझ नहीं पाई थी, जो तुम मुझे समझाना चाहते थे।''

''लेकिन मेरी भी कुछ इच्छाएँ हैं...'' ऐसा कहते–कहते उसके आँसू बहने लगे और वो अखिल की व्हील चेयर के पास आकर, उसके पैर पर अपना माथा रख खूब रोई।

अखिल, गीता के कंधे पर हाथ रख कुछ कहने वाला था, लेकिन उसने बिना उसे छुए ही कहा... ''उठो गीता, रोने की जरूरत नहीं। मैं भी नहीं चाहूँगा कि तुम बिना इच्छा के एक अपाहिज के साथ तिल–तिल करके जिंदगी बिताओ। मैं कल ही पेपर्स तैयार करवाता हूँ। तुम्हारे और तुम्हारी माँ के लिए हर महीने कुछ अमाउंट भिजवाया करूंगा, जब तक मेरी नौकरी है या जब तक मैं जिंदा हूँ।''

गीता के आँसू रुकने का नाम नहीं ले रहे थे।

अखिल उस कमरे से चला गया।

साल भर के अंदर दोनों अलग हो गए। अखिल के दोनों पैर काम करना बन्द कर चुके थे और हाथों की अंगुलियों ने भी धीरे–धीरे साथ देना बन्द कर दिया था। फिर भी वो ऑफिस का काम करता। खुद को व्यस्त रखता। छुट्टियों में पर्वतारोही दोस्तों को मिलने वो पहाड़ी तक गया। बेशक इस बार व्हील चेयर पर।

उसकी हालत खराब होती चली गई...

पाटिल साहब ने, जिंदगी ने जो दिया उसे स्वीकार किया। सारी परेशानियों का मुकाबला डटकर किया।

लेकिन आज वो दिन था, जो एक पिता के लिए सबसे मुश्किल होता है अपने ही बेटे को कंधा देना।

अखिल अपनी जिंदादिली से अपनी जिंदगी जीकर हमेशा के लिए दूसरी दुनिया में जा चुका था। अखिल की वो खिलखिलाहट, वो पहाड़ों पर चढ़ने का फितूर, वो चटपटा खाने का शौक, उसकी

कहानियाँ, जो उसने कभी किसी को बताई नहीं सब कुछ उसके लैपटॉप में कैद थी।

पाटिल जी आज भी सुबह चाय बनाते फिर उबलते दूध को एकटक देखते, काका अखबार का इंतजार करते लेकिन अखिल...

अखिल था तो लोगों के दिलों में, लाखों लोगों के लिए मिसाल बनकर वो अब भी जिंदा था।

बाबा ने उसकी जिंदगी पर एक फिल्म बनाई थी, जो अखिल की हिम्मत की रोशनी को कभी बुझने नहीं देगी।

फिल्म का नाम...

"अखिल – द फाइटर"

19
डायरी का नया पन्ना

गोदावरी नदी के तट पर स्थित शहर नासिक।

आस्था के इस शहर में बसे सरकारी नौकरी से निवृत रमेश जी और उनकी पत्नी सुनीता जी। इकलौता बेटा चिराग और बहू विदेश में सेटल है।

रमेश जी अपने बेटे के घर रहने भी दो–तीन बार विदेश गए थे, लेकिन अपने वतन की मिट्टी की सौंधी खुशबू उन्हें दोबारा स्वदेश खींच लाई।

रोज की तरह आज भी रात के खाने के बाद सुनीता जी अपने कमरे में अपनी डायरी लिख रही थी और रमेश जी रात के समाचार सुनने में व्यस्त थे।

तभी पड़ोसन ने आवाज दी, तो सुनीता जी डायरी को मेज पर रखकर उनके साथ चली गई।

पत्नी को टहलने जाते देख रमेश जी जैसे ही पानी पीने उठे उनकी नजर अपनी पत्नी की डायरी पर पड़ी। कुछ पन्नें पलटे और फिर जगह पर रख दी।

सुनीता जी टहलने के बाद घर आई। वह तो बेफिक्र होकर सो गई, लेकिन रमेश जी को नींद कहां, नींद तो मानो कोसों दूर थी। कारण यह था कि उनकी पत्नी की डायरी के पिछले कई पन्नें एक ही बात, एक ही दिनचर्या से भरे थे।

कोई बदलाव नहीं था।

अब तो वे सोचने पर मजबूर हो गए थे कि क्या बाकी की जिंदगी इसी तरह गुजारनी होगी?

सुनीता जी सुबह जब उठी तो देखा रमेश जी पौधों को पानी डाल रहे थे। हमेशा से अलग थी आज की सुबह।

उन्होंने अपने बालों का जूड़ा बनाते हुए पूछा... ''आज इतनी जल्दी उठ गए? सब ठीक तो है?''

अभी उनके बालों का जुड़ा बंधा ही था कि रमेश जी पानी का पाइप दूसरी दिशा में करते हुए बोले... ''जी, सब बढ़िया है। मैंने चाय बना ली है मैडम। चलिए चाय पीते हैं।''

सुनीता जी ने तो सफेद रंग के कप में चाय छानी और सुंदर–सी ट्रे में लेकर बगीचे में ही आ गई।

बाहर रखी केन की कुर्सी पर दोनों बैठ गए।

रमेश जी का चेहरा पढ़ चुकी सुनीता जी बोली... ''अब बताइए क्या चल रहा है आपके दिमाग में?''

''कुछ खास नहीं भई... सोच रहा हूँ कि क्यों ना कुछ दिन गाँव हो आए।''

रमेश जी ने चाय का आखिरी घूंट पीते हुए जवाब दिया।

''चलिए, मैं तो तैयार ही हूँ। वैसे भी बहुत दिन हुए कहीं गए नहीं।'' पत्नी जी ने हामी भर दी।

''चलो, कल ही चलते हैं। मैं राजू को फोन कर देता हूँ कि वहाँ घर की साफ–सफाई कर दे।''

ऐसा कहते हुए रमेश जी ने अपना मोबाइल उठा लिया।

''ठीक है। तो फिर मैं भी कामवाली को बोल देती हूँ। कल से दो–तीन दिन के लिए काम पर ना आए। ठीक है ना?'' ट्रे को रसोई में ले जाते हुए सुनीता जी बोली।

अगले दिन रमेश जी और उनकी पत्नी गाँव के लिए निकल गए।

गाँव पहुंचते ही उन्होंने देखा गाँव के उनके परिचित मित्र उनके घर के पास ही खड़े हुए हैं। जिन्हें देख दोनों बहुत खुश हुए। इतनी आत्मीयता देख उनका मन प्रसन्न हो गया। शहर की औपचारिकता के सामने इतना अपनापन सुखद लग रहा था।

राजू ने घर को बहुत अच्छी तरह से साफ किया था। जरूरत का सारा सामान जैसे शक्कर, पत्ती, सब्जी दूध भी रख दिया था।

दोनों पति–पत्नी ने एक दिन तो पूरा आराम किया और अगले दिन अपने मित्र मनोहर के साथ अपनी जमीन देखने गए।

मनोहर जी, जिनका कद करीब–करीब साढ़े पांच फुट का होगा। सुडौल शरीर था, अपना गमछा गले में टांगते हुए बोले... "अरे! रमेश अभी यह तेरी जमीन बहुत उपजाऊ है। बिक जाएगी अच्छे दाम में, वरना बाद में घाटे का सौदा करना पड़ेगा।"

"वैसे, मेरी इस जमीन पर किस चीज की खेती हो सकती है?" रमेश जी ने उत्सुकतावश पूछा।

"शहरी बाबू क्या जाने गांव की चीज है? तुझे बेचना हो तो ग्राहक लेकर आता हूँ।" मनोहर ने रमेश जी की फिरकी लेते हुए कहा।

"नहीं यार, थोड़ा सब्र कर। मैं भी जरा सोच–विचार कर लूं।" रमेश जी दूर तक अपनी जमीन को देखते रहे।

सुनीता जी धूप से बचती हुई, सर पर पल्लू लिए बोली... "अब जिस रास्ते तुम्हें जाना नहीं... वहाँ का पता क्या पूछना? अब इस मिट्टी में गेंहू हो या चावल हमें क्या लेना–देना? अच्छे पैसे मिल रहे हैं तो बेच ही दो। अब हम गाँव कहाँ आ पाते हैं? पूरे दो बरस के बाद आए हैं। अब ना जाने कब आना होगा।" सुनीता जी ने सुझाव के साथ–साथ अपनी मर्जी भी सुना दी।

मनोहर जी ने सुनीता जी के हाथ में जमीन पर गिरा हुआ एक पत्ता पकड़ाते हुए कहा... "सुनीता जी जरा सब्र रखिए... घर चल कर बात करते हैं।"

घर आकर जैसे ही उन्होंने लैपटॉप खोला... पत्नी जी बड़बड़ाई... "अब गाँव आए हो तो लैपटॉप लेकर आए हो... यहाँ क्या जरूरत है इसकी?"

रमेश जी ने पत्नी जी को पास बिठाया और उनको ऑर्गेनिक फार्मिंग को लेकर कुछ जानकारियाँ दी, जो उन्होंने रात को जागकर जमा करके रखी थी। पिछले कुछ महीनों से वे ऑर्गेनिक फार्मिंग के बारे में पढ़ रहे थे।

तभी गाँव की कुछ औरतें सुनीता जी से मिलने चली आई।

लैपटॉप बन्द कर रमेश जी गहरी सोच में पड़ गए।

तीन दिन बाद शेखर यानि की रमेश जी के मित्र का ड्राइवर आया। साथ ही कुछ सामान भी डिक्की में भर लाया।

सुनीता जी हड़बड़ाई और पूछा... "ये सब क्या है?"

रमेश जी ने अपनी कमर पर दोनों हाथ रखे और बोले... "अब हम इस जमीन पर खेती करेंगे। उसी का सारा सामान है।"

पत्नी जी ने सर पकड़ लिया। गुस्से से लाल होकर बोली... "अब बुढ़ापे में ये क्या नया लगा रखा है?"

रमेश जी पत्नी के कंधे पर हाथ रख बोले... "बुढ़ापे में सोचा कि डायरी का हर पन्ना अलग होना चाहिए। एक ही बात लिख कर बोर नहीं होती तुम...? कुछ अलग लिखना है ना... तो चलो कुछ अलग करते हैं... और वैसे भी कामयाब न भी हुए तो क्या... कम से कम डायरी में नया पन्ना तो जुड़ेगा।"

पत्नी जी मुस्कुराई और अपना हाथ उनके हाथ में देते हुए बोली... "हाँ, सही कह रहे हो तुम।"

अब काम शुरू हुआ मनोहर जी के असली ज्ञान और रमेश जी के गूगल बाबा के ज्ञान का। पत्नी जी का साथ मिला, श्री गणेश जी का आशीष मिला।

बेटे को फोन किया तो बेटा भी बोला... "चलो पापा आप बिजी रहो। कुछ समय करो। फिर यहाँ आ जाना।"

उसे अपने पिता पर विश्वास तो था, लेकिन काम बहुत मुश्किल है, यह बात उसे अच्छी तरह से पता थी। फिर भी पापा के आत्मविश्वास को देखकर उसने ज्यादा कुछ नहीं कहा।

अब शुरू हुई डायरी के नए पन्ने को लिखने की तैयारी।

कहीं गोबर की खाद, तो कहीं उपले, कहीं रासायनिक खाद का जैविक रूप बनाया जा रहा था।

रोज नई समस्या आती। तो हल भी मिल ही जाता। कुछ लोग उनसे जुड़ने लगे। शहर से भी मित्र आकर देखते और कुछ पत्रकारों ने भी उनका साथ दिया। मेहनत व्यर्थ नहीं जाती इस पर विश्वास होने लगा।

लोगों ने रमेश जी की मेहनत को सराहा। रोज कुछ नया होने लगा था। सुनीता जी की डायरी का हर पन्ना अब अलग होता।

करीब दो साल में उनकी ऑर्गेनिक फार्मिंग का काम लोगों को दिखाई देने लगा। बस, अब तो रास्ता मिल गया था उन्हें। बस मजबूती से चलते रहना था।

आसान तो कुछ नहीं होता, लेकिन इतना मुश्किल भी नहीं कि किया ना जा सके।

उनकी ऑर्गेनिक फार्मिंग से लोग प्रभावित हुए। उनका नाम अखबारों में आने लगा। गांव वालों ने भी उनसे मदद ली। विदेश में रहने वाले बेटे को भी अपने माता–पिता पर गर्व होने लगा।

रमेश जी पहली मंजिल पार कर चुके थे। अब उन्हें इसी रास्ते पर आगे चलना था। बहुत मेहनत करनी थी। अब सिर्फ उन्हें अपनी ही नहीं गाँव वालों की भी खेती पर ध्यान देते हुए सभी को ऑर्गेनिक फार्मिंग के बारे में जागरुक करना था। यह काम मुश्किल जरूर था, मगर नामुमकिन नहीं।

जिंदगी की यह दूसरी पारी उन्हें बहुत अच्छी लग रही थी।

अब तो पत्नी जी डायरी के पन्ने नए रंग–बिरंगें अनुभवों से भरने लगे थे।

20
कस्तूरी फिर महकेगी

उगते हुए सूर्य की पीली नारंगी किरणों को अपने मुख पर महसूस करती कस्तूरी आंखें बंद कर फूलों से भरे बगीचे में रखी बेत की कुर्सी पर बैठी थी।

यह एकांत का समय उसे अत्यंत प्रिय था। यह समय था जब वह खुद से बातें करती थी।

उसकी एकांतता को एक जानी–पहचानी आवाज ने भंग किया।

आवाज पड़ोसन सुनैना जी की थी।

"कस्तूरी जी, कैसी हैं आप? रविवार की सुबह का आनंद ले रही हैं?" यह प्रश्न पूछते हुए सुनैना जी कस्तूरी के बगीचे में आ गई।

कस्तूरी ने सुनैना को एक मुस्कान के साथ जवाब दिया "जी, बस ऐसा ही समझ लीजिए।"

"दरअसल, आज हम बाहर जा रहे हैं। तो, क्या आप हमारे घर की चाबी रख लेंगी? दोपहर को यशोदा आएगी सारा काम करके चाबी आपको वापस दे जाएगी।" ऐसा कहते हुए सुनैना ने अपने घर की चाबी कस्तूरी जी के हाथों में थमा दी।

"जी... हाँ..., क्यों नहीं... वैसे क्या बात है? कुछ खास है क्या आज?" कस्तूरी ने चाबी लेते हुए प्रश्न पूछ लिया

सुनैना, मानो इसी पल का इंतजार कर रही थी। अपने चेहरे पर जरूरत से ज्यादा खुशी जाहिर करते हुए बोली... "हाँ, वो आज हमारी शादी की सालगिरह है, इसलिए हम सारा दिन बाहर ही रहेंगे।"

सालगिरह शब्द कस्तूरी के कानों से सीधे हृदय तक पहुंच उसे पीड़ा देने लगा, लेकिन यह वेदना उसे शक्ति भी देती थी।

शुभकामनाओं के साथ कस्तूरी ने सुनैना के साथ हो रही वार्तालाप को यहीं विराम देना उचित समझा।

सूर्य की किरण, जो अब तक सुनैना को सुखद लग रही थी अब उसे चुभने लगी थी, इसलिए वह भीतर चली गई।

सप्ताह भर कार्यालय की व्यस्तता के बाद रविवार की प्रभात, कस्तूरी को बहुत भाती थी, लेकिन अब सुनैना के शब्दों से धीरे–धीरे वह अतीत के साए में पहुंचने लगी थी, कस्तूरी के लिए स्वयं को अतीत से दूर रखना बहुत जटिल था और आज वही दिन था जब उसके जीवन में ज्वार भाटा आ गया था।

कस्तूरी तो नदी–सी बहती जा रही थी, आज वही दिन था, जब नदी का सागर से मिलन हुआ था। ना चाहते हुए भी अतीत के सभी दृश्य मानो जीवित हो उसके सामने आ गए।

अपने पिता के सामने ना जाने कितनी विनती कर चुकी थी। कस्तूरी के लाख प्रयत्न विफल हो गए थे। पिता ने लेकिन कस्तूरी और शार्दुल के प्रेम को आकर्षण मात्र कहकर सीधे–सीधे तौर पर खारिज कर दिया था।

पहले प्रेम के पुष्प की सुगंध तो इत्र की तरह होती है, पल भर में उसकी खुशबू हवा में फैल कर सारे जग को खबर पहुंचा देती है।

कस्तूरी, शार्दुल के प्रेम से सराबोर हो चुकी थी, लेकिन उनके प्रेम को पिता के अधिकार ने पनपने से पहले ही कुचल दिया था।

कस्तूरी आज के ही दिन परिणय सूत्र में बंधने को बाध्य की गई थी। साज–श्रृंगार, लाल सुर्ख जोड़ा, हाथों में लगी जीवनसाथी के नाम की मेहंदी कस्तूरी के लिए मानो लोहे की बेड़ियों की तरह थी।

कस्तूरी दुल्हन तो बनी, लेकिन उसका चेहरा निस्तेज था, तन शिथिल, मन उदास, अधर सूख चुके थे। पहले प्रेम की आहुति देकर अविनाश के साथ अग्नि को साक्षी मान सात फेरे लेने के लिए वह बाध्य की गई।

आज उससे शार्दुल की सारी यादों को जला देने का वादा लिया गया, लेकिन कस्तूरी की लाख कोशिशें असफल रही।

शार्दुल की यादों की राख लेकर ही वह अविनाश के घर पहुंच चुकी थी।

अविनाश सुहागरात की सेज पर गुलाब के सुगंधित पुष्प की महक को महसूस करते हुए कस्तूरी के कोमल हाथों को स्पर्श करना चाहता था, लेकिन कस्तूरी ने अपना हाथ पीछे ले लिया।

वह रात कस्तूरी को नागिन–सी डस रही थी। जिसके नाम का सिंदूर उसकी मांग में सज रहा था उसका स्पर्श स्वीकार नहीं था।

लाल सिंदूर, माथे की बिंदिया, काले मोती से बना मंगलसूत्र विवाहिता के लिए श्रृंगार से ज्यादा कोई मायने नहीं रखता यदि पति का वरण उसकी सहमति से ना होकर परिवार, समाज की बाध्यता से होता है।

विवाह से पूर्व लड़की का किसी लड़के के साथ सम्बन्ध सदा ही मात्र लड़की के लिए बदनामी का कारण बनता है, लड़का तो इससे साफ बच कर निकल जाता है।

अविनाश ने कस्तूरी की मनोस्थिति का सम्मान किया, उसकी असहजता को समझते हुए उससे कहा... "कस्तूरी... मैं, आपकी अनुमति के बिना आपको स्पर्श नहीं करूंगा। तन के मिलन से अधिक मन का मिलन आवश्यक है।"

अविनाश के यह शब्द कस्तूरी के हृदय तक पहुंचे और उसकी बहुत बड़ी मुश्किल मानों पल भर में सुलझ गई।

अगली सुबह वह स्नान कर अपने भीगे बाल लिए बिस्तर के पास आई। उसने पहली बार अविनाश को बहुत ध्यान से देखा...।

अविनाश अभी अपनी नींद से जागा नहीं था। मध्यम कद काठी का, गेंहुआ रंग, बिखरे बेतरतीब बाल, बाएं हाथ की अनामिका में कस्तूरी की पहनाई हुई अंगूठी चमक रही थी।

तभी उसके केश से पानी की बूंद अविनाश के माथे पर गिरी और उसकी निद्रा भंग हुई। उसने आंखें खोली तो कस्तूरी को उसकी गहरी आंखें बोलती नजर आई। कस्तूरी सहसा ही वहाँ से चली गई।

बाहर आकर वह अविनाश के घर को देखने लगी। अविनाश की सादगी मानो उसके घर की दीवारों पर भी दिखाई दे रही थी।

घर की नीरवता में सुंदरता थी। अविनाश की संजीदगी उसके घर की साज–सज्जा पर भी दिखाई देती थी। दीवार पर हल्के रंग शायद उसके व्यवहार का अनुसरण कर रहे थे।

रसोई में रखी हर एक वस्तु बहुत ही व्यवस्थित थी मानो घर स्वामी की संतुलित जीवनशैली का बखान कर रही हो।

अविनाश घर में अब तक अकेला ही रहता था, माता–पिता गाँव में रहते थे। अब जब बहू आ गई तो वे भी साथ रहने आ गए थे। अभी कस्तूरी घर को निहार ही रही थी कि अविनाश की माता जी ने उसे घर के तौर–तरीके, दिनचर्या से अवगत कराना शुरू कर दिया।

अविनाश की वाणी की मधुरता में लेस मात्र भी बनावट नहीं थी। उसकी साफगोई ने कस्तूरी को कुछ ही दिनों में उस घर में सहज कर दिया था, लेकिन शार्दुल को भुला पाना इतना आसान नहीं था।

विवाह को एक महीना होने को आया था। कस्तूरी, अविनाश के शालीन व्यवहार के सन्मुख खुद को दोषी मान रही थी उसके मन पर शार्दुल की यादों का भारी पाषाण था। आज उसने अविनाश को शार्दुल के बारे में सब कुछ बताने का निश्चय कर लिया था।

अनगिनत प्रयासों के बाद आखिरकार हिम्मत बटोर रात को उसने अविनाश से सारी बात एक सांस में कर दी और अविनाश के गले लग जोर से रोने लगी।

अजीब–सी विडंबना थी। पत्नी बन अविनाश के साथ तो थी, लेकिन शार्दुल की प्रेमिका की परछाई सदा उसके साथ थी।

कशमकश में कस्तूरी मानो खुद से एक द्वंद कर रही थी।

अविनाश ने कस्तूरी से मात्र इतना कहा कि... "यदि अतीत को भूल कर संपूर्ण रूप से मेरी पत्नी बन सको तो मुझे स्वीकार है अन्यथा इस रिश्ते को यहीं समाप्त कर देना उचित होगा।"

कस्तूरी की आंखों से आंसू बहते ही चले गए। कस्तूरी अब अविनाश की पत्नी बन बहुत खुश थी और घर की बहू बन उसने घर की सारी जिम्मेदारियां निभानी शुरू कर दी थी। धीरे–धीरे शार्दुल अतीत बन चुका था। वह उसे भूल चुकी थी।

अभी विवाह को एक वर्ष बीत चुका था। दोनों वैवाहिक जीवन का सुखद आनंद ले रहे थे। आज उनकी शादी की पहली सालगिरह थी। शाम को मित्रों, रिश्तेदारों के साथ होटल में पार्टी रखी थी।

अविनाश अपने कार्यालय के लिए रोज की तरह समय पर निकला और कस्तूरी भी अपने इंटरव्यू की तैयारी में लगी थी कि तभी उसके फोन की घंटी बजी।

कस्तूरी ने फोन उठाया तो एक भद्र पुरुष कंठ की आवाज ने उसे चौंका दिया।

उस आवाज को सुन वह अवाक् रह गई।

"कस्तूरी कैसी हो? एक साल हो गया तुम्हें नहीं देखा। क्या एक बार मिलना नहीं चाहोगी? सिर्फ एक बार... देखो आज शाम को मैं तुम्हारा इंतजार करूंगा... वही पुरानी जगह... पर तुम जरूर आना। वरना... तुम मुझे...।"

अभी वह बात पूरी ही करता कि अविनाश अपनी कार की चाबी, जो वह घर पर भूल गया था लेने कमरे में पहुंचा और उसने सुना कि कस्तूरी कह रही थी कि... "शार्दुल, ऐसा मत कहो। तुम जानते हो कि तुम्हारी जिंदगी बहुत कीमती है।"

अविनाश इस से ज्यादा कुछ सुनता उसके पहले ही वह चाबी लेकर गुस्से से आग–बबूला होकर घर से बाहर निकल गया। आज उसका विश्वास मानो कांच की तरह चूर–चूर हो गया।

कस्तूरी इस बात से अन्जान थी कि उसकी आधी कही हुई बात अविनाश सुनकर जा चुका था और वह अपनी बात पूरी करते हुए शार्दुल से कहने लगी... "शार्दुल, मैं तुम्हें भूल चुकी हूँ और अब मैं अविनाश की पत्नी हूं और मैं चाहती हूं कि तुम भी अपना जीवन शुरू कर दो। जीवन में आगे बढ़ो। यही हम दोनों के लिए सही होगा।"

ऐसा कहकर कस्तूरी ने फोन रख दिया और उसके मन में शार्दुल के लिए कोई भावना नहीं आई।

लेकिन दूसरी तरफ अविनाश अपने विश्वास को टूटा हुआ जान, कार की रफ्तार बढ़ाने लगा अपनी पत्नी को प्रेमी शार्दुल का नाम कहते हुए जो उसने सुना वह आवाज उसे बार–बार सुनाई दे रही थी। कस्तूरी ने उसके साथ विश्वासघात किया। अविनाश यह विश्वासघात बर्दाश्त नहीं कर पा रहा था।

उसने अपनी कार की गति और तेज कर दी। सामान्य से कहीं ज्यादा। दूसरी तरफ कस्तूरी इन सब बातों से अनभिज्ञ थी। वह अपना इंटरव्यू देने चली गई। नहीं जानती थी कि उसका अतीत उसके वर्तमान और भविष्य को लगभग निगल चुका था।

अविनाश के लिए कस्तूरी एक पल में उसकी अर्धांगिनी से एक चरित्रहीन स्त्री में बदल गई थी।

तभी एक बड़ा ट्रक उसकी तरफ आया और तेज आवाज आई और अविनाश सड़क दुर्घटना का शिकार हो गया।

जैस–तैसे उसे अपरिचितों द्वारा अस्पताल पहुंचाया गया। उसके फोन पर कस्तूरी का नंबर देखकर किसी ने कस्तूरी को फोन करके अस्पताल बुलवा लिया।

कस्तूरी दौड़ी–दौड़ी अस्पताल पहुंची और देखा अविनाश आई.सी.यू. में लेटा जीवन और मौत के बीच झूल रहा था।

कस्तूरी ईश्वर से अपने सुहाग की सलामती की दुआ मांग रही थी।

अविनाश के माता–पिता अपने बेटे को इस दशा में देख लगभग टूट चुके थे।

24 घंटे के बाद जब अविनाश को होश आया तब कस्तूरी दौड़ कर उसके पास गई और वह कुछ कहती, उसके पहले अविनाश ने अपनी अंगुली से उसके नाम की अंगूठी निकाली और कहा... "कस्तूरी मैं तुम्हें हमारे बेजान रिश्ते से आजाद करता हूं। तुम अब शार्दुल के पास जा सकती हो। अब हम साथ नहीं रह पाएंगे।"

कस्तूरी कुछ समझ पाती या उसे कुछ समझा पाती कि तभी डॉक्टर ने उसे बाहर जाने को कहा।

बेटे की कही हुई बात उसके माता–पिता सुन चुके थे। वह भी समझ चुके थे कि कस्तूरी किसी शार्दुल के साथ अनैतिक संबंध में बंधी हुई है।

उसी क्षण घर की लक्ष्मी, घर की बहू का तिरस्कार कर उन्होंने उसे हमेशा के लिए अविनाश की जिंदगी से जाने का आदेश दे दिया। अविनाश ने कस्तूरी को ऐसे गुनाह की सजा दे दी, जो उसने कभी किया ही नहीं था।

कस्तूरी जानती थी कि अविनाश किसी गलतफहमी का शिकार हुआ है और उसके भीतर अब संशय का एक ऐसा बीज रोपित हो चुका है, जो वृक्ष बनेगा तो सिर्फ उसमें से विष ही निकलेगा और यह रिश्ता कभी भी पनप नहीं पाएगा।

संशय के समक्ष स्पष्टीकरण का कोई अर्थ नहीं होता, इसलिए कस्तूरी ने अपना रास्ता बदलने का निश्चय किया।

डॉक्टर से मिलकर अविनाश के बारे में जब पूछा तो डॉक्टर ने कस्तूरी को बताया कि अविनाश को 6 महीने तक बेड रेस्ट करना पड़ेगा उसके बाद ही कुछ कहा जा सकेगा।

कस्तूरी की उपस्थिति अविनाश को और पीड़ा पहुंचाती है इसलिए कस्तूरी वहाँ से चली गई। कहीं दूर जिसका पता ना उसके पीहर वालों को था ना किसी मित्र या पहचानने वालों को।

तभी दरवाजे पर दस्तक हुई और कस्तूरी अतीत के साए से बाहर आ गई। यह सोच कर कि शायद यशोदा आई होगी वह चाबी लेकर दरवाजे तक पहुंची।

दरवाजा खोलते ही उसने सामने अविनाश को खड़ा देखा। उसे देख कस्तूरी मानो मूर्छित ही हो जाती, लेकिन अविनाश ने अपने मजबूत हाथों से उसे संभाला।

कस्तूरी सोफे पर निढाल हो अविनाश को देखती रही और अविनाश उसके हाथों को अपने हाथ में लेकर उसे देखता रहा।

इतने समय बाद एक–दूसरे को देखकर न जाने कितने सवाल मन में उठने लगे थे। अविनाश ने अपनी चुप्पी तोड़ी और कहा... ''शादी की सालगिरह मुबारक हो कस्तूरी'' लेकिन कस्तूरी कुछ नहीं जान पाई। कुछ नहीं समझ पाई। उसकी आंखों में अनेक प्रश्न थे, लेकिन वह प्रश्न आंसू बन बहते चले गए।

अविनाश ने कस्तूरी से पहले माफी मांगी और सब कुछ बताया कि कैसे दुर्घटना के 6 महीने के बाद चलने लायक हुआ। कस्तूरी का अचानक चले जाना सभी लोगों के लिए एक प्रश्न बन गया था।

कस्तूरी के लिए अविनाश की घृणा बढ़ रही थी, लेकिन वह उसे भूल नहीं पाया था। वह उसको तलाश करना चाहता था। तभी उसने शार्दुल को ढूंढने की कोशिश की, क्योंकि वह यह सोच रहा था कि कस्तूरी, शार्दुल के साथ होगी।

इंटरनेट पर आखिरकार उसने शार्दुल को ढूढ़ ही निकाला। उसके बारे में ज्यादा पता चला तो यह समझ आया कि शार्दुल, कस्तूरी के साथ नहीं बल्कि रश्मि नाम की लड़की के साथ विवाह कर विदेश में बस चुका है।

शार्दुल ने अविनाश के एक ई–मेल का जवाब देते हुए उसे बताया था कि करीब 6 महीने पूर्व उसने आखिरी बार मिलने के लिए कस्तूरी को फोन किया था, लेकिन कस्तूरी ने अविनाश को धोखा देकर शार्दुल से मिलना या बात करना उचित नहीं समझा और उसने उसे साफ–साफ मना कर दिया था और उसके बाद शार्दुल ने भी रश्मि के साथ शादी करके अपने जीवन को आगे बढ़ा लिया।

जब यह बात अविनाश को पता चली तो अविनाश, कस्तूरी को ढूंढने में लग गया। अविनाश को सच्चाई के दर्पण में एक ऐसा चेहरा दिख रहा था जिसमें एक सुलझे हुए व्यक्ति ने सिर्फ एक आधी–अधूरी बात पर विश्वास कर एक निर्दोष को एक ऐसी सजा दे दी जिस की आग में वह खुद भी जलता रहा।

उसने बहुत जतन से कस्तूरी का पता लगा लिया और आज वह कस्तूरी के पास था। सब कुछ कस्तूरी और अविनाश के सामने था।

अविनाश की बात सुन कस्तूरी एक बार फिर से महकने लगी। इतनी उथल–पुथल के बाद आज उसकी जीवन नौका मानो सही राह पर चलने लगी। अविनाश ने कस्तूरी को अपनी बाहों में लिया और उसके माथे पर प्रेम चुम्बन देते हुए उससे पूछा... ''कस्तूरी क्या तुम मुझे माफ कर सकोगी? क्या मेरे साथ एक नई शुरूआत करोगी?''

कस्तूरी, अविनाश के निश्छल प्रेम को आत्मा से महसूस कर रही थी।

21
आसमान की उड़ान

सफेद संगमरमर की चट्टानों के बीच नर्मदा नदी के शीतल जल की धारा में बहती कुछ नौकाएँ...

अनुपम

इस मनोरम, अद्‌भुत दृश्य को जो देखें, वो देखता ही रह जाए और इसके नैसर्गिक सौंदर्य का बखान करने में शब्द कम पड़ जाए।

जी, हाँ! यह सुंदर दृश्य है भारत के हृदय स्थल जबलपुर के भेड़ाघाट का। यहाँ का धुआंधार जलप्रपात सदा ही सैनानियों के लिए आकर्षण का केंद्र रहा है।

नीले, सफेद रंग की चेक्स वाली शर्ट और काली पैंट पहने मनोज अपनी पत्नी प्रीति की तरफ देख रहे थे और उस दिन की यादों में खो गए जब वह 18 साल पहले प्रीति के साथ पहली बार यहाँ नौका विहार करने आए थे।

प्रीति का छोटा भाई संदीप और उसकी पत्नी कुसुम और उनकी बेटी छुटकी कुछ दिनों के लिए प्रीति के घर आए थे।

प्रीति ने सबसे नजरें बचाते हुए पति मनोज की आंखों के प्रेम को पढ़ा और मुस्कुराई। मंद, शीतल हवा सी उड़ रही, बालों की लट को कान के पीछे कर इशारों में ही उसने अपने भी प्यार का इजहार किया।

इशारों–इशारों वाला प्यार अभी शुरू ही हुआ था कि संदीप की आवाज आई... "जीजाजी... जीजाजी... अरे! इधर देखिए ना... गुड्डू फोटो खींच रहा है।"

मनोज सकपकाए और गुड्डू की तरफ देख मुस्कुराने लगे। प्रीति भी अपने भाई संदीप की पत्नी कुसुम के कंधे पर हाथ रख फोटो खिंचवाने के लिए पोज देने लगी। तभी नाव में कॉमेंट्री करने वाले

अंकल जी बोल पड़े... "अरे! गुड्डू भैया, बैठ जाइए, नाव का बैलेंस बिगड़ जाएगा नहीं तो।"

जी, हाँ जबलपुर के भेड़ाघाट पर नौका विहार करते समय बहुत सावधान रहते हैं नाविक, क्योंकि नदी बहुत गहरी जो है। दुर्घटना से अच्छा है सावधानी रखी जाए।

गुड्डू यानी कि अमन, जो दसवीं का छात्र था। मनोज और प्रीति का बेटा। अपने मामा–मामी को कंपनी देने के लिए आज वह भी भेड़ाघाट आया हुआ था।

तभी सामने से एक नाव आती दिखाई पड़ी। जिसमें कई विदेशी सवार थे। सभी विदेशियों ने भेड़ाघाट के अनुपम सौंदर्य को सदा के लिए सहेज रखने के लिए हाथ में कैमरे पकड़े हुए थे।

कुछ लोगों ने हाथों में डायरी और पेन थामा हुआ था। कॉमेन्ट्रेटर अंग्रेजी में उनसे भेड़ाघाट की खासियत बता रहा था और वह उसे नोट कर रहे थे।

तभी कुसुम बोल पड़ी... "दीदी, देखो कितने गोरे हैं यह लोग।" प्रीति भी गर्दन उचकाकर उसे ओर देखने लगी। तब मनोज जी ने कहा... "अरे! ऐसे क्यों देख रहे हो... अच्छा नहीं लगता।"

गुड्डू फोटो खींचता हुआ बोला... "पापा मैं भी विदेश जाऊंगा। अच्छे कॉलेज से डिग्री लूंगा।"

सामने की सीट पर सवार मामा जी अपनी बेटी के सिर की टोपी ठीक करते हुए बोल पड़े... "गुड्डू भैया! काहे सपने देख रहे हो... इतना आसान होता तो हम सारे वहाँ ना पहुँच जाते... पापा की तरह कोई नौकरी की सोचो," ऐसा कहकर वे दांत निपोरने लगे।

गुड्डू उनकी इस तरह की बात से निराश होकर इधर–उधर देखने लगा। प्रीति और मनोज को भी संदीप की ये बात अच्छी नहीं लगी।

कुसुम ने जोर से गुस्से में संदीप का हाथ दबाया। तब तक नाव किनारे पहुंच चुकी थी।

नाव वाला, जो अपने साथी के साथ चप्पू से नाव चला रहा था, अपना पसीना पोंछता हुए बोला... "चलिए, बाबूजी आराम से उतर जाइए, जो इच्छा हो वो दे देना।"

हालांकि नाव की सवारी की टिकिट का भुगतान पहले ही कर दिया था, लेकिन मनोज ने 100 रुपए उसके हाथ में थमाते हुए कहा... "दोनों इसी में से ले लेना।" सभी नाव से आराम से उतर गए।

विश्व प्रसिद्ध धुआंधार जलप्रपात और नौका विहार का आंनद लेकर वे घर निकल गए।

दो दिनों के बाद मामा–मामी वापस चले गए। करीब हफ्ते भर बाद मनोज, गुड्डू के कमरे में आए। गुड्डू अपनी किताबों में व्यस्त था।

पलंग पर बिछी पीली सूती चादर को ठीक करते हुए मनोज ने गुड्डू से भूमिका बांधते हुए पूछा... "और कैसी चल रही है पढ़ाई? कब से हैं परीक्षा?" अपने हाथ के जैल पेन को जोर–जोर से अंगुलियों से घुमाते हुए बोला... "फरवरी में है परीक्षा, पापा पढ़ाई अच्छी तरह कर रहा हूँ।"

मनोज ने उसकी कुछ पुस्तकों के पन्ने पलटे और फिर मुद्दे की बात पर आए और पूछने लगे... "उस दिन तू भेड़ाघाट में कह रहा था ना... कि तुझे विदेश जाना है। क्या सोचा है उस बारे में?"

गुड्डू ने अपनी शेक्सपियर की किताब को बन्द कर दूसरी हिन्दी की किताब उठाते हुए जवाब दिया...

"ऐसी कोई बात नहीं है पापा। कुछ सोचा नहीं।"

वह जानता था कि शायद उसने ऐसा सपना देखा है, जो उसे नहीं देखना चाहिए था।

मनोज ने खिड़की के पर्दे सरकाते हुए बाहर झांका और बेटे की दिल की बात जानने के लिए कहा... "भाई यदि कुछ सोचा है, तो बताओ। हम भी साथ देंगे।"

गुड्डू की आंखों में चमक आ गई। वो पापा को एम.आई.टी. के बारे में बताने लगा। जल्दी–जल्दी सब कुछ बता देना चाहता था।

मनोज को बेटे के इंद्रधनुषी सपने साफ–साफ दिखने लगे थे। उसकी बातें कुछ समझ आई, कुछ नहीं भी, लेकिन बेटे का आत्मविश्वास देख मनोज को अच्छा लगा।

तभी प्रीति हाथ में बेलन लिए कमरे में आई, कहने लगी... ''रोटियाँ सेंक रही हूँ, दोनों पहले खा लो गर्म–गर्म।''

दो–तीन दिन के बाद मनोज ने अपने पुराने दोस्त जिसे पढ़ाई में काफी रुचि थी और पी.एच.डी. भी कर चुका था, फोन किया। तीन–चार घंटी बजने के बाद दोस्त आलोक ने फोन उठाया और मजाकिया अंदाज में बोला... ''क्या बात है भाई, बहुत दिनों बाद याद आई।''

मनोज दफ्तर की फाईल पर बन्द पेन चलाता हुआ बोला... ''अरे! भाई क्या बताए। बस घर और ऑफिस इन्हीं सब में टाइम नहीं मिल पाता। तू बता यार कैसा चल रहा सब...?''

आलोक, दोस्त की आवाज से जान गया था कि कुछ काम से ही फोन किया है मनोज ने।

आलोक अपने कैबिन की चक्के वाली कुर्सी से उठा और रिमोट से ए.सी. चालू करके एक हाथ जेब में डाल सीधे–सीधे बोला... ''क्या बात है भाई...? सब ठीक तो है ना... गुड्डू और भाभी सब कुशल ना?''

मनोज ने अपनी कटिंग चाय की मलाई को फूंक कर अलग किया और चाय का एक घूंट पीते हुए जवाब दिया... ''हाँ यार, सब ठीक है। तू घर आजा इतवार को। मिलकर बताता हूँ। गुड्डू की पढ़ाई को लेकर बात करनी है।''

रविवार शाम आलोक पहुंच गया मनोज के घर। (बचपन के दोस्त होते ही ऐसे हैं।)

प्रीति ट्रे में पानी लाई और शिकायती अंदाज में बोली... ''भैया, अंजू को भी ले आते।''

आलोक पानी पीकर गिलास वापिस देते हुए बोले... ''भाभी, रिया की परीक्षा है कल, उसी को पढ़ा रही थी। अगली बार सब तिलवारा घाट या बरगी डेम का प्रोग्राम करते हैं। बच्चों को भी मजा आ जाएगा।''

प्रीति रसोई में जाते हुए बोली... "हाँ, जल्दी कुछ प्रोग्राम बनाते हैं। अभी तो चाय बनाती हूँ। आप लोग बातें करो।" मनोज और गुड्डू भी सामने सोफे पर बैठ गए।

आलोक ने गुड्डू से बात करनी शुरू की। लैपटॉप में उसने अब तक, जो भी जानकारी इकट्ठा की थी वो अंकल को दिखाई।

मनोज प्रीति की मदद करने रसोई में पहुँच गया।

समोसे, खोवा जलेबी और गर्मा गर्म चाय लेकर टेबल पर लगा दिया।

गुड्डू ने भी सभी के साथ नाश्ता किया फिर अन्दर चला गया।

आलोक ने मनोज से कहा... "देख, बच्चे के सपने तो बहुत बड़े हैं, वो पूरे भी कर लेगा। यदि सही गाइडेंस मिले। उसे अंतरराष्ट्रीय परीक्षाएं पास करनी होगी। टॉप करेगा तो स्कॉलरशिप भी मिलेगी। तभी तू उसे वहाँ भेज पाएगा। वरना तो मुश्किल है।"

बोर्ड परीक्षा के बाद उसकी तू खरे सर के पास कोचिंग लगा दे। फिजिक्स की जिम्मेदारी मेरी। किताबें, नोट्स का इंतजाम मैं करवा दूंगा। कुछ ऑनलाइन मंगवा लेंगे। हमारी संस्कारधानी का नाम रोशन करेगा हमारा गुड्डू।

प्रीति और मनोज को ऐसा लगा मानो वो अब अमन के सपने पूरे कर पाएंगे।

दसवीं बोर्ड की परीक्षा में 97% लेकर अमन ने स्कूल में टॉप किया। अब दो साल जी तोड़ मेहनत करनी थी। अमन उसके लिए तैयार था।

आलोक और खरे सर के मार्गदर्शन में वो और बेहतर प्रदर्शन करने लगा।मनोज ने पैसों की व्यवस्था करनी शुरू कर दी। दफ्तर से पी. एफ. भी निकलवाने की अर्जी दे दी।

अमन अब किताबों से घिरा रहता। प्रीति उसके खाने–पीने का पूरा ध्यान रखती।

दो साल की कड़ी मेहनत रंग लाई। अमन ने बहुत अच्छा प्रदर्शन किया।

कॉलेज की एंट्रेंस परीक्षा भी पास कर ली।

खानदान में, जो सपना किसी ने नहीं देखा वो अमन ने देखा और परिवार के सहयोग से पूरा भी किया।

मामा–मामी अमन को बधाई देने पहुंचे।

धुआंधार जलप्रपात को देखते हुए संदीप की बेटी बोली... ''पापा, मैं भी अमन भैया के जैसे विदेश जाऊंगी।''

अमन अपने मामा के कंधे पर हाथ रखते हुए बोला... ''हाँ, हाँ... छुटकी क्यों नहीं। बड़े सपने देखने भी चाहिए और उसे पूरा करने के लिए मेहनत भी करनी चाहिए। फिर हर सपना सच होता है...। क्यों मामा सच कहा ना।''

22
चम्पा, लाली और चुड़ैलिज़्म

उस विशाल, ऊंचे, घने वृक्ष पर बैठी दो प्यारी सहेलियां लाली और चंपा बतिया रही थी।

लाली भले ही सफेद साड़ी पहने लेकिन लिपस्टिक लाल ही लगाती थी इसलिए शायद सब उसे लाली बुलाने लगे थे और चंपा को चंपा के फूल से बहुत स्नेह था, कभी फूल ना मिल पाए तो उस समय के लिए हमेशा अपने पास चंपा की खुशबू वाला परफ्यूम रखती थी।

लाली अपनी लिपस्टिक ठीक करते हुए बोली... ''अरे! चम्पा तुझे पता है लोगों को हमारे बारे में बहुत कंफ्यूजन है... लोग कैसी–कैसी बातें करते हैं?...''

चंपा ने परफ्यूम की छोटी–सी बोतल से दो स्प्रे करने के बाद लाली से पूछा... ''अच्छा! क्या कंफ्यूजन है जरा मुझे भी तो बता लाली।''

''अरे! कल तीन आदमी नीचे बैठे मस्करी कर रहे थे कि हम चप्पल कैसे पहनती हैं और दूसरा तो अपने जबड़े दिखाते हुए बोल रहा था कि न जाने जूते की लेस कैसे बांधती होंगी...'' लाली ने मुंह बिगाड़ते हुए अपनी सहेली चंपा से कहा।

चंपा जोर से हंसी और बोली... ''अरे! सही सवाल तो पूछा। अब इनको क्या पता कि हमारे पैर उल्टे हैं, तो हमारे हाथ वहाँ तक पहुंच सके इसका भी इंतजाम हमारे पास है।''

लाली अपने काले लंबे बालों को संवारती हुई बोली... ''हमें भी आंदोलन करना चाहिए। हम बेचारी चुड़ैले कुछ कहती नहीं इसका सभी ने गलत फायदा उठा रखा है। कभी भूतों के बारे में ऐसी अफवाह फैली है? फैलाकर तो दिखाए यह भूत उनका जीना हराम कर देंगे।''

चंपा अपने लंबे–लंबे नाखूनों पर गहरे काले रंग की नेल पॉलिश लगाते हुए बोली... ''अरे! छोड़ ना तू भी चुड़ैलिज़्म लेकर बैठ गई। हमको पता है हमारा पावर, फिर इसे साबित करने की क्या जरूरत? हर बात पर चुड़ैलिज़्म का झंडा लेकर तैयार मत हो जाया कर। चल अभी यहाँ से, बहुत मच्छर है। हम अपने पॉश इलाके के बंगले में चलते हैं वहाँ बड़ा सुकून मिलता है। पेड़ पर साड़ी पहनकर लटकना कुछ अनकम्फर्टेबल लगता है। वहाँ कुछ मेडिटेशन ही हो जाएगा।''

लाली भी चंपा की बातों से सहमत होकर पहुंच गई पॉश इलाके के बड़े से बंगले में।

बंगले का मालिक बहुत समय से कोशिश कर रहा है कि वह बंगला किसी ना किसी तरह से बिक जाए, लेकिन लाली और चंपा अपना असली रूप दिखाती और कोई भी ग्राहक टिक नहीं पाता।

लेकिन अब की बार जब वहाँ पहुंची तो उनके पैरों तले जमीन निकल चुकी थी, क्योंकि इस बार उस बंगले में उनके स्वागत में कुछ नहीं था, बल्कि वहाँ पर एक परिवार अपना सामान लेकर पहुंच चुका था। पहुंच क्या चुका था, लगभग पूरी तरह से सेट हो चुका था।

चंपा, लाली को घंटी बजाने की कोई जरूरत तो थी नहीं बस दीवार पार कर भीतर आ गई। घर की काया ही पलट चुकी थी।

लाली बोली... ''ओह! देख इन लोगों ने मेरा स्पाइडर वेब निकाल दिया...''

चंपा भी घबराती हुई बोली... ''ओह नो! मेरा चमगादड़ द बेट कहा गया।'' दोनों सर पर हाथ रख सोचने लगी अब इन लोगों को यहाँ से कैसे निकाले?

सारे दरवाजे पर ऑयलिंग की जा चुकी थी तो अब उन दरवाजों से कर र क र र की आवाज कैसे आयेगी?

बंगले में इनवर्टर लग चुके थे तो अब अंधेरे से कौन डरेगा...?

दोनों अभी सोच रही थी कि तभी बंगले के मालिक अमरीश जी आ गए।

पुलिस की कड़क वर्दी में अमरीश जी बहुत सख्त लग रहे थे।

उन्होंने बंगले की काफी सारी खिड़कियां बंद करवा दी थी।

तभी उनकी पत्नी साधना जी चाय की ट्रे लिए आ गई। उनके पैरों में थी घुँघरू वाली मोटी–मोटी पायल। छन–छन की आवाज से तो ये परिवार बहुत अच्छे से वाकिफ था।

दोनों सहेलियां उड़ती–उड़ाती पीछे के आंगन में आई तो एक और बड़ा झटका उनको लगा। आंगन में चार–चार सफेद साड़ियाँ सूख रही थी। तब उनको पता चला कि अमरीश जी की माता जी और सासु माँ दोनों उनके साथ रहती है।

दोनों ने सिर पीट लिया। चंपा और लाली का आलीशान बंगला उनसे छीन लिया गया था। पिछले कितने समय से वे इस आशियाने में रह रही थी और आज ये...

तभी चंपा ने पूछा... "लाली, ये बता दोनों बुढ़िया की साड़ी हमारी साड़ी से सफेद कैसे?"

लाली ने गुस्से से जवाब दिया... "क्या चंपा तुझे अभी कॉमेडी सूझ रही है? ये फालतू जोक्स सैटर्डे के लिए रख अभी सोच कि इन्हें कैसे भगाए...?"

लाली, भूत और चुड़ैल के बीच हो रहे भेदभाव से बहुत आहत थी वो बोल पड़ी... "चंपा, मिलकर क्या कर लेंगे? पूरे बंगले में लाइट है बंगले का मालिक इंस्पेक्टर है और घर में सारी खिड़कियां बंद हो चुकी हैं इन्होंने हमारे लिए कोई रास्ता नहीं छोड़ा है।"

चंपा ने अपने लंबे बालों का जूड़ा बनाया, साड़ी का पल्ला कमर में खोसा और इधर उधर देखती हुई बोली... "लाली, देख इनका एक छोटा बच्चा है। अब यह तो हमसे डर ही जाएगा। बच्चा डरा तो समझो मां डर गई और एक बार अमरीश की पत्नी ने अमरीश को घर छोड़कर चलने को कहा तो फिर अमरीश कुछ नहीं कर पाएगा। इंस्पेक्टर तो वह थाने में है घर में तो औरतों की ही चलती है।"

दोनों उस रात को जैसे–तैसे एडजस्ट करके सो गई। सुबह होते ही दोनों गहरी नींद में थी तब दोनों समधन की घमासान बहस ने उन्हें जगा दिया। बात सिर्फ इतनी थी कि चाय के साथ पोहा बनेगा या उपमा एक–दूसरे का मुंह ताकती चंपा और लाली दोनों ने मन में सोचा... इन्हें रेडीमेड नाश्ता मिल रहा है फिर बहस क्यों कर रहे हैं।

तभी अमरीश का 10 साल का बेटा नाश्ते की मेज पर इडली खाने के जिद्द कर बैठा। लाली और चंपा को इस तरह के शोर की आदत नहीं थी दोनों ने अपने कान बंद कर लिए और सोचा जल्दी ही हमें इन्हें निकालना पड़ेगा या हमें अपने लिए कुछ दूसरा ठिकाना ढूंढना पड़ेगा।

दोपहर को सब सो रहे थे। खाने में श्रीखंड जो बना था। सब ने पूरी श्रीखंड खूब दबाया और अब खर्राटे ले रहे थे।

लाली, दादी के पास और चंपा, नानी के पास आकर उन्हें डराना चाह रही थी। जैसे ही वह उनके नजदीक पहुंची। एक–एक चाटे से उनका स्वागत हुआ। दोनों बुढ़िया बहुत पहुंची हुई थी। बिना चश्मे के दिखाई नहीं देता था तो रसीद कर दिए दो चांटे।

अब हमारी चुड़ैलन लाली और चंपा क्या करती? रात का इंतजार...

आधी रात होते ही... अपने घुंघरू की आवाज करने लगी, लेकिन असर किस पर होता। सभी को ऐसी आवाज की तो आदत थी। दो–तीन दिन तक छोटे–मोटे हथियार उन्होंने आजमा लिए। पर कुछ हुआ ही नहीं।

अब उनके मन में बड़ी प्लानिंग चल रही थी।

अमरीश का परिवार अपने आप में निराला था। दोनों बुढ़िया आपस में लड़ने से फुर्सत ना पाती। अमरीश घर पर भी मानो चोरों की पिटाई करने को हमेशा तैयार रहता। बेटा तो बाप का भी बाप था। उससे तो अमरीश भी पंगा नहीं लेता था। पत्नी जी खाना बनाने में व्यस्त रहती।

मूवी वाले सारे आइडिया इनके सामने फेल थे। फिर भी बेघर, बेचारी चुड़ैल सहेलियां अपना बेस्ट देने के लिए प्लानिंग करने लगी।

बेटा जय अभी अपने कमरे में बैठ कर पढ़ रहा था, तभी उसकी खिड़की से लाली ने उसे देखा हाथ हिलाया, डराया भी... लेकिन जय डरने वालों में से नहीं था वह कुर्सी पर खड़ा होकर जोर से बोला... "डरा क्या रही है पागल... अगर कुछ आता है तो मेरा होमवर्क करके दिखा कर जा।"

लाली को बेइज्जती के घूंट पीने पड़े। सारे दांव–पेंच फेल होने लगे। मोमबत्ती लेकर चलना, बिजली का बंद चालू करवाना, तरह–तरह की आवाजें करना... उनका घर पर लगभग तो ऑलमोस्ट छिन चुका था।

सुबह–सुबह बुढ़िया की बहस ने उनके कानों से खून निकाल दिया था। बच्चे की शरारतों ने उनकी दिन की नींद छीन ली थी।

अब लाली और चंपा अपनी लाल लिपस्टिक और चंपा की सुगंध वाला परफ्यूम लिए नए बंगले की तलाश में निकल चुकी थी, क्योंकि अब कोई और चारा नहीं था। कुछ दिन उसी पेड़ पर किराए से रह लेंगी शायद।

23
महरी

सांवला चेहरा, माथे पर बड़ी गोल लाल बिंदी, हाथों में कांच की हरी–हरी ढेर सारी चूड़ियाँ, कानों में सोने के झुमके, लाल फूलों वाली साड़ी पहने रामकली ने घर में घुसते ही पूछा.... ''जीजी कहाँ हो?''

रामकली पिछले कई सालों से वर्मा मैडम के घर काम कर रही थी। वजन कुछ 80–85 किलो होगा, लेकिन सफाई ऐसे करती थी, घर चमक जाता था।

मैडम भी अकेले रहती थी रामकली को काम करने में पूरे दो घंटे लगते थे। वर्मा मैडम और रामकली इन दो घंटों में बहुत सारी बातें करते।

रामकली की हर बात सुनना मैडम जी को अच्छा लगता था। रामकली कभी भी जरूरत के बिना छुट्टी नहीं लेती थी। दोनों का साथ अच्छा चल रहा था।

वर्मा मैडम का बेटा लंदन में पढ़ता था। बहुत जल्द भारत आने वाला था। रामकली के आते ही मैडम ने उसे कहा सुनो... ''रामकली, मेरा बेटा रोहन आने वाला है।''

रामकली की आंखों में खुशी के आंसू आ गए... ''कब आ रहा है लल्ला?'' रामकली ने पूछा।

मैडम बोली... ''अगले हफ्ते ही आएगा। तू सारा घर साफ कर देना, सामान ले आना। उसकी पसंद का सारा खाना मैं खुद बनाऊंगी।'' मैडम की खुशी का तो ठिकाना ही नहीं था। दोनों काम में जुट गई।

अगले दिन घर का काम निपटाकर मैडम और रामकली बाजार चले गए। एक–एक सामान उन्होंने चुनकर लिया।

घर का कोना–कोना रामकली ने सजा दिया। रविवार की सुबह का इंतजार था और वह दिन आ ही गया।

रामकली ने आज पीली साड़ी पहनी थी। उसे ऐसा लग रहा था जैसे उसका खुद का बेटा ही घर वापस लौट रहा है।

रोहन घर के अंदर आते ही बोला... "मम्मा, मैं आ गया।"

तभी रामकली के हाथ से आरती की थाली लेकर वर्मा मैडम ने रोहन की आरती की।

रोहन अपनी माँ को देख कर बहुत खुश हुआ और गले लगा कर कहने लगा... "ओह! माँ तुम कैसी हो? चलो ना अंदर, बहुत भूख लगी है।"

रामकली सब कुछ सुनती रही और बस दरवाजे के पास खड़ी ही रह गई।

वर्मा मैडम भी रोहन को बताना भूल गई कि... यहीं रामकली है जिसने बचपन में उसकी देखभाल की थी।

रामकली अंदर आकर मुस्कुरा कर बोली... "कैसे हो लल्ला? हमें पहचाना नहीं क्या?"

वर्मा मैडम बोली... "अरे! रामकली तू भी क्या... रोहन अभी तो आया है। उसे खाना खा लेने दे, अभी तू घर जा और सुन मैं रोहन को लेकर उस के मामा के घर जाने वाली हूं, इसलिए कल काम पर मत आना।"

रामकली अपना-सा मुँह लेकर घर चली गई। एक दिन छोड़ सुबह काम पर आई।

रोहन बाहर बैठकर अखबार पढ़ रहा था। "लल्ला, मामा के घर जाकर आ गए क्या?" रामकली ने पूछा...

मगर वह तो पेपर पढ़ने में बहुत व्यस्त था उसने रामकली को देखा-अनदेखा कर दिया।

उदास होकर रामकली अंदर चली गई उसको देखते ही वर्मा मैडम बोली... "देख रामकली, तू ऐसा कर पूरा घर साफ कर कल भी काम नहीं हुआ।"

रामकली, मैडम का घर अपने घर की तरह साफ करने लगी, लेकिन उसे लग रहा था कि रोहन उसे पहचान नहीं रहा... और मैडम

भी उसे बता नहीं रही कि मैं रामकली हूं। मैं ही तो बचपन में उसे हर रोज स्कूल ले जाती थी, उसके कपड़े धोती थी, उसके साथ बगीचे में जाती थी...।

रामकली को आज उसकी मैडम ने, जिसे वो अपना परिवार मानती थी मानो उसे उसकी औकात दिखा दी थी। एक नौकर–मालिक का सिर्फ वफादार हो सकता है, दोस्त नहीं।

अगले चार दिन राम कली काम पर नहीं आई।

वर्मा मैडम का तो गुस्सा सातवें आसमान पर पहुंच गया। रामकली के ना आने के कारण सारा घर का काम उन्हें करना पड़ा।

जब रामकली अगले दिन भी नहीं आई तो उन्हें ऐसा लगा कि रामकली के घर जाकर ही पूछना पड़ेगा आखिर वह क्यों नहीं आ रही।

वर्मा मैडम अपने आलीशान घर के पीछे बनी बस्ती में जैसे–तैसे रामकली के घर पहुंची। एक बार वो पहले भी यहाँ आई थी जब वर्मा मैडम को रोहन के लिए रामकली से नाश्तें बनवाने थे, जो उन्हें अगले दिन ही विदेश भेजने थे। रामकली ने पूरी रात बैठकर रोहन लल्ला के लिए नाश्तें बनाए ताकि विदेश में उन्हें घर का स्वाद मिल सके।

घर के दरवाजे पर खड़े होकर वर्मा मैडम जोर से चिल्लाई... ''अरे! रामकली इतने दिनों से काम पर क्यों नहीं आ रही? पता नहीं तुझे, रोहन आया है कितना काम पड़ा है?''

तभी रामकली की बेटी बाहर आई और बोली... ''मैडम जी... अरे! आप यहाँ, क्या आपको माँ ने नहीं बताया कि वह काम पर क्यों नहीं आ रही?''

वर्मा मैडम गुस्से से बोली... ''मुझे क्या पता... मुझे थोड़ी बता कर गई है। कितना काम पड़ा है मेरे घर पर। उसे बोल कल से काम पर आए।''

रामकली की बेटी रोते हुए बोली... ''मैडम जी आप को नहीं मालूम क्या? माँ के दिल में छेद है। पिछले दो दिनों से वह सरकारी अस्पताल में भर्ती है।''

बड़े डॉक्टर ने तो एक हफ्ते पहले ही कहा था दाखिले के लिए, लेकिन माँ नहीं मानी थी वह बोली डॉक्टर साहब उनका लल्ला रोहन लंदन से आने वाला है, लेकिन जब तबियत बहुत खराब हो गई तब उन्हें परसों मैं और मेरा भाई अस्पताल ले गए। पता नहीं ऑपरेशन हो पाएगा या नहीं... डॉक्टर बोल रहे थे देर हो गई, यदि वह जल्दी भर्ती हो जाती तो शायद ठीक हो जाता।

यह सुनकर वर्मा मैडम अवाक् रह गई। आँखों में आँसू थे और दरवाजे पर वह गिर पड़ी उनके मुँह से बस इतना निकला... "अरे रामकली! एक बार तो बोल देती मुझसे... मैं जानती हूँ मुझसे भूल हो गई... तू रोहन को अपना बेटा मानती थी, उसे माँ की तरह प्यार करती थी और मैंने तुझे सिर्फ महरी ही समझा। मुझे माफ कर दे रामकली।"

24
इत्ती सी खुशी

भारत के बड़े से मानचित्र पर एक बिंदु से भी छोटा दिखने वाले शहर में रहने वाले मध्यमवर्गीय "गुप्ता जी" का बड़ा–सा घर...।

घर बड़ा है, तो फिर गुप्ता जी मिडिल क्लास कैसे? यह सवाल आपके मन में भी आया होगा। तो जवाब यह है कि घर दादा जी ने बनवाया था। उनके स्वर्गीय होने के बाद पिताजी को मिला और अब उनके बेटे श्री मनोहर गुप्ता जी के नाम की तख्ती बाहर लगी है या कहूं लटकी है।

पिछले 3 महीने से एक स्क्रू निकलने की वजह से मनोहर बाबू वहाँ औंधे से ही लटक रहे हैं।

ऐसा ही तो होता है... हर काम, आज करेंगे... कल करेंगे में चलते या लटकते चले जाता है।

खैर...

बात घर की हो रही है तो भाई पुराने जमाने वाला नक्शा ही है घर का। आंगन और वहाँ बना शौचालय... यानी की टॉयलेट और बाथरूम, जो बाकी कमरों से कुछ दूरी पर था। एक बड़ा–सा कमरा जिसे आप लिविंग रूम कह सकते हैं, जो सभी के लिए हमेशा खुला रहता था।

अंदर सीधे हाथ की ओर एक कमरा और बाएँ की तरफ दूसरा। छोटी–सी रसोई और हाँ, आंगन में छत पर जाने वाली सीढ़ियाँ भी है, जो अब कुछ टूट–फूट भी गई थी।

घर का रंग पूरी तरह से उड़ चुका था। मनोहर की शादी पर शायद बाबूजी ने पूरा घर रंगवाया था। पर अब उस बात को 18 साल हो गए।

अब तो हालत यह है कि दीवारों पर कौन–सा रंग करवाया गया था यह पता ही नहीं चलता। कहीं दीवारों पर पपड़ियां निकल रही

है, तो कहीं सीलन, यहाँ–वहाँ से झांक रहे पाइप भी जंग खा चुके हैं, टपकते हुए नल और कहीं–कहीं छत गिरने को लगती है।

घर में मेहमान आए ना आए पर मिस्त्री (प्लंबर) आते–जाते रहते हैं...।

हर बार मनोहर जी अपनी पत्नी सुलोचना (जो पड़ोसन द्वारा भड़काये जाने पर घर की मरम्मत को लेकर रूठ जाती है।) के कहने पर उसे आश्वासन देते हैं... "इस दीपावली पर घर की मरम्मत करवा ही लेंगे।"

बड़ा बेटा राहुल उर्फ गुड्डू अपना कैलकुलेटर लेकर पापा का पूरा साथ देता और बेटी अलीशा उर्फ पिंकी भी अपनी रफ कॉपी लेकर अपने बार्बी वाले कमरे का नक्शा बनाती।

हर बार बजट इतना आता कि सब एक–दूसरे का मुँह देखने लगते।

मनोहर जी कहते... "लोन ले लूंगा, रिटायरमेंट का फंड निकलवा लूंगा पर, सुलोचना यह घर सही करवा लेते हैं।" या फिर कहते... "चलो घर बेच देते हैं... छोटा–सा फ्लैट खरीद लेंगे।"

तब पत्नी जी कहती... "अरे! ये क्या कह रहे हो... बड़े घर में रहने की आदत हो चुकी है जी और वैसे भी यह घर दादा जी की निशानी है। पुरखों की निशानी को कोई बेचता है क्या भला... और फ्लैट वाले घर देखे नहीं कितने छोटे–छोटे होते हैं। अपने बाथरूम से भी छोटे लगते हैं वह घर। श्रीवास्तव जी का घर देखने तो गए थे दो कदम चले नहीं कि घर खत्म हो जाता है।" और फिर मरम्मत की बात ठंडे बस्ते में चली जाती है।

मनोहर जी की सरकारी नौकरी थी। कई बार उन्हें मौके मिलते कि बटुए को बड़ा कर लिया जाए। कई बार सहकर्मियों को मुठ्ठी गर्म करते भी देखा था,

लेकिन पिताजी की ईमानदारी की सीख के सामने ये ख्याल हमेशा हार जाते और बटुआ वही 100–200 की कुल राशि से ही संतुष्ट हो जाता है।

बड़ा बेटा बारहवीं में था और पिंकी तो अभी भी छोटी ही थी, क्योंकि छोटा बच्चा कभी बड़ा होता ही नहीं और बड़ा बच्चा छोटे के आते ही बड़ा हो जाता है वैसे पिंकी अभी सातवीं में पढ़ रही थी।

रोज सुबह 10:00 बजे दफ्तर में हाजिरी देने के लिए प्रतिबद्ध मनोहर जी ठीक सुबह 7:00 बजे उठ जाते थे और सुलोचना उर्फ सुल्लू ठीक 6:00 बजे गैस पर चाय चढ़ाकर, ब्रश करती, आंगन झाड़ती, पड़ोसन संग बतियाते आधा कप वहीं चाय पी लेती, फिर मनोहर जी के कुल्लों की आवाज सुन पड़ोसन से यह कहती... ''चलो... चलो... बहुत काम है। दोपहर को मिलती हूं।''

चाय दोबारा उबालती और फिर दो कप में चाय छान कर लाती। आंगन में पड़ी 4 प्लास्टिक की कुर्सियों पर पैर पर पैर रखकर दोनों चाय की चुस्कियां लेते। यह कुछ लम्हें ऐसे होते जब सुलोचना सुल्लु और मनोहर मन्नु बन जाते और फिर चाय खत्म होते–होते अपने माता–पिता के रोल में आ जाते।

पिता अपने परिवार को आर्थिक रूप से मजबूत बनाने के लिए दफ्तर की ओर जाने के लिए तैयार होता वही घर की कर्ता–धर्ता, अपने पति के लिए और बच्चों के लिए टिफिन का इंतजाम करती। हालांकि आज दोनों बच्चों की छुट्टी थी, लेकिन सरकारी दफ्तर चालू थे इसलिए सुल्लू और मन्नू का प्रौढ़ वाला रोमांस चल ही रहा था और शाम के लिए पनीर की फरमाइश हो चुकी थी।

मन्नू को सुल्लू हमेशा ही सुंदर लगती। फिर उसके बाल बिखरे हो या हाथ में आटा लगा हो। पैरों की एड़ियां फट गई हो या नेल पॉलिश उखड़ चुकी हो। हाथ भी अब पहले जैसे मुलायम नहीं रहे, सख्त हो गए हों, डाई निकले हुए बाल आधे सफेद आधे काले रह गए हों... लेकिन आज भी जब वो शर्माती तो हमारे मनोहर बाबू को कुछ–कुछ जरूर होता।

गैस पर चढ़े कुकर ने उनके इस रोमांस में दखल डाल दिया और सीटी बजा दी।

सुलोचना ने मनोहर के हाथ से लगभग चाय का कप छीना और रसोईघर का रुख किया।

सुलोचना जी ने टिफिन देकर मनोहर जी को ऑफिस रवाना किया और बच्चों को आखिरी चेतावनी देते हुए जगाया।

आज बुधवार का दिन था पास में सब्जियों का बाजार लगने वाला था, शाम 4:00 बजे सारे सब्जी वाले आ जाते।

सुलोचना जी भी चार–पाँच कपड़े की मोटी–मोटी थैलियां और खुल्ले पैसे पर्स में डाल ठीक 4:00 बजे तैयार हो जाती थी। पड़ोस वाली बीना भाभी भी सवेरे ही बोल जाती कि शाम को बाजार जाना है।

बाजार में, जो सब्जी उन्हें सस्ते दाम में मिल जाती, वे ठेले पर कुछ महंगी मिलती थी।

एक मिडिल क्लास परिवार के लिए हर हफ्ते 100–150 की बचत भी कम नहीं होती, हालांकि सुलोचना सस्ती के चक्कर में इतनी सब्जियाँ ले आती कि बच्चों को लगभग ठूंस–ठूंस कर खिलाती।

सब्जियों का वजन इतना होता की रास्ते में बार–बार थैली को नीचे रखती, कभी कंधे पर लटकाती तो कभी दोनों सहेलियां कुछ–कुछ एडजस्ट करके घर तक पहुंचती, लेकिन घर तक आने के लिए रिक्शा नहीं करती।

आज भी सब्जी बाजार लगने वाला था। दोनों बच्चे पिछले आधे घंटे से उस सुनहरी घड़ी का इंतजार कर रहे थे, जब सुलोचना घर से बाहर जाएगी।

हर माँ–बाप घर से जाते समय अपने बच्चों को कहते हैं... "देखो, शैतानी मत करना। पढ़ाई करना..." हालांकि वह जानते हैं कि घर से बाहर जाते ही बच्चे खेलने में मशगूल हो जाएंगे फिर भी बच्चों को हिदायतें देना हर माता–पिता को अपना धर्म या अधिकार लगता है।

ठीक 4:15 बजे गुलाब जामुन को गर्मा–गर्म चाशनी में डाल सुलोचना ने अपनी थैली उठाई चाबी और पैसे साथ में लेते हुए बच्चों

को बोली... ''गुलाब जामुन को हाथ मत लगाना। अभी उसमें चाशनी नहीं लगी होगी। बिल्कुल लड़ाई मत करना। 6:00 बजे तक आ जाऊंगी। दरवाजा बंद कर लो कोई आए तो खोलना मत...'' और भी न जाने क्या–क्या कह गई।

सुलोचना के जाते ही किताब हुई बंद। भाई के हाथ में आया मोबाइल और पिंकी के हाथ लगा टीवी का रिमोट, लेकिन उसके पहले लालची जीभ को संतुष्ट करना जरूरी था वैसे जो ना करने को कहा जाए बच्चे वह काम सबसे पहले करते हैं।

लीजिए, भाई–बहन की जोड़ी पहुंच गई रसोई घर में। एक–एक गुलाब जामुन को सीधे गर्मा–गर्म चाशनी से भरे पतीले को उठाकर अपनी लार टपके मुँह में सरकाया। ढक्कन को ढक कर यह तसल्ली की कि कहीं कोई सबूत तो नहीं छोड़ दिया।

फिर दोनों मासूम बनकर टीवी वाले कमरे में आ गए। भाई फोन पर गेम खेलता रहा। बहन की जिद्द के सामने वह बोला... ''अभी तुम टीवी देखो फिर मैं तुम्हें अपना मोबाइल दूंगा।''

बड़े होने का रौब इसी समय अच्छे से जताया जाता है। पिंकी भी टीवी पर अपने पसंदीदा कार्यक्रम को देखने में व्यस्त हो गई। तब तक भाई के फोन की बैटरी खत्म हो गई अभी मात्र एक डंडी उसमें बची थी कि भाई ने उसे नजरअंदाज किया और तब तक गेम खेलता रहा जब तक फोन अपने आप बंद ना हो जाता तभी पिंकी ने मोबाइल उसके हाथ से छीन लिया और देखा तो फोन की बैटरी लगभग खत्म हो चुकी थी। परेशानी इस बात की इसलिए ज्यादा थी क्योंकि फोन का चार्जर कल रात ही टूट गया था। पिंकी ने फोन पटका और रिमोट पर दोबारा हक जताया। भाई ने रिमोट पर उसका अधिकार है इस बाद की वकालत की। अब तकिए फेंके गए, क्रिकेट बॉल आंगन से बाहर हो गई। पिंकी की गुड़िया के हाथ टूट गए, भाई का पेन भी ना बचा... भूचाल आ चुका था।

पिंकी जब बड़े भाई की ताकत से खुद को परास्त मान चुकी थी कि तभी उसने ब्रह्मास्त्र चलाया। अपनी आंखों में गंगा–यमुना समाकर पूरी ताकत से रोना शुरू किया। इस वार का असर ऐसा कि भाई ने अपने हथियार यानी कि रिमोट और फोन दोनों उसके सामने पटक दिए।

सुलोचना के घर आने का समय हो चुका था। दोनों चुपचाप अपनी जगह पर बैठ गए क्योंकि दोनों आज गुलाब जामुन की चोरी वाले क्राइम में साथी थे।

सुलोचना ने क्रमशः 3 घंटी बजाई। गुड्डू और पिंकी दोनों दरवाजे की तरफ दौड़े। माँ के हाथ में इतनी थैलियाँ देख पिंकी ने पूछा... ''माँ, क्या लाई हो... क्या लाई हो..?''

बंटी ने थैली उठाकर अंदर रखी। सुलोचना जी ने कुर्सी पर बैठ पिंकी को एक गिलास पानी लाने को कहा। तो बंटी ही दौड़ कर ले आया और बोला... ''रहने दो, इसे कहां कुछ आता है, रोने के अलावा?''

बस फिर क्या था... शुरू हो गई आरोप–प्रत्यारोप की लड़ाई। करीब तीन मिनट की चौ... चे... को वही अपनी शेर की दहाड़ ''चुप रहो'' से सुलोचना ने विराम लगाया।

सुलोचना बोली... ''क्या है? यह ऐसे क्यों लड़ रहे हो? जरा चैन से बैठने नहीं देते।''

बहन ने ब्रह्मास्त्र दोबारा प्रयोग किया। नमक–मिर्च लगाकर सारी कहानी कह दी। बंटी ने भी अपना साइड रखा और सारी दलीलें देते हुए कहा... ''हर बार रो–रो कर अपनी बात मनवाती है मेरी बात कोई नहीं सुनता इस घर में।''

सुलोचना गुस्से से उठी और रिमोट और मोबाइल अपने हाथ में उठाया और बोली... ''यह मेरे पास ही रहेंगे। इतने बड़े हो गए, लेकिन समझ रत्ती भर नहीं आई।''

दोनों बच्चों ने एक बार फिर घमासान शुरू कर दिया।

तभी मनोहर जी भी आ गए। सब्जियों से भरी थैलियाँ माँ को खाली करनी थी, रात के खाने की भी चिंता थी। वही दिन भर के थके मनोहर जी शांति से एक कप चाय की आस लगाए घर आए थे, लेकिन नजारा बिल्कुल अलग था। सुलोचना के हाथ में फोन और मोबाइल देखकर समझ गए कि बच्चों में लड़ाई हुई है।

उन्होंने कहा। अब दोनों अलग–अलग रहो और रिमोट और मोबाइल दोनों मेरे पास रहेंगे, ना कोई टीवी देखेगा ना मोबाइल उपयोग करेगा।

पापा बच्चों को अब हैंडल कर रहे थे इसलिए सुलोचना जी रसोई में चाय बनाने के लिए चली गई।

तभी बच्चे बोले... ''नहीं... नहीं..., आप हमें रिमोट दे दीजिए... हम अब ऐसा नहीं करेंगे। उन्होंने सॉरी कह कर अपनी गलती मान ली।''

तब तक चाय भी आ गई।

चाय का घूंट अंदर जाते ही मम्मी और पापा का गुस्से का पारा भी नीचे उतर आया सुलोचना बोली... ''गुलाब जामुन कैसे बने हैं? यह बताओ जरा।''

दोनों बोले... ''बहुत अच्छे बने हैं मम्मी।''

माँ जोर से हंसी। पापा ने भी बच्चों को अपने पास बुलाया।

दोनों भाई–बहन फिर से एक हो गए और एक–एक गुलाब जामुन की मांग करने लगे।

तभी कुछ गिरने की आवाज आई...

शायद मनोहर जी के नाम की तख्ती का दूसरा स्क्रू भी निकल गया और शायद नेम प्लेट निकल गई और फिर मनोहर बाबू चले उसे सही जगह पर लगाने और समेटने इत्ती–सी खुशी।

25
फांस

कैंटीन की रौनक आज कुछ अलग ही थी और क्यों न होती...

आज कई नए कर्मचारियों की नियुक्ति हुई थी। महानगर की ऊँची इमारतों में से एक इमारत में मल्टीनेशनल कंपनी का ऑफिस। आज उस ऑफिस में उन युवक–युवतियों का पहला दिन था।

सभी के चेहरे, जो सुबह डर और बेचैनी से घिरे थे, दोपहर होते–होते खिल चुके थे। औपचारिक वस्त्र पहने सभी ने आज अपनी मंजिल, अपने लक्ष्य की तरफ पहला कदम रखा था।

सभी ने आपस में मित्रता कर ली। कोई अपने अब तक का अनुभव बता रहा था, तो कोई पहले दिन की बेचैनी की कहानी, कोई कैंटीन का इंस्पेक्शन कर रहा था, तो कोई नए लोगों से बात करने का मौका ढूंढ रहा था। इसी बीच मेरी नजर यहाँ–वहाँ घूम कर एक चेहरे पर आकर टिक गई।

कैंटीन में अलग–थलग–सी बैठी वह लड़की जिसके चेहरे पर कोई भाव नहीं था, ठहरे हुए पानी की तरह लग रही थी। हाथ में एक चाय का कप था, कोई भी नहीं था उसके साथ। शायद वह भी हमारी तरह आज नई आई थी तभी वह खड़ी होकर जाने लगी मेरी नजर ने उसका पीछा किया। सफेद शर्ट और काले रंग का फॉर्मल पैंट, काले रंग की सैंडल और भूरे रंग का बड़ा–सा बैग और उसके काले घुंघराले बाल जिसे उसने काले रंग की छोटी–सी क्लिप से सलीके से बांध रखे थे।

जहां हम सभी के चेहरे इंद्रधनुष के सात रंगों की तरह खिल रहे थे, वही उसके चेहरे पर किसी भाव का ना दिखना मेरे मन में कई प्रश्न खड़े करता चला गया। मेरी पलक झपकी ही थी कि वह आँखों से ओझल हो गई। मैं दौड़ कर उसे ढूंढना चाहता था, उससे बहुत कुछ पूछना चाहता था, लेकिन साहस ना हुआ।

शाम होते–होते एक सुखद दिन की समाप्ति के साथ हम अपने गंतव्य के लिए अपने कार्यालय के बाहर आ चुके थे, तभी घुंघराले बाल वाली वह लड़की फिर से मेरे करीब से होकर गुजरी और बस में जाकर खिड़की वाली सीट पर बैठ गई और दूर कहीं आकाश में ताकने लगी और मैं उसे देखता रहा उसके चेहरे को पढ़ सकने की काबिलियत शायद मुझ में नहीं थी।

अगले चार दिन क्रमशः उसे मैं देखता रहा और इतना जान सका कि उसका नाम शांभवी था।

शांभवी के प्रति मेरा आकर्षण मुझे उससे बात करने पर मजबूर कर रहा था। आज हिम्मत कर उसके साथ वाली कुर्सी पर मैं जा बैठा। उसने अपनी बड़ी–बड़ी काली आँखों से मुझ पर एक दृष्टि डाली, लेकिन वो कुछ ना बोली।

मैंने ही पहल करते हुए अपना परिचय दिया जिसके जवाब में उसने सिर्फ अपना नाम बताया, जो मुझे पहले से ही पता था।

हिम्मत कर मैंने, आगे बात बढ़ाई और उसके प्रोजेक्ट के बारे में बात करने लगा। जिसका जवाब उसने बहुत ही शालीनता से दिया। जैसे ही मैंने उसके रहने की जगह पूछी वो बोली... मेरा एक कॉल है।

मैंने बिना समय गंवाए उसे रविवार को होने वाले गेट टू गेदर के लिए आमंत्रित किया जिसके जवाब में उसने कहा कि वो व्यस्त है नहीं आ पाएगी।

एक बार को उसका रुखा व्यवहार मुझे खल रहा था, लेकिन न जाने क्यों उसके प्रति मेरा आकर्षण कम ना होने पाया।

उसे जानने के लिए मैं और अधीर होता चला गया।

दफ्तर में काम करते–करते अब साथ में छह महीने हो चुके थे, मैंने उसे सोशल मीडिया पर तलाशा ताकि उसके बारे में कुछ जान सकूं लेकिन नाकामयाब ही रहा।

इन छह महीनों में मुझे इतना ही पता चला था कि उसका नाम शांभवी है।

बस जब हम टकराते, हमारे बीच सिर्फ मुस्कान का आदान–प्रदान होता और इससे ज्यादा कभी कुछ नहीं।

रविवार का पूरा दिन मैंने दोस्तों के साथ बिताने का तय किया। हम मॉल से फिल्म देखकर निकले और बाहर टैक्सी का इंतजार कर रहे थे कि उसी घुंघराले बाल ने मुझे फिर अपनी और खींचा और दोस्तों को छोड़ मैं उसके पीछे चलने लगा।

उसके तेज कदम एक ऐसी जगह पर जाकर रुके जिसे मैंने कभी नहीं देखा था। उसके हाथ में तीन बैग थे। वह एक अनाथ आश्रम पर जाकर रुकी। आज उसके चेहरे पर कुछ अलग ही भाव को मैं पढ़ पा रहा था।

वह अंदर चली गई। गेट पर मैं खड़ा रह गया। अभी वह अंदर पहुंची ही थी कि कुछ बच्चों ने उसे घेर लिया और सब को उपहार देकर सब से प्यार से, हँस कर वो मिलने लगी।

शांभवी हँस रही थी और मैं उसे देख कर मुस्कुरा रहा था। मैंने पहली बार उसके चेहरे पर खुशी के भाव देखें और वो बच्चों के साथ भीतर चली गई और मैं घर लौट आया।

अगले दिन बेझिझक होकर मैंने उससे पूछ लिया "शांभवी तुम बहुत अच्छा काम करती हो, अनाथ बच्चों को तोहफे देना, उनके साथ समय बिताना सही में बहुत अच्छा है। अगली बार मैं भी वहाँ तुम्हारे साथ चलूंगा। कल मैंने तुम्हें वहाँ देखा था। अनाथ बच्चों की मदद करना बहुत अच्छा होता है।" अभी मैं अपनी बात पूरी करता कि वह बोल पड़ी... "मैं उनको उपहार उन पर दया दिखाने के लिए नहीं देती। वह तो मेरा परिवार है।"

मैं भी खड़ा होकर बोल पड़ा... "हाँ, हाँ..., मैं भी उस आश्रम में कुछ पैसे दे दूंगा। उनका भला हो जाएगा।"

शांभवी ने न जाने मेरी बात का क्या अर्थ निकाला और उसने अपना बैग उठाया और वहाँ से चली गई।

उसका बर्ताव मुझे समझ ही नहीं आया। मैं उसके पीछे गया और मैंने पूछ लिया... "क्या हुआ है? तुम इस तरह से बिना कोई जवाब दिए, बात खत्म किए बिना कैसे चली जाती हो? मैं तो अनाथ बच्चों के लिए अपनी सहानुभूति दे रहा था... तुम भी तो कल वही कर रही थी... फिर इस तरह से रिएक्ट करने का कारण?"

वह जोर से बोली... "क्योंकि मै खुद अनाथ हूँ। मैं जब चार दिन की थी, तब मुझे अनाथ आश्रम में छोड़ दिया गया था। मुझे नहीं मालूम माता–पिता, भाई–बहन, परिवार क्या होता है? मैंने कोई रिश्ता महसूस नहीं किया है और मेरे यह बताते ही कि मैं अनाथ हूँ लोग मुझे सहानुभूति देने लगते हैं। इसीलिए मुझे तुम जैसे लोगों से दूर रहना अच्छा लगता है। मैं अनाथ हूँ इसमें मेरा कोई दोष नहीं है, लेकिन लोगों की दया, सहानुभूति से भरी हुई नजरें मुझे बेहद दुख देती हैं।

तुम हर रोज अपने मम्मी–पापा से बात करते होगे, हर साल अपने नाना–नानी के घर जाते होगे, लेकिन मेरा परिवार वह अनाथ आश्रम है, मैं हर रविवार वहाँ जाती हूँ। उनसे मिलती हूँ। अपना सुख–दुख बताती हूँ और तुम्हें एक बात बताऊँ मैं सबसे यह भी नहीं कह सकती कि मैं एक अकेली अनाथ लड़की हूँ। एक अकेली अनाथ लड़की का जीना बहुत मुश्किल होता है।"

"अनाथ शब्द मेरे जीवन की वो फांस है जिसकी चुभन मैं हर पल महसूस करती हूँ। जिसकी टीस मुझे सोने नहीं देती।"

मैं उसे एकटक देखता रहा। उसकी आँखें उसके दर्द को बयाँ कर रही थी। वह कहती जा रही थी और मैं सुनता चला जा रहा था।

आखिर में वह पलटकर जाने लगी तो...

मैं दौड़कर उसके सामने जाकर खड़ा हो गया और मैंने कहा... "क्या, मैं उस फांस को नहीं निकाल सकता? क्या तुम मुझे एक मौका दोगी?"

शांभवी ने शायद मेरी आँखों में मेरी सच्चाई पढ़ ली और एक छोटी–सी मुस्कान से उसने अपनी सहमति दे दी।

26
फिगर की फिकर

आईना, जो सच आपको रोज बताता है, फिर भी लोग उसे कई बार दोहराते हैं।

नए साल के जश्न के साथ न जाने कितने लोगों ने ये कसम खाई होगी कि इस साल तो वजन कम करना ही है। एक हेल्थी लाइफ स्टाइल तो फॉलो करनी ही है।

कुछ ने खुद से ही सोचा होगा तो कुछ को जबरन समझाया गया होगा। वैसे डायटिंग शुरू करने के लिए किसी खास मुहूर्त का होना जरूरी नहीं होता।

बस किसी ने दिल से हमारे मोटापे के बारे में हमें बोला हो या किसी खास दोस्त या सहेली, जो कभी हमारे सामने पानी भरता था आज हमसे बेहतर दिखता हो। कोई शादी आने वाली हो या कोई वेकेशन।

कभी भी आप दुबले होने की शुरुआत कर सकते हैं।

कुछ लोग बहुत ही नादान होते हैं। लोगों के तानों और आईने का दिखाया सच भी नहीं समझते। उस समय डॉक्टर उन्हें समझाता है कि ''जीना है तो वजन कम करो।''

बस ऐसे ही होती है... ''मोटे से दुबले होने की शुरुआत।''

चलिए आपको मिलवाते हैं ऐसे ही कुछ लोगों से... जो मोटे से दुबले होने की सोच रहे हैं।

'सर, लीजिए ना हमारे शहर की बहुत फेमस मिठाई है।'

जूनियर ने अपने बॉस को मिठाई का बॉक्स आगे करते हुए कहा।

अपनी कसम के पक्के बॉस यानि रमन ने साफ मना कर दिया। उसने कहा ''नहीं–नहीं, सॉरी... लेकिन शुगर है मुझे।''

रमन, उम्र 45 वर्ष, एक सॉफ्टवेयर कंपनी में काम करते है। काफी अच्छा पैकेज है। दो बेटियों के पिता है। ज्यादा सोशल नहीं है। बस

काम से काम। वैसे वजन कुछ ज्यादा नहीं था, लेकिन कसम ली थी कि पाँच महीने में दस किलो वजन कम करना है।

चलिए आगे बढ़ते हैं...

"मम्मी, आज पाव भाजी बनाना।" बेटे ने अपनी फरमाइश का ऐलान किया। माँ ने ठंडी आह भरी।

बेटे के लिए पाव भाजी बनाई, लेकिन जब साथ खाने बैठे तो खुद की प्लेट में एक रोटी और पीली सब्जी थी।

अपने हल्के से बेडौल शरीर से परेशान हमारी रोशनी ने तय किया कि अब बस। इसलिए केवल लौकी, गाजर उबाल कर नमक, हल्दी डाल कर ले आई अपने लिए।

शायद दुबला होना मम्मियों के लिए थोड़ा मुश्किल होता है क्योंकि वो रसोई में जब लजीज व्यंजन बनाती है तब कितना कंट्रोल करती होंगी? वाकई काबिले तारीफ है।

अब मिलिए हमारे अगले किरदार से अंकित जी से। अंकित की शादी होनी अभी बाकी है। वजन बहुत ज्यादा तो नहीं, हाँ मगर थोड़ा कम कर ले शरीर, तो अच्छी लड़की मिल जायेगी।

अंकित को सुंदर, स्लिम लड़की की चाहत थी तो खुद को भी फिट करना जरूरी था।

अब बारी है आखिरी लेकिन बहुत ही खास पात्र की, जिनका नाम है रसीला।

उम्र 65 और वजन 80 से 85 के बीच। पिछले कई सालों से फैमिली डॉक्टर चेतावनी दे रहे हैं कि वजन कम करो वरना दवा का खर्चा बढ़ता जायेगा। लेकिन असर आज थोड़ा–थोड़ा शुरू हुआ है।

रमन, अंकित, रोशनी और रसीला से तो आप मिल लिए, चलिए नजर डालते हैं इनके दुबले होने की जर्नी पर...

रमन, जिसकी सुबह जो पहले सात बजे होती थी। उसे आज उसके लगाए फोन के अलार्म ने 6 बजे से ही उठाना शुरू किया। रमन एक झटके में उठ गया।

पहले तो फ्रिज से नींबू ढूंढने की कसरत की, फिर पानी गर्म किया और फिर अपना ट्रेक सूट पहना, ब्रांडेड जूते, जो सेल में 40% कम में मिले थे। रमन पूरे रेडी होकर निकले तो 7 बज ही गए। लेकिन सोचा कल से और जल्दी उठ जाऊंगा। आज यूं ही सैर करके आता हूँ।

रोशनी की तो सुबह ही रोज 6 बजे होती थी। लेकिन आज 5 बजे ही आँख खुल गई अलार्म को भी हरा देने की खुशी साफ उसकी आँखों में झलक रही थी।

तुरंत बिना आवाज के गर्म पानी पिया, तैयार हुई और निकल गई वॉक पर। तेजी से चलती रही, पसीने आने लगे। चेहरे की चमक बढ़ गई ये सोचकर कि बस रोज करूँगी तो एक महीने में ही 3 किलो कम हो जायेगा।

अंकित भाई साहब अब भी बिस्तर पर औंधे पड़े थे। रात सपने में क्या–क्या नहीं देखा। शादी भी हुई और सुहागरात के समय बस घूंघट उठाने ही वाला था कि माँ ने कमरे में प्रवेश किया। जोर से बोली... "अरे! ऐसे तुझे सुंदर लड़की कैसे मिलेगी? उठ, मैंने गर्म पानी रखा है, पी और जा थोड़ा कसरत कर, जिम ही ज्वॉइन कर ले।"

अंकित ने माँ के जाने का इंतजार किया, फिर चादर से निकला, कूल लगे वैसी टी शर्ट पहनी, फोन, ईयर फोन लिया। फोन हाथ में आते ही अंकित वही खड़े–खड़े न जाने कितने मेसेज पढ़ने लगा। माँ ने फटकार लगाई, तब इंग्लिश म्यूजिक लगाया। फोन को जेब में घुसेड़ा और ईयर फोन कानों में चिपकाया और निकल पड़ा।

रसीला जी के घर का नजारा कुछ अलग था।

बहू ने इस बात का एहसास दिलाया कि तबियत ठीक करनी है तो सुबह–शाम सास को सैर पर जाना पड़ेगा। इसलिए चाय से पहले नींबू पानी पियेंगी फिर जायेगी।

बहू ने भी सोचा कुछ समय ना रहेंगी तो ही अच्छा।

एक गिलास नींबू पानी दिया।

सास बोली "ये इतना खट्टा क्यों है? शक्कर नहीं डाली?"

बेटा नींद में बड़बड़ाया... "अरे! मम्मी गर्म पानी में नींबू डालकर ही पीते है, शक्कर तो जहर है जहर...।"

बेटा बोले सच, बहू बोले तो...

खैर छोड़िए,

ये तो हो गई आज की सुबह की बात अब तीन दिन बाद मिलते हैं...

तीसरे दिन जहां रोशनी के पीरियड्स आ गए, वही अंकित की मीटिंग, रसीला जी को सर दर्द और रमन की बेटी के स्कूल में पैरेंट्स टीचर मीटिंग।

लीजिए हो गया बंटा धार...

सोमवार से पक्का... सब कुछ करेंगे... बिल्कुल...

शनिवार, रविवार की अलसाई सुबह के बाद फिर सोमवार का सूरज फिर उदय हुआ...

रमन ने रात को ही नींबू बाहर रखवा लिया, इसलिए समय पर निकल गया, रोशनी भी रात को सुबह के नाश्ते की तैयारी कर सोई थी इसलिए चिंतामुक्त होकर निकल पड़ी।

अंकित की माँ ने रात को उसे ऐसी बेइज्जती की डोज दी थी कि शर्मिंदगी से ही सही अंकित भी निकल ही गया।

सासुमाँ को पड़ोस वाली सहेली का साथ मिल गया... तो वो भी खुशी–खशी सैर पर चली गई।

करीब 1 सप्ताह रेगुलर रहने के बाद अब बारी थी वजन काटे पर खड़े होने की।

सभी के वजन में कुछ खास फर्क नहीं पड़ा था। इसलिए दूसरे तरीकों को ट्राय करने का समय आ चुका था।

रमन ने एक रनिंग क्लब को ज्वाइन किया, रोशनी ने डायटिशियन को अप्रोच किया, अंकित ने जिम की साल भर की मेंबरशिप ले ली और सासुमाँ ने योगा क्लास शुरू किया।

घर से बाहर जब कोई क्लास ज्वॉइन करो तो सबसे पहले कपड़े खरीदे जाते हैं।

सासुमाँ ने भी डरते डराते, शर्माते हुए टी शर्ट और ट्रेक पेंट खरीदा, अंकित ने जिम के लिए बैग और प्रोटीन पाउडर, रमन ने महँगें वाले जूते, रोशनी ने भी स्पोर्टी लुक वाली टी–शर्ट ले ली, ताकि डायटिशियन को मिलने जाए तो अच्छी दिखे।

रमन को लगा कि 5 किलोमीटर की रनिंग तो कर ही लेगा, इसलिए रेस में नाम लिखवा दिया, अंकित ने पर्सनल ट्रेनर भी लगाया, रोशनी की थाली में अब सिर्फ उबला, फीका खाना दिखाई देने लगा वो भी थोड़ा–सा, डिनर तो शायद ना ही जैसा था।

सासुमाँ ने भूरे रंग की योगा मेट ले ली थी और बाबा के योग भी देखने लगी थी।

अब करीब एक महीना हो गया था।

सभी के वजन में कुछ ग्राम कम दिखने लगा था।

अंकित रोज आईने में मसल चेक करता, रोशनी अपनी पुरानी पार्टी गाउन को ट्राय करती, सासुमाँ को कुछ सहेलियों के अच्छे कमेंट्स से प्रोत्साहन मिलता तो रमन खुद को यंग महसूस करता।

अब तो सर्दियों का मौसम आ चुका था।

सुबह की सैर बन्द थी।

रमन का दौड़ना अब शाम को या वीकेंड पर होता, रोशनी के हाथ का गाजर का हलवा, मटर की कचौड़ी, गर्म समोसे उससे कहते आज थोड़ा खा लो। अंकित भी उबले अंडे और सलाद खाकर उफता–सा गया था। सासुमाँ तो मेहमानों के आने का इंतजार करती कि काश! कोई कह दे... लीजिए ना थोड़ा–सा तो चलेगा।

रमन का जोश रनिंग ग्रुप के नौजवानों का स्टेमिना देख और बढ़ गया। अपनी मूंछ को कटवा कर थोड़ा लुक बदला, पत्नी और बेटियों की तारीफ मिली। अंकित की जिम वाली सेल्फी उसके ग्रुप में छा गई। रोशनी ने भी बालों को रंग लिया, पार्लर में फेशियल का भी लुत्फ ले

लिया, सासुमाँ को अब साड़ी ना भाती इसलिए सलवार कमीज की शॉपिंग की गई।

दो महीने हो चुके थे।

चारों अपने–अपने घटे हुए वजन से ज्यादा खुश नहीं थे क्योंकि इतना सेकरीफाइज करने के बाद भी किलो–दो किलो कम हुआ था उसका वजन।

अंकित ने विदेशी जिम ट्रेनर के वीडियो देखने शुरू किये, रमन ने गूगल को गुरु बनाया और वैगन डाइट फॉलो की, रोशनी ने जुंबा क्लास लगा ली और सासुमाँ ने अचार और चावल छोड़ दिया।

रमन को एक सप्ताह के लिए बैंगलूरु जाना पड़ा। अंकित के दोस्त की शादी तय हो गई। रोशनी के बेटे का जन्मदिन आ गया और सासुमाँ की सालगिरह।

लीजिए भाई अब क्या करे....

शादी में तो यार दोस्तों के साथ खाने–पीने का मजा ही तो असली जीवन का सुख है। बेटे का जन्मदिन और ढेर सारी तैयारियां और केक और पार्टी का खाना, अपनी ही सालगिरह पर बहू पकवान खाए और सास सलाद, बहुत नाइंसाफी है भाई। बैंगलुरु में इतने काम के बीच पुराने दोस्त के साथ थोड़ा बहुत तो चलता है।

सबकी दुबले होने की कसम टूटने की कगार पर थी।

अंकित ने तीन दिन खूब मौज की जैसे जिन्दगी मिलेगी ना दोबारा, रोशनी ने भी होटल की पार्टी में खूब स्टार्टर उड़ाए, रमन भी पुराने दोस्तों के साथ चिल करते हुए होटल का चखना और नॉनवेज चट कर गया।

सालगिरह में बना मूंगदाल का हलवा कैसे कोई मिस करता। लीजिए दो महीने की मेहनत पर आज पानी फिर चुका था।

वजन काटा अपनी भौंहें चढ़ाए गुस्से से देख रहा था और सभी का वजन ज्यों का त्यों।

जिम ट्रेनर की फटकार, डायटिशियन के अनगिनत शिकायती मेसेज और बहू की व्यंग्यात्मक हंसी और रनिंग क्लब में सीनियर होने का एहसास... अब क्या करें?

अब थोड़ा ब्रेक लेते हैं और दुबारा शुरू करेंगे। इसी वादे के साथ एक महीना सब बंद... और फिर फितूर चढ़ा वो भी ऐसा कि क्या बताए...

रमन ने क्लब छोड़ दिया, क्योंकि घुटने टक–टक आवाज करने लगे।

उसने योग प्राणायाम कराने वाले बेस्ट क्लास को अप्रोच किया।

रोशनी डायटिशियन की फीस देने से बेहतर खुद ही डाइट प्लान बनायेगी ऐसा तय किया।

जुंबा भी उसे थकान भरा लगने लगा।

अंकित जिम की जगह अब गूगल देख डिटॉक्स करने के तरीकों को ढूंढने में लग गया। पर्सनल ट्रेनर की फीस बचेगी और जिम की मेंबरशिप सब पानी में।

सासुमाँ योगा क्लास छोड़ खुद पर ही विश्वास करने लगी। बाबा का मॉर्निंग शो टीवी पर आता है उसे ही देखकर हो जायेगा। यही सोचा उन्होंने।

सभी का अनियमित काम चल रहा था।

विदेशियों से भारत के योग को रमन सीख रहा था तो कहीं कई तरह की डिटॉक्स बनाए जा रहे थे। कहीं प्रॉपर डाइट के पर्चे फ्रिज में चिपकाए गए। सासुमाँ तो बाबा के कहने के पहले ही सारे आसन अपने पति को सिखाने लगी।

समय तो अपनी चाल चल ही रहा था।

अब और दो महीने बीते।

कुछ–कुछ दिन लगता वजन घटा, लेकिन अगले ही दिन ज्यों का त्यों...

इतना कष्ट उठाकर भी मनचाहा परिणाम नहीं मिल पा रहा था क्योंकि उम्मीद कुछ ज्यादा ही लगा बैठे थे सब।

रोशनी की पार्टी गाउन धीर–धीरे अलमारी के पीछे जाने लगी।

डिटॉक्स की बॉटल अब कम और कोक की बोतल घर आने लगी, रनिंग के महंगें जूतों की जगह आरामदायक चप्पल ज्यादा पहनी जाने लगी। योगा मेट कही धूल खाने लगी क्योंकि अब योगा पलंग पर जैसे–तैसे होने लगे।

साल निकलने को था...

लोगों के कुछ ऐसे डायलॉग सुनाई दिए...

"रमन सर, आज ऑफिस में चार लोगों का बर्थडे है लेकिन आप तो डाइट पर होंगे ना। रहने दीजिए।"

"अरे! अंकित यार तेरी मसल–वसल दिखा भाई, कुछ असर तो दिखा नहीं, यार तू मेरा जिम ज्वाइन कर ले। ऐसा मस्त बॉडी बनेगा तेरा। आजा भाई... कल से।"

"अरे...! रोशनी पिछली बार पार्टी में तो बहुत पतली दिख रही थी, फिर से पुट ऑन कर लिया लगता है।

मेरे पहचान की एक डायटिशियन है बहुत सही डाइट प्लान है उनका। भूखा नहीं रहना पड़ता। बस चार्जेज थोड़े हाई है।"

"अरे! रसीला जी, आप बिल्कुल ध्यान नहीं दे रही हो लगता है, देखिए वजन ज्यों का त्यों है। शुगर भी बढ़ी हुई है। आप दिन में अब ये दवाई भी लीजिए और रोज आधा घंटा वॉक करिए।"

क्या?

क्या?

क्या?

क्या?

यही सब सुनने के लिए इतना सब किया?

अब तो सबको करके ही दिखाना पड़ेगा।

नए साल का नया रेजोल्यूशन...

बस दिसम्बर जाने दो।

एक जनवरी से नो बहाने...

और फिर से एक बार शुरू होगी यही कहानी... वन्स अगेन...।

27
बर्फीली चादर

1 मार्च, 2019 की रात 2 बजकर 10 मिनट पर हम पुणे से दिल्ली के लिए हवाई जहाज से रवाना हुए।

4:15 बजे महानगर दिल्ली हवाईअड्डे पहुंचे। फिर सुबह 6:25 पर दिल्ली से चंडीगढ़ की फ्लाइट थी। जिसने हमें 7:25 पर चंडीगढ़ पहुंचाया। हालांकि रेल यात्रा करना ज्यादा पसंद करते हैं, लेकिन सफर लंबा और समय कम हो तो हवाई यात्रा करनी ही पड़ती है।

हम पूरी रात लगभग जागते ही रहे। बस अब तो हिमाचल की वादियाँ देखने की उत्सुकता थी जिसे हमने केवल कंप्यूटर पर देखा था।

एयरपोर्ट से निकलते ही ट्रैवल एजेंट ने हमारे लिए जो गाड़ी बुक करवाई थी, वह आ चुकी थी। उसके ड्राइवर ने पहले ही फोन पर बात कर ली थी और वह समय पर वहाँ पहुँच चुका था।

पतिदेव ने ड्राइवर के साथ सामान गाड़ी की डिक्की में रखवाया। तब तक हमारे सुपुत्र गाड़ी में सोने की मुद्रा में आ चुके थे।

सुबह की चाय की तलब और हल्की–हल्की ठंड के एहसास से लग रही भूख हमें एक ढाबे पर रुकने को कह रही थी।

ड्राइवर ने गाड़ी एक ढाबे पर रोक दी।

ढाबे पर स्वागत करता पारंपरिक कपड़ों में खड़ा एक पुतला देख चेहरे पर मुस्कान आ गई।

दिल किया एक तस्वीर ले ली जाए लेकिन थकान ने इजाजत नहीं दी।

वेटर मेन्यू कार्ड लाता, उसके पहले ही हमने चार कप चाय और आलू, प्याज के परांठें ऑर्डर कर दिए। कॉर्नफ्लैक्स, ओट्स और फल के नाश्ते को कुछ दिन का आराम दिया।

रॉकेट की स्पीड से उन्होंने जब ढेर सारे सफेद मक्खन के साथ गर्मागर्म परांठें परोसे, तो लगा यही जिंदगी है।

बेहतरीन नाश्ते के बाद हम निकले ''पहाड़ों की रानी'' की यानी कि ''शिमला'' की तरफ।

यहाँ से शुरू हुई हमारी हिमाचल की यात्रा।

अब तो जैसे–जैसे हम आगे बढ़ते गए, वैसे–वैसे हमारे दोनों तरफ मानो प्रकृति की सुंदरता हमारे स्वागत में तैयार थी।

बर्फीले पहाड़ और देवदार के पेड़ देख मानो हमारी थकान दूर हो गई।

हम कुफरी में रुकने वाले थे, जो शिमला का प्रमुख पर्यटक स्थल है। ये शिमला से लगभग दस किलोमीटर दूर है। करीब 4 घंटे के खूबसूरत सफर के बाद हम कुफरी पहुँच गए।

नजारा इतना सुंदर की आंखें बंद ना हो, लेकिन ठंड इतनी कि हाथ कांपने लगे। पूरा शरीर ठंड से ठिठुर रहा था।

सूटकेस का वजन दो गुना लगने लगा, जो पानी की बोतल कार में थी उसका पानी अब बर्फ के पानी जैसा ठंडा हो चुका था।

हम तुरंत कार से उतर रिसेप्शन पर पहुँचे, जहाँ आई डी दिखाकर पहले से बुक किए कमरे की चाबी लेकर हमने तुरंत कमरे की ओर रुख किया और गर्म चाय और खाने का ऑर्डर किया।

कमरे में लगा हीटर भी कुफरी की ठंड के सामने हार मान चुका था।

हम रजाई में घुस कर ठंड का मजा लेते, लेकिन बड़ी–सी खिड़की से सामने का नजारा इतना खूबसूरत लग रहा था कि मानो स्वर्ग–सी सुंदर जगह पर आ गए।

भाप निकलते गर्म पानी को भी ठंडा होने में कुछ सेकंड ही लगते, ऐसे में नहाने का तो प्रश्न ही नहीं उठता था।

सूटकेस के सारे गर्म कपड़े बाहर आ गए थे, जो दस्ताने, मफलर सालों से अलमारी में पड़े थे आज बड़े काम के लग रहे थे। तभी गर्मा–गर्म खाना भी आ गया।

गर्मा–गर्म खाने का कौर थाली से मुँह तक आने में ही ठंडा हो जाता। लजीज खाना हमने तुरंत ही चट किया।

बर्फ गिरने का अनुपम दृश्य हमारे सामने था। सारे गर्म कपड़ों की पर्तें चढ़ा हम कमरे से बाहर गिरती बर्फ का मज़ा लेने होटल के बाहर आए।

रिसेप्शन पर काले रंग का कोट पहने व्यक्ति मुस्कुराया और बोला "सर दो–तीन दिन बर्फ गिरने वाली है मौसम खराब होने वाला है।"

हमने सिर्फ "ओह! ओके..." कह दिया, क्योंकि हम तो अभी बर्फ का मज़ा लेना चाहते थे।

मुलायम सफेद रंग की बर्फ के गोले बनाकर एक–दूसरे पर प्रहार कर ढेर सारी फोटो खींची।

हनीमून पर आए एक कपल ने फिल्मी अंदाज में फोटोसेशन करवाया।

मेरा भी दिल किया शिफॉन की साड़ी पहन फोटो ली जाए, लेकिन हमने ठंड के सामने हार मान ली और वापस कमरे में आ गया।

अब तो गर्म चाय पीने की तलब चरम सीमा पर थी। तभी हमने कमरे में आते हुए रिसेप्शन में बैठे शख्स से ही चाय भिजवाने का अनुरोध कर दिया।

आदत अनुसार वह मुस्कुराया और हम कमरे में पहुंचे और एक शख्स चाय लेकर कमरे में आ गया।

उसे देख हमें एहसास हुआ कि ठंडी इतनी भी नहीं जितना हम ठिठुर रहे थे।

हमने गर्म पानी ना आने की शिकायत की तो पता चला तापमान इतना नीचे जा चुका है कि पानी पाइप लाइन में जम चुका है। अब तो हमने दांतों तले उंगली दबा ली।

उसने अंदाज लगाते हुए पूछा कि... "आप लोग मुंबई से आए हैं।"

पतिदेव ने जवाब दिया... "नहीं, हम पुणे से आए हैं।"

मैंने भी प्रश्न पूछा... "क्या आप लोग यहीं रहते हैं?"

उसने जवाब दिया... ''जी, हाँ... कुछ स्टाफ होटल में ही रहता है।''

उसने अपना नाम दीपक बताया।

पति ने कहा... ''आपकी बात करने का तरीका हिमाचल का तो नहीं लगता।''

दीपक ने बताया... ''तीन साल पहले मैं मुंबई की कंपनी में काम करता था। अभी वापस यहाँ आ गया हूँ। यहाँ होटल का काम देखता हूँ। होटल के मालिक कभी–कभी आते हैं। मैंनेजर भी कुछ घंटे के लिए ही रहते हैं। बाकी स्टाफ को मैं ही हैंडल करता हूँ। आप लोगों को कोई भी जरूरत हो तो फोन कर लीजिएगा।''

यह कहकर दीपक चला गया।

चाय की चुस्कियां लेकर हम कुफरी के नजारों को देखने के लिए निकल गए।

छोटी–सी सड़क, पहाड़ियों पर बर्फ की चादर बिछी हुई थी।

ड्राइवर ने बताया कि... बर्फ गिरने की वजह से सड़कें सारी बंद हो गई हैं।

उसे गाड़ी को नीचे ही पार्क करना पड़ेगा, क्योंकि हमारा होटल ऊँचाई पर था तो हमें अगले दिन होटल से खुद ही नीचे आने का रास्ता देखना पड़ेगा। खैर, हमने भी उसकी बात मान ली।

अब यह तो हमारे लिए चिंता का विषय बन गया कि यदि सच में रास्ते बंद हो गए तो हम आगे का सफर कैसे करेंगे? लेकिन हम चिंता न करते हुए कुफरी के नजारे देखने और उन खूबसूरत नजारों को हमेशा के लिए अपने साथ कैद करने के लिए कैमरे में उसकी तस्वीरें लेने लगे।

कहीं गर्मा–गर्म मैगी मिल रही थी, तो कहीं चाय के ठेले लगे हुए थे। गर्म कपड़ों की ढेर सारी दुकानें। हमने ड्राइवर से बातों–बातों में पूछा कि... ''यहाँ सब्जियाँ, फल कहाँ मिलते हैं?''

तो वह बोला... ''सर, बहुत मुश्किल होती है। रास्ते बंद हो जाते हैं, बिजली नहीं आती, पानी नहीं आता, बहुत दिक्कत होती है। लोग दूर से सामान लाते हैं। हमारे लिए यह सब बहुत कठिन दिन होते हैं...।''

हम जो हजारों रुपए खर्च करके यहाँ आकर यहाँ की खूबसूरती देख, फोटो लेकर, चंद दिन बिताकर लौट जाते हैं। हम यह नहीं जानते थे कि यहाँ रहने वाले लोग न जाने कितनी परेशानी में अपना जीवन बिताते हैं।

आस–पास की जगह देखकर हम लौटकर जब होटल पहुंचे तो दीपक अपनी मुस्कान लिए हमारे स्वागत में खड़ा था और बोला... ''कैसा लगा सर आपको कुफरी घूमकर?''

पतिदेव ने हाथ मलते हुए जवाब दिया... ''यहाँ की लाइफ तो बहुत कठिन है दोस्त। तुम अपनी अच्छी–सी नौकरी को छोड़कर यहाँ क्यों आ गए?''

दीपक के चेहरे पर खुशी थी और वह बोला... ''सर, सब यही सोचकर यहाँ से चले जाएंगे तो यह पर्यटक स्थल कैसे रह पाएगा? यहाँ की देख–रेख, यहाँ के होटल चलाना, इस जगह की खूबसूरती को बरकरार रखना हम लोगों के हाथ में है। होटल में तो सारी की सारी सुविधाएँ दी जाती है सर, लेकिन यहाँ जो लोकल आदमी रहते हैं वे बहुत परेशानी से जीते हैं।''

''उसकी बातें सुनना अच्छा लग रहा था।''

वह आगे बोला...

''मैं तो यही चाहता हूँ कि यहाँ पर स्कूल हो, खाना–पानी, ट्रांसपोर्ट सही हो जाए, इसलिए अभी मैं यहाँ आकर लोगों के लिए जीवन थोड़ा आसान हो जाए, इसके लिए काम कर रहा हूँ।''

''लोग जिस परेशानियों में जीते हैं उसका अनुमान लगाना आप लोगों के लिए बहुत मुश्किल है। मैंने, कुछ लोगों को अपने साथ जोड़ा है ताकि मैं यहाँ कुछ कर सकूँ। यही मेरी इच्छा है।''

''पैसा तो बेशक मुंबई में, मैं ज्यादा कमा लेता था, लेकिन अपनों से दूर वहाँ परायों के साथ रहकर पैसा कमा भी लूं तो क्या करता... इसलिए लौट आया।''

यह सुनकर हम मुस्कुरा दिए और उसकी तारीफ कर हम कमरे में आ गए।

दीपक की हर एक बात पूरी रात हम सोचते रहे और उस पर डिस्कशन करते रहे कि बर्फीली सुंदर चादर के बीच जिंदगी कितनी मुश्किल है।

दीपक ने कितनी बड़ी बात कही कि यदि हर कोई अपनी जमीन छोड़कर चला जाए तो वह जगह तो खाली हो जाएगी।

दीपक जैसा इंसान, जो कम पैसे भी मिले, लेकिन अपने गाँव को नहीं छोड़ना चाहता बल्कि गाँव के लिए कुछ करना चाहता है गिने–चुने होंगे।

दीपक जैसा बन पाना आसान तो बिल्कुल भी नहीं।

हमारी यात्रा आगे हमने जारी रखी, लेकिन हमारी यादों में अभी उन वादियों की खूबसूरती के साथ दीपक की कही हुई बातें भी हैं, जो हमें याद दिलाती है अपनों का साथ पैसों से बढ़कर है और समाज को कुछ अच्छा देकर दुनिया से विदा लेना हमारा कर्त्तव्य।

28
जीवन की डोर

"अरे! सुनो, मैं क्या कहता हूँ? क्यों ना अपनी लाडो की गोद भराई के बाद उसे यहाँ ले आएं?" राधा के पिता राजेश ने अखबार पढ़ते हुए अपनी पत्नी उमा से कहा।

उमा भी रसोई में काम करते–करते अपनी गुलाबी साड़ी के पल्लू से हाथ पोंछती हुई बोली "हाय! आपने तो मेरे मुँह की बात बोल दी। राधा की सास से बात करते हैं, यदि वो मान गई तो बिटिया की डिलीवरी यहीं करवाएंगे।"

राधा आखिर उनकी लाडली बेटी थी, बहुत जल्द वे नाना–नानी बनने वाले थे।

राजेश और उमा सोफे पर बैठकर अपनी बेटी राधा के बारे में बात कर ही रहे थे कि उनका बेटा मनोज आया।

मनोज बोला "मम्मी, राधा दीदी कब आएगी?"

राधा का ससुराल पास ही था, इसलिए उसका आना–जाना लगा रहता था। आज घर पर सभी उसका इन्तजार कर रहे थे, लेकिन तभी राधा का फोन आया।

राधा बोली "पापा, आज थोड़ा काम है। गोद भराई के लिए शॉपिंग पर जाना है, कल आ जाऊँगी।"

राजेश ने जवाब दिया "हाँ–हाँ लाडो, तू ध्यान रख। हम कल मिल लेंगे। तू ध्यान से जाना बेटी।"

ये कहकर उन्होंने फोन रख दिया।

गोद भराई की रस्म का दिन भी आ गया। राधा बहुत सुंदर लग रही थी। उसके पिता तो दूर से उसे देखते रहे। उमा ने बहुत चाव से उसके लिए उपहार लिए जिसे देख राधा बहुत खुश हुई।

सब कुछ अच्छे से सम्पन्न हो गया। दोनों परिवारों के बीच बहुत अच्छे संबंध थे।

राधा की माँ ने राधा की सास से पूछा... "क्या राधा को हम घर ले जाए? उसकी डिलिवरी हम करवा ले... तो कैसा रहेगा? वैसे वो यहाँ रहे या वहाँ ज्यादा फर्क नहीं, लेकिन राधा के पापा का बहुत मन है राधा के साथ रहने का।"

राधा की सास ने कहा... "राधा के लिए दोनों ही घर अपने हैं। उसको जो अच्छा लगे, वही होगा। एक–दो दिन में मैं ही उसे मायके छोड़ दूंगी। ऐसे समय में उसका खुश रहना ज्यादा जरूरी है। हम भी आते–जाते रहेंगे।"

ये सुनते ही राधा के मम्मी–पापा और भाई के चेहरे खिल उठे।

राधा के घर आने की खुशी में उमा ने उसका कमरा सजा दिया। राधा की बचपन की तस्वीर मेज पर रख दी। कुछ धार्मिक किताबें भी बिस्तर के पास वाले टेबल पर लगा दी। उसकी पसंद की लाल गुलाब वाली चादर बिछा दी।

उसकी सेहत को ध्यान में रखते हुए देसी घी के लड्डू भी बना लिए। घर में मेवे भी आ गए।

राधा के बच्चे के लिए सोने की चेन बनवाने की सोची थी। राजेश ने सुनार से बात करके रखी थी। सुंदर–सी डिजाइन भी फाइनल कर दी थी।

राजेश ने भी अस्पताल जाकर डॉक्टर से बात कर ली। एटीएम से पैसे निकलवा लिए।

बेटे को भी कह दिया कि कुछ अच्छे गाने डाउनलोड कर ले।

राधा के जन्म का समय उन्हें याद आ रहा था। राधा की एक मुस्कान के लिए उसके माता–पिता जो बन सके करते।

तीनों आपस में बात कर रहे थे तभी राजेश के बेटे मनोज ने मजाक में कहा "आप दोनों दीदी को इतना प्यार करते हैं। मुझे तो कभी नहीं किया।"

राजेश ने कहा... "मेरी लाडो तो मेरी जान है और तू मेरा मान है। बेटी तो हमेशा ही बाप के कलेजे का टुकड़ा होती है। उसके लिए कुछ भी..."

मनोज बोला... "तो मैं?"

राजेश ने कहा... "मेरी बीमा की राशि तू रख लेना।"

तभी उमा बोली... "ये सब क्या कह रहे हो? बेटा मजाक कर रहा है और तुम ये क्या बोलने लगे...! चलो ये सब बन्द करो। मनोज तू मेरे साथ जरा बाजार चल, समधन जी आएगी कुछ नाश्ता ले आते हैं।"

उमा और बेटा मनोज बाजार चले गए।

राधा की सास राधा को लेकर घर पहुंची। राधा के चेहरे पर मायके आने की खुशी साफ झलक रही थी।

दरवाजे के बाहर सुंदर रंगोली सजी थी। उमा ने फूल से "स्वागत" लिखा था।

राधा ने देखा पूरा घर सजा हुआ था।

अंदर कोई आवाज नहीं थी।

दरवाजा खुला था, वो भीतर चली गई। मेज पर ढ़ेर सारे फल टोकरी में सजे थे।

उसने आवाज दी... "मम्मी... पापा..., मनोज कहाँ हो? देखो मैं आ गई।"

जब कोई जवाब ना मिला, तो वो कमरे में गई।

उसने देखा पापा आराम से बिस्तर पर लेटे हुए थे और उनके हाथ में कुछ कागज थे।

राधा, पापा को बोली... "ये देखो, बिटिया घर आ गई और आप सो रहे हो और ये क्या कागज लिए बैठे हो आप..."

पापा ने जवाब नहीं दिया।

राधा उनके सिरहाने आकर उनके माथे पर हाथ रख बोली... "पापा, मैं आ गई।"

अब भी कोई जवाब नहीं मिला।

उसे डर लगने लगा।

उसने पापा के सीने पर हाथ रखा और जोर से बोली..., ''पापा,आप की लाडो आ गई देखो ना।''

उसकी तेज आवाज सुन उसकी सास भीतर आ गई।

राधा जोर–जोर से रोने लगी।

मनोज और उमा भी आ गए।

रोने की आवाज सुन पड़ोसी भी पहुंच गए।

उमा के हाथ से नाश्ते की थैली छूट गई। वो हड़बड़ाते हुए बोली... ''क्या हुआ...?''

''सुनो जी! देखो लाडो आ गई।''

मनोज ने अस्पताल फोन किया एम्बुलेंस बुलवाई। पापा को तुरंत अस्पताल ले जाने की तैयारी की।

लेकिन राजेश की सांसें बंद हो चुकी थी। उनके हाथों में बीमा के कागज थे।

बेटा बोला ''पापा ये कुछ नहीं चाहिए। आप वापस आ जाओ।''

राजेश सभी को छोड़ दूसरी दुनिया में चला गया था। एक पल में सब बदल गया।

राधा बिलखती रही। उमा तो मानो सदमे में आ गई। राधा के बच्चे के लिए राजेश ने कितना कुछ सोचा था, लेकिन मौत के सामने कब, किसकी चली है?

वक्त जख्म को पूरी तरह से भर तो नहीं सकता, बस दर्द थोड़ा कम जरूर हो जाता है या यू कहें कि दर्द सहने की शक्ति मिल जाती है।

दो महीनों के बाद राधा ने स्वस्थ बेटे को जन्म दिया और उसके गले में वही सोने की चेन पहनाई, जो पापा देना चाहते थे। बेटी राधा ने अपने बेटे का नाम रखा राजेश।

29
प्यार हुआ मद्धम-मद्धम

"दीदी, देखो कितनी तेज बारिश हो रही है, लगता है मम्मी–पापा को आने में देर हो जाएगी।" शिवि ने अपनी बड़ी बहन रति से कहा।

बालकनी में खड़ी रति ने बारिश की बूंदों को अपने हाथों में महसूस करते हुए जवाब दिया... "हाँ, वे आ जाएँगे। तुम अपना होमवर्क कर लो, फिर हम नूडल्स बनाएंगे।"

नूडल्स का नाम सुनते ही शिवि के मुँह से मानो लार टपकने लगी और वह बोली... "दीदी, अभी बना दो ना प्लीज।"

"अरे! अभी नहीं, देखो कितना प्यारा मौसम है। थोड़ी देर तुम पढ़ लो फिर बनाती हूँ।" ऐसा कहकर रति ने अपनी छोटी बहन को पढ़ने बैठा दिया।

अभी वो पढ़ने बैठी ही थी कि कि पड़ोस से उसकी सहेली ने आकर घंटी बजाई... "दीदी, दीदी... क्या शिवि हमारे घर आ सकती है? मम्मी ने पकोड़ें बनाए हैं। हम दोनों साथ में मिलकर होमवर्क भी कर लेंगे।"

अपनी सहेली की आवाज सुन शिवि कमरे से दौड़ी–दौड़ी आई और बोली... "प्लीज दीदी मैं जाऊँ... पक्का प्रॉमिस मैं होमवर्क भी कर लूंगी।"

रति ने अपने गीले हाथ झटके और शिवि से कहा... "अच्छा ठीक है। जाओ लेकिन जल्दी आना।"

शिवि अपनी किताब कॉपी लेकर अपनी सहेली के साथ जाते हुए मुड़कर कहने लगी... "दीदी नूडल्स मेरे लिए बचा कर रखना। मैं आ कर खा लूंगी।"

रति ने हंसते हुए दरवाजा बंद किया।

उसने देखा कि बारिश और तेज हो गई। बिजली भी चमकने लगी। रति को अदरक वाली चाय की तलब होने लगी, इसलिए वह तुरंत अपने लिए चाय बना कर ले आई और बालकनी में ही बैठ गई।

तभी उसके कॉलेज की सहेली का फोन आ गया। उसकी सहेली आराध्या ने कहा... "रति, हाय! कितना अच्छा मौसम हो रहा है ना... काश! हम लोग साथ होते और कोई और भी तेरे साथ होता तो ज्यादा अच्छा होता।"

तभी रति ने शरमाकर कहा... "अरे! यार ऐसी बात क्यों कर रही है... ऐसा कुछ है ही नहीं... और तू हमेशा ही मुझे यह सब बातें करती रहती है... वह हमारा सीनियर है। पढ़ाई में अच्छा है और अभी ड्रामा में हम काम साथ में कर रहे हैं इसलिए कुछ बात हो जाती है। बाकी जैसा तू सोच रही है वैसा कुछ नहीं है।"

आराध्या उसे चिढ़ाते हुए बोली... "कुछ नहीं है... ऐसा तू कहती है और मैं मान लूं? बाकी कॉलेज में आजकल सभी बातें कर रहे हैं रति का सीनियर पर क्रश चल रहा है। वैसे मैंने महसूस किया है कि शायद वह भी तुझे पसंद करता है। यदि ऐसा कुछ है ही नहीं तो तू इतनी सफाई क्यों दे रही है?"

दोनों के बीच 15 मिनट तक बात चली। इसी बीच रति ने चाय खत्म कर दी।

रसोई में जाकर अपनी छोटी बहन की फरमाइश पर नूडल्स बनाने लगी। नूडल्स बनते ही उसने प्लेट में निकाला ही था कि दरवाजे की घंटी बजी। वह समझ गई कि उसकी छोटी बहन शिवि नूडल्स खाने चली आई है।

नूडल्स की डिश हाथ में लिए रति अंदर से ही बोलती चली आई कि... "जरा रुक, आ रही हूँ।"

दरवाजा खोलते ही बिना देखे ही वह बोली... "यह लो तुम्हारे नूडल्स और खुश रहो।"

जैसे ही उसने देखा कि दरवाजे पर शिवि नहीं कोई और है वह हड़बड़ा गई।

उसके सामने था रेनकोट पहने, अपने बालों को पोंछते हुए, उसकी ही कॉलेज का वह सीनियर जिसकी कुछ देर पहले ही आराध्या बात कर रही थी।

रति सकपका गई। घर का लाल रंग का टॉप और गुलाबी रंग का पजामा पहने वह खुद को बहुत असहज महसूस कर रही थी। उसने आज ही बालों में तेल क्यों लगाया यह सोचकर वह खुद को कोस भी रही थी।

हाथ में नूडल्स की डिश लिए वह खड़ी रह गई थी, दरवाजे पर खड़ा अर्नव बोल पड़ा... ''क्या नूडल्स लेकर घर जाना पड़ेगा या अंदर आ कर खा सकते हैं?''

जो लड़का रति के ख्यालों में हर वक्त रहता था, जब वह ख्यालों से निकलकर हकीकत बन सामने आया तो उसे यकीन ही नहीं हो रहा था।

रति ने उसे अंदर आने को कहा और दौड़कर रसोई में प्लेट रख आई। खुद को थोड़ा ठीक किया और बाहर आ गई।

उसने बाहर आकर अर्नव से पूछा... ''आप, यहाँ पर कैसे?''

अर्नव अपनी ब्लू रंग की जींस को ठीक करते हुए बोला... ''हाँ, कुछ काम से आया था, लेकिन गाड़ी खराब हो गई और तब मुझे याद आया कि तुम यहीं–कहीं रहती हो, बस तो सोचा बारिश रुकने तक यही रुक जाता हूँ... कोई दिक्कत तो नहीं? क्या कोई परेशानी है?''

रति ने जवाब में एक और सवाल पूछ लिया... ''लेकिन फ्लैट नंबर आपको कैसे पता चला?''

अर्नव हंसते हुए बोला... ''डिटेक्टिव साहिबा, तुम्हें नहीं मालूम कि इस बिल्डिंग के नीचे यहाँ रहने वालों के नाम लिखे हुए हैं। बस वहीं से तुम्हारा सरनेम पढ़ा और घर का नंबर पता चल गया। अब तुम्हारा सरनेम लाखों में एक ही है।''

रति मुस्कुरा दी।

अर्नव ने बड़ी बेतकल्लुफी से पास पड़े हुए झूठे सफेद कप को देखकर कहा... "लगता है चाय पी चुकी हो? काश! हमें भी मिल जाए..."

रति ने झट से कप उठाया और बोली... "हाँ, वो अभी ही पी, अभी आपके लिए बना कर ले आती हूँ।"

रति रसोई में आई फटाफट उसने पानी में पत्ती डाली और दूध लेने के लिए फ्रिज की ओर बढ़ी तभी उसका फोन बजा। हड़बड़ाहट में उसने फोन उठाया और फ्रिज से दूध निकालते समय उसने अपने फोन का स्पीकर चालू किया।

फोन उसकी सहेली आराध्या का ही था।

रति ने फुसफुसाते हुए कहा... "आराध्या अभी फोन रख, घर पर अर्नव आया हुआ है।"

आराध्या जोर से चिल्लाई... "क्या कह रही हो! तुम्हारे सपनों का राजकुमार तुम्हारे घर आया है, हाउ स्वीट।"

फटाक से रति ने फोन ही बंद कर दिया। उबलते हुए पानी में दूध डाला।

अर्नव बाहर बैठा आराध्या की बात सुन चुका था और उसके चेहरे पर एक छोटी–सी मुस्कान भी आ गई थी, लेकिन उसने ऐसे ही बर्ताव किया कि उसे कुछ नहीं पता।

रति रसोई में चाय के साथ नूडल्स भी ले आई।

अर्नव चाय का कप हाथ में लेते हुए मज़ाकिया अंदाज में बोला... "नूडल्स के अंदर चाय डालनी है या चाय के अंदर नूडल्स?"

यह सुनते ही रति जोर–जोर से हंसने लगी और बोली... "आपका सेंस ऑफ ह्यूमर बहुत अच्छा है।"

अर्नव ने फटाफट चाय खत्म की और फिर नूडल्स की प्लेट उठाई। खाते–खाते उसने रति से कहा... "आप पर लाल रंग बहुत जंचता है।"

रति ने नूडल्स खाते–खाते यह सुना उसे तो ठसका लगा। वो खांसने लगी।

उसे खांसी आते देख, अर्नव तुरंत रसोई में जाकर पानी लेकर आया।

धीरे से उसने रति के हाथ से नूडल्स की प्लेट लेकर पानी का गिलास पकड़ाया।

रति, अर्नव की खुद के लिए फिक्र देख बहुत खुश हो रही थी।

रति ने कहा... ''अर्नव, मैं ठीक हूँ। आप परेशान मत हो।''

अर्नव ने देखा बारिश कम हो गई है।

उसने अपना रेनकोट उठाया और बोला... ''मैं चलता हूँ, तुम ड्रामा की प्रैक्टिस करते रहना। तुम अच्छा कर रही हो। कॉलेज में मिलेंगे।''

रति चाहती थी कि अर्नव कुछ देर और रुक जाए लेकिन कैसे रोकती?

अर्नव ने एक प्यार भरी मुस्कान के साथ कहा... ''वैसे चाय में शक्कर लेता हूँ मैं, अगली बार शक्कर वाली चाय बनाना।''

रति ने आँख मिंचते हुए कहा... ''शायद, मैं भूल गई... आई एम सॉरी।''

अर्नव ने अपना रेनकोट पहनते हुए कहा... ''राजकुमारी जी सॉरी नहीं बोलते, चलिए मैं चलता हूँ।''

ऐसा कहकर वो नीचे उतर गया और अपनी गाड़ी में चाबी लगाई।

रति उसे ऊपर से देख रही थी, वो जोर से बोली...।

''अर्नव, गाड़ी ठीक हो गई?''

अर्नव ने ऊपर देखकर कहा... ''प्रिंसेस, गाड़ी खराब कब हुई थी...'', बस ऐसा कहकर वो निकल गया।

रति के गाल लाल हो गए।

वेलेंटाइन तो दो दिन बाद था, लेकिन रति को लगा कि उसने आज ही वेलेंटाइन मना लिया।

शुरू हुआ दोनों का मद्धम–मद्धम वाला प्यार।

30
वर्चुअल जिंदगी

"अरे! सुना क्या तुमने, मधु और चिराग अलग हो रहे हैं।"

राधिका ने अपनी सहेली कविता को फोन पर बताया।

कविता बुरी तरह चौंकी। एक मिनट को तो उसे विश्वास नहीं हुआ। इसलिए उसने दोबारा पूछा... "क्या? मधु? अपनी मधु श्रीवास्तव की बात कर रही है?"

"पागल है क्या तू..."

"अरे! हां यार, मुझे भी विश्वास नहीं हुआ। सोशल मीडिया पर देखा मैंने। उसने खुद मैसेज डाला है।" राधिका ने खबर सच होने का मानो सबूत दे दिया।

"तू अभी फोन रख। मैं डायरेक्ट ही उससे फोन पर बात करती हूँ। ऐसा कैसे हो सकता है? मैंने, चिराग के साथ कल ही उसकी पिक देखी थी। दोनों बहुत खुश थे।"

कविता ने राधिका की बात को झुठलाते हुए कहा।

"यार तू उसे फोन मत कर। पहले उसका अकाउंट चेक कर। फिर बात करना। अभी रखती हूँ।"

राधिका ने फोन रखते हुए कहा। कविता के लिए मधु और चिराग की शादी टूटना मानो नामुमकिन–सी बात है।

अपना सारा काम छोड़ सबसे पहले उसने तुरंत मधु का एकाउंट चेक किया। जहां मधु ने लिखा था... "मैं अपनी नाकामयाब शादी को अब आगे नहीं बढ़ाना चाहती। खत्म सब खत्म..."

कविता ने मधु का मैसेज एक बार नहीं, कई बार पढ़ा और वह हैरान हो गई। ऐसा क्या हुआ? इतना बड़ा डिसिजन उसने कैसे ले लिया? भविष्य की भी ना सोची? आखिर हुआ तो क्या हुआ... क्या?

कविता ने तुरंत अपने पति को फोन पर यह बात बताई। तो उसे भी यह बात झूठी लगी।

उसने कहा... ''किसी ने उसका अकाउंट हैक करके फेक पोस्ट किया है। चिराग ऐसा कैसे कर सकता है? तुम मधु को फोन मत करना। मैं देखता हूँ। शाम को बात करते हैं।''

कविता ने राधिका को दोबारा फोन लगाया। दोनों 40 से 45 मिनट यही बातें करते रहे आखिर क्या हुआ होगा?

लेकिन मधु के अलावा इस सवाल का जवाब कौन दे सकता है?

राधिका ने हिम्मत कर मधु को फोन किया, लेकिन उसका फोन बंद था। कुछ पता नहीं चल रहा था, क्या हुआ?

''कविता, मैं तो हैरान हूँ। मधु के दुबई ट्रिप को देखकर मैंने मेरे हस्बैंड से कितनी लड़ाई की थी। तीन दिन बात नहीं की थी मैंने। दुबई जाने की जिद्द ऐसी पकड़ी थी कि क्या कहूं।''

राधिका ने कविता को बताया, ''अरे! हाँ राधिका, मैं भी हर दिन फोन पर उसके स्टेटस देखती थी। जाने क्या हुआ होगा...।''

दोनों के चेहरे पर प्रश्न चिन्ह था।

दोनो सहेलियाँ फोन पर मधु और चिराग की बात कर रहे थे।

कुछ महीने पहले मधु और चिराग की शादी की 5 वीं सालगिरह थी। कितना सुंदर सरप्राईज दिया था, मधु को चिराग ने। उनकी जिन्दगी बिल्कुल रुपहले पर्दे जैसे ही तो थी। दोनों परफेक्ट कपल थे। पुरानी बातें याद कर दोनों सहेलियाँ सोच रही थी कि आखिर हुआ क्या?

दोनों ने फोन रख दिया और मधु चिराग का अकाउंट चेक करने लगी।

उनके सोशल मीडिया के सारे अकाउंट एक–एक करके शायद डिलीट होते चले गए। अब तो बात सच्ची लगने लगी। सभी हैरान थे। ना तो फोन लग रहा था ना किसी से बात हो पा रही थी।

घर जाकर भी देखा लेकिन कोई नहीं था। धीरे–धीरे यह बात आग की तरह फैलने लगी।

करीब 15 दिन बीत गए। एक फोन राधिका को आया। राधिका ने नया नंबर देख, आश्चर्य से फोन उठाया तो वो फोन मधु ने किया था।

राधिका हक्की–बक्की रह गई। एक सांस में उसने न जाने कितने प्रश्न पूछ लिए।

मधु ने कहा... "राधिका, तुम और कविता शाम को मिलो मुझे। सब बताती हूँ।" राधिका और कविता शाम को समय से पहले ही बताई हुई जगह पर पहुंच गई।

उनकी आंखों में बस एक ही सवाल था कि आखिर क्या हुआ था मधु और चिराग की शादी में? क्यों अलग होना पड़ा?

मधु भी आ गई। आज वो बिल्कुल सिंपल–सी थी। कोई कुछ नहीं बोला।

मधु ने वेटर से सब के लिए कॉफी लाने को कहा।

उसने अपनी बात शुरू की। उसने कहा.... "मैं जानती हूँ तुम लोग परेशान हो। शायद विश्वास भी नहीं हो रहा होगा, लेकिन चिराग के साथ मैं खुश नहीं थी। हमारी बिल्कुल अलग–अलग जिंदगी थी। हम लोगों के लिए तो बेस्ट कपल थे, लेकिन वो सब दूसरों के लिए दिखावा था।"

दुनिया को दिखाने के लिए हम छुट्टियों में जाते जरूर थे, लेकिन वहाँ चिराग ऑफिस का काम करता रहता और कहता कार लेकर जाओ जहां जाना है, जाकर घूम लो। कभी मेरे साथ नहीं आता। काम का बहाना कर देता।

मैं सिर्फ दिखावे की जिंदगी जी रही थी लेकिन कागज के फूल पर कभी तितली नहीं आती, इसलिए अलग होने का फैसला ले लिया।

"तुम लोग बहुत खुश नसीब हो तुम्हारे पति जैसे हैं वैसे ही दिखते हैं। कोई दिखावा नहीं करते। कम से कम दोहरी जिंदगी तो नहीं जीते।"

"चिराग सिर्फ लोगों को दिखाने के लिए सब कुछ करता और मैं भी इस जाल में शायद उलझ गई थी, क्योंकि शुरू–शुरू में मुझे भी लोगों के कमेंट्स, तारीफें, लाइक्स अच्छे लगते थे, लेकिन समय रहते सम्भल गई। समझ गई कि ये सारे ऑनलाइन कमेंट्स केवल पल भर के होते हैं।"

"मेरी आर्टिफिशियल खुशियों की नुमाइश मैंने सोशल मीडिया पर की थी इसलिए अलग होने का फैसला भी उस पर दे दिया। तुम लोग परेशान मत हो। मैंने एक रिश्ता छोड़ा है लेकिन जीना नहीं छोड़ा।"

ऐसा कहकर मधु वहाँ से चली गई। जाते–जाते शायद उसकी बातें कई लोगों के लिए सबक बन गई कि खुशियां ऑनलाइन नहीं मिलती। उसे साथ समय बिताकर जीना पड़ता है।

31
रिश्तों की अन्जानी दूरियाँ

''बुआ, नमस्कार, कैसे हो आप और फूफा जी कैसे है?'' भतीजे जतिन ने बुआ इंदु को फोन पर कुशल–मंगल पूछा।

''बेटा, हम दोनों तो अच्छे हैं, तुम सब कैसे हो? मम्मी की तबियत कैसी है?'' बुआ ने आत्मीयता से पूछा।

''बुआ, आप तो पापा के देहांत के बाद यहाँ आई नहीं, मम्मी भी कई बार कहती है कि इंदु दीदी तो भाई जाते ही मायके का रास्ता भूल गई।'' जतिन ने बुआ से अपनापन दिखाते हुए शिकायत की।

अरे! ऐसा नहीं है बेटा..., माँ को कहना जल्दी ही आएगी बुआ। ''बुआ ने हंसते हुए कहा।''

करीब चार महीने हो गए, इंदु जी को लगा माँ–बाबूजी के बाद भाई–भाभी ही तो थे, जो मेरे लिए सब कुछ थे।

भाई भी ईश्वर को प्यारा हो गया, भाभी भी भाई के जाने के बाद गुमसुम हो चुकी थी लेकिन अब की बार चार दिन हो आती हूँ।

उन्होंने पीहर की टिकिट निकलवा ली। जतिन को अपनी ट्रेन की टिकिट की फोटो भेज दी और पहुँच गई मायके।

पीहर जाने की खुशी को वे महसूस कर रही थी। उन्हें लग रहा था कि कब उनका स्टेशन आए और वे घर जाकर सबसे मिल सके।

ट्रेन की गति धीमी हुई, प्लेटफार्म में ट्रेन रुकती उसके पहले ही इंदु जी को आवाज आई... ''बुआ, बुआ... मैं आ गया हूँ।''

नीली जर्सी और काले रंग की जींस पहने, दौडकर जतिन बुआ जी को कहने लगा। उसके चेहरे पर बड़ी–सी मुस्कान थी।

इंदु जी भी ट्रेन के दरवाजे पर सामान लिए तैयार थी। हाथ हिला कर इशारा किया कि... दौड़ मत, आराम से आ।

ट्रेन के रुकते ही, जतिन ने बुआ का सामान उतारा और उनके पैर छूकर आशीर्वाद लिया।

बुआ बोली... "सुखी रहो बेटा, एक थैला तो मुझे दे, सारा कैसे उठायेगा?"

लेकिन जतिन नहीं माना।

इंदु जी को अपने भाई की याद आ गई। भैया भी ऐसे ही स्टेशन आते थे और सारा सामान खुद ही उठा लेते थे। उनकी पलकें भीग गई। पिता के बाद भाई ही तो होता है, जो बहन को पिता की कमी नहीं खलने देता।

फिर उन्होंने कार में बैठ घर का रुख किया।

स्टेशन से घर करीब 25 मिनट की दूरी पर था।

इंदु को धीरे-धीरे पुरानी स्मृतियों ने घेर लिया।

वो राधा के बाबूजी का खेत, वो दुकानें, स्कूल, आम का बड़ा-सा पेड़ अब भी वैसा का वैसा, मानो इंदु के स्वागत में ज्यादा ही हरा-भरा लग रहा था। घर के करीब आते ही शहर के सबसे प्रसिद्ध हलवाई की दुकान दिखी। जिसमें बनती गर्मा-गर्म जलेबियों को देख आज भी उनके मुँह में पानी आ गया... लेकिन पहले की तरह कैसे बोलती... कि गाड़ी रोको, जलेबी खानी है।

बस वो थोड़ा मुस्कुरा दी।

घर पहुँचते ही घर के लोहे के गेट पर लगी बाबूजी के नाम की नेम प्लेट पर हाथ फेर मानो उनका आशीष लिया।

लोहे के दरवाजे से आती वो आवाज आज भी उन्हें अच्छी लगी क्योंकि इसी आवाज को सुनकर वो जान जाती थी कौन आया होगा।

ढेर सारे जसवंती, गुलाब के पौधे उनके स्वागत में तैयार थे।

भाभी ने आंगन के तुलसी के पौधे के आस-पास रंगोली बना रखी थी जैसे माँ बनाती थी।

भाई साठ बरस का था, जब चल बसा, इंदु से छः साल छोटा था।

भाभी सरोज दस बरस छोटी थी...

जब भाई का ब्याह हुआ तब सरोज को यही कहा था इंदु ने... "तुम छोटी हो, मैं बड़ी ननद, पूरा सम्मान देना पड़ेगा।"

सरोज ने भी हमेशा फर्ज निभाया।

भाई के जाने के बाद एक दो बार ही इंदु मायके आई थी।

अब लगभग 65 – 70 बरस में मायके जाना अच्छा थोड़ी लगता है। खुद बेटी–बहू वाले होने के बाद।

भाई था तब भी ठीक था।

भाभी तभी आरती की थाल लेकर सामने खड़ी थी।

इंदु बोली... "अरे! सरोज ये सब क्या? तुम भी ना..."

सरोज उन्हें भीतर ले गई । उनके पैर छूकर बोली... "अच्छा हुआ दीदी आप आ गई? क्या भूल हुई मुझसे कि आप इनके जाने के बाद आई ही नहीं।"

"माँ, बातें बाद में करना, जल्दी से चाय चढ़ा दो... मैं फटाफट समोसे और जलेबी लेकर आता हूँ, जो बुआ को पसंद है। जतिन बुआ की अटैची किनारे रखते हुए बोला।

"अरे! हाँ, जा जल्दी, मैं अभी चाय चढ़ा देती हूँ।" सरोज फुर्ती से उठी।

इंदु घर को बहुत बारीकी से देखने लगी। माँ और बाबूजी के साथ भाई की तस्वीर पर चढ़ी माला देख आँख भर आई।

नजर घुमाई तो वो क्रोशिया का बना टेबल कवर मानो उन्हें बुला रहा था, बहुत जतन से बनाया था इंदु ने उसे।

यादों के बागान में वो गुम होती कि तभी चाय, नाश्ता आ गया।

सरोज ने उनकी पसंद की अदरक वाली चाय बनाई और स्टील के गिलास में दी।

इंदु को लगा मानो माँ ने चाय बनाई हो।

इंदु ने सरोज को सुंदर बादामी रंग की शॉल दी, जतिन के लिए वो कपड़े लाई थी। अपनी भतीजी, जो ससुराल में थी उसके लिए लाल रंग की साड़ी।

सरोज ने चार दिन खूब आदर सत्कार किया इंदु का।

अब बारी थी विदाई की।

इंदु मजाक में बोली... "सरोज, तुम भी आना। मैं इतनी बुरी ननद नहीं हूँ।"

सरोज इंदु के गले लग गई और रोने लगी।

बोली... "दीदी, ये तो चले गए। आप ऐसा क्यों बोलती हो। क्या मैं नहीं हूँ? क्या भाभी से पीहर नहीं हो सकता?"

दीदी, आपसे बहुत कुछ सीखा है। रिश्ते भी निभाना जानती हूँ।

इंदु ने भी भीगी पलकें पोंछी और सरोज के गाल पर अपना हाथ फेरा और कहा... "हाँ, सरोज सच कहती हो तुम। मुझे भी भाई के जाने के बाद तुम से जाने–अंजाने दूरी बनी, वो नहीं बनने देनी थी। चलो, तुम रोना बन्द करो। अब जल्दी जतिन के लिए लड़की मिले तो आंनद आ जाए।"

सरोज ने दीदी के लिए बहुत–सा सामान बांध दिया।

इंदु जी सकुशल घर पहुंच गई।

सरोज का दिया सामान खोला तो देखा... मठरी, अचार, चावल के पापड़ और बहुत कुछ था। सब कुछ जैसा माँ करती थी।

उनकी आंखों में स्नेह के आँसू आ गए।

32
धमाका

बड़ी–बड़ी हिरनी–सी आँखें, शैशव–सी मुस्कान काले लंबे लहराते हुए बाल, हाथ में कांच की लाल रंग की भरी–भरी चूड़ियाँ, मोर के डिजाइन के कर्णफूल, गले में खालीस सोने का दमकता लंबा–सा हार, माथे पर सजा मांग टीका, लाल सिंदूर से सजी उसकी मांग और सुहाग की सबसे बड़ी निशानी उसके माथे पर दमकती सुर्ख लाल रंग की बिंदी में वह अप्सरा–सी सुंदर लग रही थी।

उसकी छरहरी काया को और भी सौंदर्य देती हुई लाल और हरे रंग की बनारसी साड़ी। पैरों की घुँघरू वाली पायल से आती छन–छन की आवाज।

आज सरला डेढ़ साल के बाद इतना सजी संवरी थी। सरला अपनी चार साल की बेटी और छः महीने के बेटे को लेकर अपने पति मोहन के साथ मामा जी के घर उनकी बेटी की शादी में शामिल होने आई थी।

मोहन भी सरला को आज बस एकटक निहारता रहा। सरला की बोलती हुई आँखें न जाने कितना कुछ कह रही थी और मोहन बस टुकुर–टुकुर उसे ताके जा रहा था।

दोनों शादी के लिए निकल गए, मासूम–सी सरला के चेहरे की खुशी आज सभी पढ़ पा रहे थे।

शादी की तैयारियाँ जोरों पर थी। कहीं फूलों के हार थे, तो कहीं स्वादिष्ट मिठाई की महक, घर को रंग–बिरंगी लाईट से रोशन कर दिया था। दूर से ही देख कर पता लग रहा था कि शादी वाला घर है।

द्वार पर बंधा आम के पत्तों से बना हुआ तोरण शुभ संदेश दे रहा था।

मामा जी के घर पर सारे रिश्तेदारों की चहल–पहल मची हुई थी। बारात के स्वागत की तैयारियाँ चल रही थी।

सारे मर्द तो तैयार थे, लेकिन औरतें अभी भी सज रही थी।

मामा जी की बेटी शिवानी अपने कमरे में दुल्हन का जोड़ा पहन बैठ चुकी थी और बस उसका रूप श्रृंगार शुरू हो चुका था।

बच्चे यहाँ–वहाँ खेलने में लगे थे। सरला की भी बेटी उसका हाथ छुड़ा बाकी बच्चों के साथ चली गई। मामी जी ने सरला को देख उसका स्वागत किया।

छह महीने के छोटे से बच्चे को हाथ में लेकर खूब प्यार भी किया और फिर सरला सब से घुल–मिल गई।

मामा जी के फोन की घंटियां बस बजती ही जा रही थी। उनकी सफेद शेरवानी आज चर्चा का विषय बनी हुई थी। शेरवानी पर किया गया काम बहुत खूबसूरत था। तो मामी जी भी कुछ कम नहीं थी, वो तो आज गजब ढा रही थी। उनकी कत्थई रंग की साड़ी उनके रूप को चार गुना बढ़ा रही थी।

तभी गुड्डू भैया काले रंग के सूट–बूट में दौड़ते हुए चले आए। दो–दो फोन लिए गुड्डू भैया बोले... "अरे! बारात चौक तक पहुंच गई है, सब चलो, जल्दी चलो उनके स्वागत के लिए। कुछ लोग आगे जाए तो अच्छा है।"

मामा जी ने भी कुछ लोगों को हाथ से इशारा कर आगे जाने को कहा।

गुड्डू भैया ने मोहन का हाथ खींच कर उन्हें आगे चलने के लिए कहा और सरला को भी साथ ले लिया...।

सरला की बेटी खेलने में लगी थी और बेटा भी आराम से खेल रहा था। मोहन की तरफ सरला ने इशारे से पूछा... "क्या करना है?"

मोहन में सर हिला दिया और कहा... चलो...।

कुछ और लोग भी चौक की ओर जाने लगे। दूल्हा घोड़ी पर खूब जँच रहा था और कुछ लोग नाच रहे थे। सभी बारातियों के कपड़े बहुत सुंदर थे। सभी के चेहरे खुशी से चमक रहे थे, लेकिन शोर इतना था कि कोई भी किसी को सुन नहीं सकता था।

बारातियों में से किसी ने मोहन को अपने साथ डांस करने के लिए बुला लिया तो दूसरी तरफ दूल्हे की बहन भी सरला के पास आकर उसका हाथ पकड़ कर अपने साथ ले आई और सभी नाचने गाने में मशगूल हो गए।

शादी में बारात का आकर्षण कुछ अलग ही होता है। सभी लोग नाचने–गाने में व्यस्त हो गए। सरला भी कुछ देर तो तक सबके साथ नाचती फिर अलग खड़ी हो गई। इसी बीच दूल्हे के कुछ दोस्तों ने पटाखों में चिंगारी लगा दी।

जैसे ही चिंगारी पटाखे तक पहुंची कि वहाँ जोर का धमाका हुआ। इतना जोर का धमाका कि सब कुछ सन्न हो गया।

कुछ सेकंड तक पटाखों का धमाका चलता रहा। लोग जोर–जोर से हंसते रहे। कुछ लोगों ने कानों पर हाथ रख लिया, तो कुछ लोग किनारे हो लिए।

सरला भी सब देखती रही। आवाज बंद होने के बाद बारात आगे जाने लगी, लेकिन सरला खड़ी की खड़ी रही। उसे कुछ सुनाई नहीं दे रहा था।

बारात मामा जी के घर के दरवाजे की ओर बढ़ने लगी थी, लेकिन सरला वहीं रुक गई। अपने हाथों से दोनों कानों को जोर–जोर से मलने लगी। जोर से बोली... "मुझे कुछ सुनाई नहीं दे रहा... मोहन, मुझे कुछ सुनाई नहीं दे रहा है।"

वह जोर–जोर से चिल्लाती रही।

मोहन को लगा अभी पटाखे जलाए हैं उसकी आवाज के कारण शायद कुछ दिक्कत हुई होगी। लेकिन सरला कुछ सुन नहीं पा रही थी। वो बस चीख रही थी।

उसकी हालत देख मोहन ने सोचा... अस्पताल ही चलते हैं। तुरंत अपने दोनों बच्चों को लिया। बाकी सभी इस घटना से अन्जान थे और वो किसी से क्या कहता इसलिए किसी को कुछ नहीं बताया। बच्चों को मित्र के घर पर छोड़ा और सीधे सरला को अस्पताल ले गया। पूरे रास्ते सरला का हाल, बेहाल हो चुका था।

वह बनारसी साड़ी जो कुछ देर पहले तक उस पर सज रही थी अब उसमें न जाने कितनी सिलवटें पड़ चुकी थी। रेशमी जुल्फें कुछ देर पहले तक चमक रही थी, अब वह पूरी तरह से उलझ चुकी थी।

उसका श्रृंगार उसके आंसुओं से उतर गया था, वह तड़प रही थी, बेचैन हो रही थी।

कानों को जोर–जोर से दबा रही थी। उसके हाथों की भरी–भरी चूड़ियाँ आवाज कर करके सबको बता रही थी कि सरला मुसीबत में आ गई है।

अस्पताल में डॉक्टर ने सरला को जांचा। कान में इंजेक्शन तक लगाया गया। कुछ देर बाद डॉक्टर ने मोहन को बुलाकर बताया कि सरला के कान के कुछ टेस्ट कराने होंगे।

सरला रोती–बिलखती घर पहुंच गई। सास–ससुर भी शादी से घर आ चुके थे। वे कुछ पूछते इसके पहले ही मोहन ने उन्हें सारी बात बता दी।

दोनों बच्चे पड़ोस से घर आ गए थे। वे अपनी माँ को देख रोने लगे और सास–ससुर की आंखें खुली की खुली रह गई कि ऐसे तो कैसे हो सकता है कि पटाखे की आवाज से बहू के सुनने की शक्ति ही चली गई।

सरला के आंसू रुक नहीं रहे थे। वह परेशान थी। वह बेचैन थी कुछ भी नहीं सुन पा रही थी... ना बेटी के सवाल, ना अपने छोटे बच्चे की रोने की आवाज, न सास–ससुर की बातें। ना ही पति के दिलासे उसके कान तक पहुंच पा रहे थे।

अब शुरू हुए घर के इलाज। कभी कोई कुछ कहता तो कभी कोई कुछ और... सब कुछ करना शुरू कर दिया। अस्पताल के चक्कर लगने लगे। 4 से 6 महीने हो गए वह बिलखती रही... वह रोती रही...। तड़पती रही वह अपने बच्चों की आवाज सुनने के लिए।

कभी–कभी तो उसका छोटा बच्चा रोता और वह सुन ना पाती, वह भूख से तड़पता, लेकिन वह जान नहीं पाती। बेटी स्कूल में न जाने कितनी कविताएं सीख कर आती। घर पर उन कविताओं को अपनी मीठी आवाज में सबको वह कविता सुनाती लेकिन बेचारी सरला कुछ सुन ना पाती।

बस बेटी को गले लगा लेती।

डॉक्टर के कहे अनुसार सरला की सुनने की शक्ति कब आएगी और कैसे या फिर आ पाएगी या नहीं कुछ पक्का नहीं था।

सरला के पास कोई चारा नहीं था। उसे अपने बहरेपन को अपनाकर जिंदगी में आगे बढ़ना था।

लेकिन उसका मन तो बिल्कुल उचट चुका था, लेकिन कहते हैं कि जब तक सांस हो तब तक आस नहीं छोड़नी चाहिए।

उसने पोस्ट ग्रेजुएशन पूरा करने का निश्चय किया साथ ही उसने कई पत्र–पत्रिकाओं में लिखना शुरू किया, क्योंकि सिर्फ उसकी लेखनी ही थी, जिसमें उसे सुनने की कोई जरूरत ही नहीं पड़ती। बस मन के भावों को अपनी कलम से कागज पर उतार देती।

वह लिखती जाती और अखबारों और पत्रिकाओं में भेजती रहती।

भविष्य की चिंता उसे खूब सताती। उसे लगता कि कहीं मोहन उसके इस बहरेपन से तंग आकर उसे तलाक ना दे दे। सास–ससुर उसे घर से ना निकाल दे, लेकिन मोहन ने उसका पूरा साथ दिया।

एक दिन बेटी के स्कूल से फोन आया। उन्होंने मोहन को बताया कि स्कूल का वार्षिकोत्सव है और उसमें एक नाटक प्रस्तुत किया जा रहा है जिसके संवाद लिखने के लिए सरला को अनुरोध किया गया। क्योंकि अब सरला लेखिका के रूप में जानी जाने लगी थी।

सरला ने अपनी बेटी के लिए नाटक के संवाद तैयार किए। बेटी ने भी खूब मेहनत की और सारे संवाद याद कर लिए।

सरला को वार्षिक उत्सव के दिन ही अस्पताल जाना था। बड़े डॉक्टर बाहर से आए थे।

वे दोनों अस्पताल पहुंच गए और बेटी अपने स्कूल। सरला अपनी बेटी को देखना चाहती थी, लेकिन डॉक्टर को मिलना भी जरूरी था। बेटी का नाटक एक घंटे बाद था।

समय बीतता जा रहा था। बड़े डॉक्टर सरला को जांच रहे थे।

बेटी की आंखें अपने माता–पिता को देखने के लिए आतुर हो रही थी। राजकुमारी बन वह तैयार हो चुकी थी।

पूरा हॉल अभिभावकों से भरा था मंच पर अंधेरा था। सरला की बेटी मंच पर आई और उस पर फोकस लाइट थी।

राजकुमारी बन पूरे आत्मविश्वास के साथ उसने अपना पहला संवाद बोला और जोरदार तलियों से पूरा हॉल गूंज उठा।

सरला के होंठों पर मुस्कान थी, लेकिन आंखों में आंसू... अपनी ही बेटी की आवाज को ना सुन पाने का दुख कैसी बेबसी थी ये...

समय से बड़ा मरहम और कुछ नहीं होता। ईश्वर के घर देर है लेकिन अंधेर नहीं, बस इसी बात पर विश्वास कर सरला फिर सामान्य जीवन जीने का प्रयास करने लगी।

ट्रीटमेंट चलते रहे कभी होमियोपैथी तो कभी आयुर्वेदिक कभी घरेलू नुस्खे। महीनों इलाज के साथ–साथ सरला ने अपना पोस्ट ग्रेजुएशन पूरा कर लिया। लोगों के बीच वह लेखिका के रूप में जानी जाने लगी।

बच्चे भी इशारे से अपनी बात बताना सीख गए। मोहन ने भी सरला का पूरा साथ दिया।

धीरे–धीरे उसकी सुनने की शक्ति आने लगी। धीमा–धीमा उसे सुनाई देने लगा। तब सरला को लगा मानो ईश्वर ने उसकी सुन ली।

घर में फिर एक बार रौनक आ गई। मोहन ने भी मानो पहली बार राहत की सांस ली। मोहन के कहने पर उसने आगे पढ़ना जारी रखा और लेखनी से तो सरला कमाल कर ही रही थी।

उसकी मेहनत रंग दिखाने लगी अब सरला पी. एच.डी. कर डॉक्टर सरला बन गई थी। बच्चे थोड़े बड़े हो गए थे। सरला अब थोड़ा–थोड़ा सुनने भी लगी थी।

आज सरला के लिए बहुत बड़ा दिन था। आज उसकी लिखी किताब प्रकाशित होकर पाठकों के बीच आ गई थी। एक धमाके ने उसे जीवन की नई दिशा दी। उसकी लिखी किताब के लिए पाठक उत्सुक थे। किताब का विमोचन शहर के जाने–माने साहित्यकार ने किया और किताब का मुख्य पृष्ठ सभी को दिखाया।

किताब का नाम था... 'खूंटी पर टंगे सपने'

33
आई

शहर की भीड़ से बहुत अलग, कुछ सौ लोगों की आबादी वाले गाँव में रहता था एक सुखी, संयुक्त परिवार। शहर की तुलना में सुविधाएँ बेशक बहुत कम थी, लेकिन मात्र परिवार के लोग ही नहीं गाँव के सारे लोग ही एक परिवार थे।

खेती कर दो वक्त की रोटी जुटाता परिवार एक साथ बहुत खुश और सुखी था।

परिवार की खुशियों को न जाने किसकी नजर लगी और घर के बड़े बेटे को ऐसी बीमारी हुई कि इलाज न हो सका और यमदूत लिवाने आ गया।

बड़े भाई का निधन छोटे भाई के लिए एक सदमे की तरह बन गया। पिता के जाने के बाद बड़े भाई ने पिता बन जिसे संभाला हो आज उसका हाथ सर से उठते ही वो बिल्कुल सुन्न–सा पड़ गया। अब तक जिस घर की बागडोर बड़ा भाई संभाल रहा था अचानक सारी जिम्मेदारियों का पहाड़ छोटे भाई पर आ गया।

घर पर माँ, बड़ी भाभी के कभी न थमते आँसू, बिलखते बच्चों की चाचा की तरफ आस लगाती नजरें और घनश्याम की चुप्पी और लाचारी।

घनश्याम कभी भगवान से लड़ता तो कभी अपना माथा पीटता।

बड़े भाई का दाह संस्कार कर भाई की अस्थियों के विसर्जन के लिए चला गया।

बड़े भाई की आत्मा की शांति के लिए पूजा करवानी थी।

तीन औरतें और चार बच्चे घर पर अकेले थे।

घाट पर पहुँचते ही सीढ़ियों से उतरते हुए उसे ऐसा लगा मानो अब उसे इस जीवन, घर संसार से कोई नाता नहीं रखना।

आज भाई के साथ वो भी मोक्ष को प्राप्त कर लेना चाहता था।

सैंकड़ों पंडितों के बीच एक पंडित से पूरी विधि से पूजा संपन्न करवाई।

खुद भी ब्राह्मण था घनश्याम, संस्कृत भी तो कुछ–कुछ समझ आती थी।

अस्थियों का विसर्जन कर सांझ तक उस घाट पर ही बैठा रहा।

बुझा–बुझा–सा घनश्याम अपने गाँव पहुँच गया। लेकिन उसका मन ना लगा।

एक दिन उसने अपनी माँ और पत्नी से कहा... "मेरा अब यहाँ मन नहीं लगता, मैं जा रहा हूँ। कोई मुझे ना रोकना।"

माँ जिसने अभी अपना बड़ा बेटा खोया था और छोटे बेटे का यह पागलपन देख जोर–जोर से रोने लगी। अपनी कसम दी। बेटे के पैर तक पकड़ लिए।

दूसरी तरफ 20 साल की उसकी पत्नी अपने दोनों बच्चों का वास्ता देकर अपने पति को रोकने लगी, लेकिन घनश्याम पर न जाने क्या धुन सवार थी।

उसने किसी की ना सुनी। निकल गया गाँव से दूर... बहुत दूर।

पीछे छोड़ गया एक बूढ़ी माँ, विधवा भाभी और बिलखते बच्चे और असहाय पत्नी। उसके लौटने की बाट देखते पत्नी गोमती की आँखें अब पथरा गई थी।

अब तो गोमती की सास और जेठानी के आंसू सूख चुके थे। चाचा और ताया के परिवार वाले अब नजरें बचाने लगे थे।

बच्चों की भूख के सामने पति के जाने का दुख भी बर्दाश्त कर जेठानी ने खेत में काम करना शुरू किया।

खेती लायक जमीन को दोनों बहुओं ने सींचा और घर पर पैसे आने लगे।

एक विधवा ने बच्चों के भविष्य के लिए और बूढ़ी सास को देखकर अपने मन पर पत्थर रखा।

भाई की मदद से जमीन पर अपना नाम करवा लिया। दूसरी तरफ पति की राह देख गोमती हार मान चुकी थी। कोई कितने दिन शोक मनाए।

सास और जेठानी सम्भल चुकी थी।

बाकी रिश्तेदार भी अपने घर संसार में व्यस्त हो गए।

गोमती के जीवन में आए ज्वार भाटा को कौन समझता?

सास ने समझाया कि... "अब यहाँ कुछ नहीं रखा, तू पीहर चली जा।"

गोमती सूनी आंखें और खाली झोली लिए दोनों बच्चों को लिए पीहर पहुंच गई।

माँ, बाबूजी, तीन छोटी बहनें और दो भाई को देखते ही उसकी रुलाई निकल गई।

विधवा होती तो लोग सहानुभूति देते। लेकिन गोमती एक ऐसी सुहागन थी जिसका पति उसके साथ नहीं था। आधी बेवा ही थी वो।

अभागा नसीब मान कब तक रोती... मायके की मुफ्त की रोटी कैसे तोड़ती...?

समाज के लोग भी इसी फिराक में रहते कि कब उसके जख्म पर नमक छिड़क सकें।

घर से बाहर जाना ना के बराबर था आखिर सबकी नजरों में वो एक ऐसी पत्नी थी जिसका पति उसे छोड़कर जा चुका था और उसका ससुराल से दाना–पानी उठ चुका था।

कैसे बताती कि वो एक ऐसी पत्नी है जिसका पति कायर था,जो जिम्मेदारियों की गठरी उठाने के लायक नहीं था।

उस दिन गोमती ने ठान लिया कि अब एक पत्नी नहीं बल्कि सिर्फ बच्चों की आई बनकर वो अपने बच्चों को ऐसे संस्कार देगी कि वो कभी मुसीबत से नहीं डरेंगे और उनका उज्ज्वल भविष्य बनायेगी।

माँ के साथ सिलाई काम में लग गई।

पिता के कहने पर पढ़ाई भी शुरू कर दी।

ससुराल से लौटी बेटी पिता के लिए बोझ नहीं सहारा बनने लगी।

गोमती ने अपने दोनों बच्चों को पालते हुए, खूब मेहनत की। माँ सरस्वती की उस पर कृपा थी। परीक्षा में पास होते ही स्कूल में नौकरी मिल गई।

अब गोमती वो गाँव की बेबस, अबला नहीं बल्कि आत्मविश्वास से भरी सबला बन चुकी थी।

उसके जख्मों को भरने के लिए उसकी नौकरी और पीहर का साथ काफी था। उसे समाज से अब इज्जत मिलने लगी।

अपने भाई और बहनों को भी पढ़ने के लिए प्रेरित करती, गोमती अब पिता का अभिमान बन गई।

बहनों की शादी हो गई। उसके बच्चे भी बड़े हो गए। अपने पिता के बारे में अक्सर पूछते। गोमती उन्हें कोई जवाब न दे पाती।

बच्चों की आई अब गाँव की भी आई बन चुकी थी।गोमती अपने नाम से ज्यादा आई के नाम से जानी जाने लगी।

समय का चक्र चलता रहा। बच्चे पढ़–लिख गए। उनकी शादी की बात होने लगी, लेकिन बच्चों के पिता का साथ ना होना एक कारण बन गया था उनका रिश्ता ना होने का।

लेकिन नसीब से बेटे के लिए एक अच्छे घर की लड़की मिल गई। आई अब कुछ बूढ़ी–सी दिखने लगी थी, लेकिन अब भी उतनी ही मजबूत थी।

घर पर बहू के आते ही आई ने उसे भी आगे पढ़ने को कहा। बरस बीतने लगे।

एक दिन आई अपनी अलमारी से कुछ कपड़े निकाल रही थी कि दरवाजे पर दस्तक हुई।

गोमती बाहर पहुंची तो देखा एक कमजोर वृद्ध पुरुष खड़ा था। गरीब जानकर गोमती ने कहा... "अभी खाना लाती हूँ।"

वो बोला... ''गोमती, मैं घनश्याम हूँ। पहचाना नहीं?।''

गोमती लगभग चक्कर खाकर गिरने को थी कि खुद को उसने संभाला तभी गोमती का बेटा आया और बोला... ''कौन है माँ?''

घनश्याम ने अपने बेटे को गले लगाते हुए कहा... ''बेटा, मैं तेरा पिता।''

बेटे ने तुरंत घनश्याम का हाथ झटक दिया।

गोमती के हृदय में ना तो घनश्याम के लिए क्रोध था, ना ही कोई प्रश्न थे। जीवन के इतने सालों में उसने खुद को बहुत मजबूत बना लिया था।

गोमती ने घनश्याम से पूछा... ''यदि आप यहाँ लाचार होकर अपने जीवन के अंतिम दिन बिताने आए है तो आप यहाँ रहिए, आपको सब कुछ समय पर मिल जाएगा, लेकिन यदि आप परिवार के सुख की आस लगाए यहाँ आए तो, आप गलत पते पर आए है।''

घनश्याम की वृद्ध, कमजोर आंखें गोमती के इन दो टूक शब्द सुन भीग–सी गई।

वो कुछ कहते इसका हक वो बरसों पहले खो चुके थे। आत्मग्लानि के सिवा कुछ नहीं था।

आई उठी और आवाज लागाई... ''सुनो, मेहमान का कमरा साफ कर दो।''

सारी जिम्मेदारी छोड़ घर से निकल जाना आसान है, लेकिन परेशानियों, मुसीबतों से लड़ते हुए अपने परिवार की ढाल बनना मुश्किल, जो आई ने किया वो आसान नहीं था।

34
प्यारी शकु

अरे! दादा जी, चलो ना जल्दी–जल्दी... ''पोती रिया गुस्से से दादा जी से बोली।''

''अरे! बेटा, तुम लोग खेलो। मैं यही बैठता हूँ। वैसे तुम्हारी दादी कहा है?'' राजेश्वर जी ने रिया से पूछा।

''दादी... ओ दादी, दादा जी बुला रहे है। इधर आओ ना।'' रिया ने जोर से दादी को पुकारा।

शकुंतला जी समुद्र की लहरों में अपनी बहू और बेटे अनुज के साथ फोटो खिंचवाने में व्यस्त थी। पोती की आवाज सुन तुरंत राजेश्वर जी के पास आकर बैठ गई।

पत्नी को टी–शर्ट जींस में देंख वो रोमेन्टिक अंदाज में बोले... ''चलो, फिर से शादी कर ले शकु।''

शर्म से सुर्ख गाल पर हाथ रखते बोली... ''क्या आप भी... दादा बन गए हो, कुछ तो सोच के बोलो...''

कुछ पल रुककर वो बोली... ''वैसे 35 साल पहले तो आपको किसी और से शादी करनी थी ना... मैं तो आपके लायक ही नहीं थी। है ना?''

शकुंतला जी ने उन्हें छेड़ते हुए कहा।

''अरे! तुम भी क्या बात लेकर बैठ गई... आज हमारी एनिवर्सरी है। बच्चों ने अलीबाग लाकर हमे सरप्राईज दिया और तुम? कहाँ के गड़े मुर्दे उखाड़ रही हो।''

मुँह बनाते हुए राजेश्वर जी बोले।

तभी बेटा–बहू और पोती आ गए और सभी शाम तक मुंबई के लिए रवाना हो गए।

कार में शकुंतला जी झपकी लेते–लेते पतिदेव के कंधे पर अपने सिर को झुकाए सो गई।

राजेश्वर जी ने अपनी गर्म शॉल उन्हें ओढ़ा दी।

नजर भर अपनी शकु को देखने लगे। कितनी सौम्य, समझदार और सरल है मेरी शकु... ऐसा सोच वो आज भी अपने पिताजी को याद करते है।

35 साल पहले जवानी का जोश था, अपने गोरे रंग और सुडौल कद काठी का घमंड था राजेश्वर को।

अच्छी नौकरी भी थी फिर राजेश्वर अपने लिए एक ऐसी ही लड़की चाहता था, जो सुंदर, पढ़ी–लिखी और मॉडर्न हो तो उसमें क्या गलत था।

पिताजी उसे समझाते... ''बेटा, जीवन साथी की सूरत नहीं सीरत देखनी चाहिए, जो सुख और दुख में तुम्हारा साथ दे।''

राजेश्वर पिताजी के कहने पर शकुंतला के घर उसे देखने गया था... ''पिताजी, मैं यहाँ आया तो हूँ, लेकिन फैसला मेरा होगा। आप जबरदस्ती ना करना'' राजेश्वर ने पिताजी से स्पष्ट कह दिया था।

घर के आंगन में लगे ढेर सारे पौधे, तुलसी के पौधे के आस–पास बनी रंगोली ने उनका स्वागत किया।

जूते उतारने के पिताजी के इशारे पर राजेश्वर ने अपने काले जूते बाहर निकाले।

घर साफ–सुथरा था, खिड़की से ठंडी हवा आ रही थी, आसमानी रंग के पर्दे बेहद सुंदर लग रहे थे।

पास ही कई सारी किताबें थी। ऐसा लगता मानो घर पर सभी हिंदी साहित्य के शौकीन हो।

राजेश्वर अपने पैर पर पैर चढ़ाकर बैठ गया...।

माँ और पिताजी लड़की के माता–पिता से बात करने में व्यस्त हो गए।

तभी माँ ने राजेश्वर के चेहरे से उसकी बेताबी भाप ली और कहा...''बहन जी बेटी को भी बुला लीजिए।''

करीब 5 मिनट बाद किसी के आने की आहट से राजेश्वर के कान खड़े हो गए और आँखे बड़ी।

स्टील की आयताकार ट्रे में पाँच लाल फूल वाले कप में चाय लेकर लड़की आई।

राजेश्वर ने पिताजी से नजरें बचाते हुए लड़की को देखा और मुँह बना लिया। साधारण नाक–नक्श वाली, सांवली–सी लड़की को देख मानो उसका दिल टूट गया।

लड़की ने सभी को चाय दी।

राजेश्वर ने मन–ही–मन में मना कर दिया। लड़की को एक बार और देखा। अब तो उसे उठकर घर ही जाने का मन करने लगा।

माँ ने जोर देकर और आंखें दिखाते हुए चाय लेने को कहा।

राजेश्वर के पिताजी बात शुरू करते हुए बोले... 'बेटी क्या कर रही हो आजकल?'

लड़की ने मधुर आवाज में जवाब दिया... 'जी, बी.एस.सी. का आखिरी साल है।'

पिताजी ने राजेश्वर से कहा... 'अकेले में बात कर लो।'

लेकिन राजेश्वर ने साफ मना कर दिया। कुछ देर बाद वे लोग घर आ गए। राजेश्वर का गुस्सा सातवें आसमान पर था।

"पिताजी, मैं इस लड़की से शादी नहीं करूंगा। माँ, आप लोग जबरन ले गए थे। ये मेरी पत्नी कैसे बन सकती है? मेरी तो साफ ना है। उनको बोल देना।"

एक ही सास में वो बोल पड़ा।

"बेटा, जल्दबाजी न करो। थोड़ा शान्ति से सोचो।" पिताजी अभी भी उसे समझे रहे थे।

"बेटा, परसों कामिनी के घर जायेंगे। उनका भी संदेशा आया है। उनकी बेटी बहुत सुंदर है।" माँ ने बेटे को अच्छी खबर दी।

पिताजी ने शकुन्तला के पिता को... "एक–दो दिन में बताते हैं" ऐसा कहलवा दिया।

अब की बार राजेश्वर बड़ी आस लगाए लड़की के घर पहुँचा।

कामिनी का घर बहुत ही सुन्दर था। आधुनिक तरह से सजा हुआ था। मेज पर सजी मूर्तियां आधुनिकता की भाषा बोल रही थी।

राजेश्वर की बेचैनी को तुरंत ही दूर किया कामिनी ने। गोरी, छरहरा शरीर, लंबे बाल, नीले रंग की साड़ी पहने वो आ गई।

राजेश्वर की तो तभी 'हाँ' हो गई। मन में लड्डू फूटने लगे। कानों में शहनाई बजने लगी। पंडित के शादी के श्लोक याद आने लगे।

आंखों के सामने कामिनी दुल्हन बनी दिखने लगी। उसके इस रोमांचित स्वप्न से उसे जगाते हुए पिताजी बोले... ''बेटा, कुछ बात करनी है?''

राजेश्वर शरमाया गर्दन हिलाकर हाँ कहा और कामिनी के साथ छत पर आ गया।

कामिनी नीली साड़ी में अप्सरा लग रही थी जिसने राजेश्वर के मुँह पर पट्टी ही बांध दी थी।

दोनों ने कुछ बातें की। जिसमें से राजेश्वर ने सिर्फ हाँ,... जी हाँ, बस इतना ही कहा। बाकी कामिनी ही बोली।

खैर, घर आकर राजेश्वर ने माँ से कहा... ''माँ, कामिनी बनेगी आपकी बहू, चाँद का टुकड़ा लाई हो बेटे के लिए... ऐसा सब बोलेंगे।''

राजेश्वर की खुशी सातवें आसमान पर थी। वो धरती पर आ गिरा जब अगले दिन कामिनी के पिताजी ने 'ना' कहलवा दी।

राजेश्वर को ना कह दे कोई... ऐसा कैसे हो सकता है? उसका अहंकार टूटा।

दो दिन तक घर में मानो मातम–सा छा गया। माँ–पिताजी दोनों समझाने लगे... ''बेटा, सबकी अपनी पसंद है... क्या करे?''

कुछ और लड़कियों की तस्वीर भी दिखाई, लेकिन उन सबमें शकुंतला ही योग्य लगी। बेमन से हाँ कह दी।

दोनों की शादी की शहनाई बजी।

शादी के कुछ दिनों तक राजेश्वर ने शकुंतला से परायों जैसा बर्ताव किया, लेकिन शकुंतला की सरलता, सहजता और प्रेम ने पति का दिल जीत लिया।

शकुंतला एक अच्छी बहू और पत्नी बनी।

करीब डेढ़ वर्ष बाद ही नन्हें मेहमान के आने की खबर भी आ गई।

राजेश्वर अपनी दुनिया में खुश था।

पत्नी को उसने पूरा मान, सम्मान दिया और प्यार तो इतना कि शकुंतला के बिना, खुद की कल्पना भी ना कर पाते।

इसी बीच पिताजी ने चाय पीते–पीते एक दिन बताया कि... ''रामकुमार जी की बेटी कामिनी का तलाक हो गया। कामिनी और उसके पति के बीच विचारों की असमानता ने उनके रिश्ते को तोड़ दिया।''

राजेश्वर को बहुत बुरा लग रहा था। पास खड़ी शकुंतला भी कामिनी के बारे में जानती थी।

घर किसी का भी टूटे ,दुख तो होता है।

आज 35 साल बाद लगता है यदि कामिनी की जगह शकुंतला ने मुझे ना कह दी होती तो? या कामिनी ने हाँ कह दी होती तो क्या होता...?

तभी शकुंतला जी बोली... ''क्या सोच रहे हो जी...? कामिनी के बारे में तो नहीं...!''

राजेश्वर जी मुस्कुराए और बोले... ''यदि हां कहूं तो...''

शकुंतला जी भी उनके साथ हँसने लगी।

35
बह चला मन

वो तीन पुश्तों पुराना सागौन की लकड़ी से बना मजबूत झूला, जो घर के सभी सदस्यों के साथ–साथ घर पर आने वाले हर मेहमान को पसंद आता था।

जिसमें एक पालकी में घूंघट ओढ़े एक दुल्हन और घोड़े पर बैठा दूल्हा और साथ चलते बाराती और शहनाई बजाने वालों का चित्र किसी ने बहुत खूबसूरती से बनाया था। दुल्हन का लाल जोड़ा, दूल्हे का सेहरा बहुत ही सुन्दर लगता था।

छोटा–सा गाँव जिसकी आबादी बहुत ही कम थी । उसमें मनसुख जी का बड़ा–सा घर, जो ''आशीर्वाद'' नाम से जाना जाता था।

मनसुख जी जिनकी उम्र करीब 60–65 वर्ष की, कद 6 फुट के आस–पास था, पत्नी के देहांत के कुछ समय बाद कुछ कमजोर से हो गए थे तन से भी और मन से भी।

दो बड़ी बेटियों का अपनी पत्नी के साथ कन्यादान कर चुके थे। एक छोटी बेटी आशा के हाथ पीले होने बाकी थे।

घर का सबसे छोटा बेटा अनिल, जो मानसिक रूप से कुछ कमजोर था,उसकी चिंता भी मनसुख जी को बेहद सताती थी। मनसुख जी का कपड़े का बड़ा व्यवसाय था।पैसों की कोई कमी नहीं थी।

बेटी आशा की कॉलेज की तीन साल की पढ़ाई पूरी हो चुकी थी।

दोनों बड़ी बहने अक्सर पिताजी से कहती... ''पापा, छोटी की शादी के बारे में क्या सोचा?''

मनसुख जी पत्नी की यादों से बाहर आने की कोशिश करते। बेटे को देख उसके भविष्य की चिंता में घुलते। तब बेटी आशा उनके हाथ को थामती और कहती... ''पापा, मैं हूँ ना... आप निश्चिंत रहिए...''

वक्त कब किसके लिए ठहरता है? पंख लगा उड़ जाता है।

लोगों के सवालों का जवाब दे सके इसलिए आशा ने पढ़ाई रोकी नहीं। डिग्रियां जमा करती रही।

अब तो उसकी सारी सहेलियाँ मातृत्व सुख का भी अनुभव कर चुकी थी, लेकिन आशा अब भी अपने पिता और भाई के लिए पीहर में ही थी।

रिश्तों की जहाँ पहले कोई कमी नहीं थी, अब आशा के लिए महीने दो महीने में मुश्किल से एक रिश्ता आता। वो भी ऐसा, जो पिताजी देखते ही मना कर देते।

भाई की हालत अब खराब होने लगी थी। पिताजी ने खुद को संभाल लिया था। आशा ने बैंक में नौकरी कर ली थी ताकि लोगों के सवालों से और खुद के भी उलझे हुए प्रश्नों से बच सके।

दोनों बड़ी बहनें अब भी आशा के लिए परेशान थी। ढूढ़ती रहती एक योग्य पात्र, जो आशा का हाथ थाम ले।

आशा, अब उम्र के उस पड़ाव में आ चुकी थी जहाँ यौवन की चमक नहीं बल्कि प्रौढ़ता झलकती थी। रेशमी जुल्फें नहीं बल्कि बालों में सफेदी आ चुकी थी। सुंदर काया अब थोड़ी बेडौल हो चुकी थी। चंचलता ने तो आशा से ना जाने कब से रुखसत ले ली थी।

वही हल्के रंग की सलवार कमीज, वहीं मैरून पर्स, वहीं काली चप्पल पहने रोज बैंक जाना और निस्तेज होकर घर लौट आना। आशा के जीवन में कुछ भी नया नहीं था।

आज बारिश बहुत तेज थी, बिजली कुछ यूं चमक रही थी कि मानो टूट पड़ेगी। बादलों की गरज न जाने क्या संदेशा दे रही थी।

अपने पर्स को संभालती, बैंक के कांच के दरवाजे से बाहर को निहारती आशा परेशान थी कि घर कैसे पहुंचेगी?

सुबह तो धूप खिली थी, कोई भी छाता नहीं लाया था।

एक–एक कर लोग अपने घर तक जाने के लिए एक–दूसरे से मदद ले रहे थे।

आशा और दो–तीन अधिकारी ही बचे थे अब बैंक में।

अपनी भूरे रंग की चुन्नी उसने और सलीके से ओढ़ ली और परेशान होकर फिर बाहर ताकने लगी कि कोई ऑटो मिल जाए।

इक्के–दुक्के ऑटो दिखे लेकिन सभी सवारी लिए थे।

एक कदम उसने बाहर निकाला ही था बारिश ने उसे भिगो दिया। फुर्ती से अंदर आ गई।चुन्नी को सुखाने लगी।

बाल भी गीले हो गए। पर्स से रुमाल निकाल पोंछने लगी कि तभी चाय का गिलास लेकर कोई सामने आया।

"आशा जी, लीजिए चाय पी लीजिए, ये आखिरी ही है। अब नहीं मिल पाएगी।"

सफेद कमीज और काली पतलून पहने दीपक, आशा का सहकर्मी मुस्कुराता हुआ बोला।

"जी, थैंक्यू। आप घर नहीं गए?"

चाय के गिलास को बड़े ध्यान से पकड़ते हुए उसने दीपक से पूछा।

"जी, आज गाड़ी नहीं लाया था, सुबह दोस्त ने छोड़ दिया था। अब तो बहुत मुश्किल हो गई।" चाय का आखिरी घूंट पीते हुए दीपक बोला।

"क्या कोई ऑटो, बस नहीं मिलेगी घर पहुंचने के लिए?" अधीर आशा ने चाय के गिलास को मेज पर रखते हुए पूछा।

"लगता तो नहीं आशा जी, मुश्किल है। फोन भी बन्द हो गए हैं। बिजली भी चली जाएगी जल्दी। आप कहाँ रहती है?" दीपक ने अपने दोनों हाथ अपनी पतलून की जेब में डालते हुए पूछा।

घड़ी में समय देखते हुए आशा बोली... "घर तो पास ही है, लेकिन आज तो वो भी मीलों दूर लग रहा। अशोक चौंक में आशीर्वाद।"

"आशीर्वाद! वो आपका घर है?" चौंकते हुए दीपक ने पूछा।

आशा ने पर्स में से एक डिब्बी से तीन–चार इलायची निकाली और दीपक को देते हुए बोली... "आप लेंगे? आप वैसे कहा रहते है?"

दीपक ने आशा के हाथ से एक इलायची उठाई और खाते हुए बोला... ''बस आपके पीछे ही... वाक्य को सही करते हुए फिर से बोला... मेरा मतलब आशीर्वाद के पीछे ही मेरा घर है।''

इलायची की डिब्बी वापिस रखते हुए आशा मुस्कराई और बोली... ''अच्छा, मुझे तो पता ही नहीं था।''

दोनों की बातें चल ही रही थी कि बिजली भी चली गई।

बैंक के दो और लोग भी निकल गए।

आशा और दीपक अब और मुश्किल में थे।

''मैं बाहर जाकर देखता हूँ, आशा... सॉरी आशा जी...''

बैंक का दरवाजा खोलते हुए दीपक बोला।

''आप भीग जायेंगे, बहुत तेज बारिश है। मत जाइए।''

फिकर दिखाते हुए आशा ने दीपक को रुकने को कहा।

''बारिश और तेज होगी, हमें निकल जाना चाहिए, वरना फँस जायेंगे।'' अपनी काली पतलून को घुटने तक मोड़ते हुए दीपक बोला।

बैंक में अंधेरा होने लगा था, आशा अब थोड़ी डर भी रही थी।पर्स और अपनी चुन्नी को संभालते हुए बोली... ''ध्यान से दीपक जी, पानी बहुत भर गया है आगे।''

करीब 15 मिनट बीत गए आशा अब भी दीपक का इंतजार कर रही थी। एक पल ये भी लगा कि वो घर ही चला गया होगा।

बैंक को बंद करने की जिम्मेदारी जिसकी थी वो भी चाबी आशा को थमा चला गया था।

बैंक को बन्द कर उसे भी निकल जाना चाहिए। ऐसा सोच वो आगे बढ़ रही थी कि तभी आवाज आई... आशा, आशा जी, चलिए... यहाँ देखिए, जल्दी आइए...

दीपक एक ऑटो से उसे पुकार रहा था। अंधेरे में कुछ दिखाई नहीं दे रहा था।

आशा ने नजर घुमाई और देखा तो वो दीपक था।

आशा तुरंत बैंक बन्द करने लगी कि तभी उसके कंधे पर किसी ने हाथ रखा। वो चौंक गई।

दीपक ने हड़बड़ाते हुए कहा... ''आशा जी, आप ऑटो में बैठिए, ये मैं करके आता हूँ।''

आशा उसे दो पल निहारती रही। एक अजीब से एहसास के साथ वो झट से चुन्नी से सिर को ढंकते हुए ऑटो में जाकर बैठने लगी कि देखा उसमें कोई और भी था।

वो रुक गई। तभी दौड़ता हुए दीपक आया...।

''अरे! चलिए, बैठिए ना। अंदर बैठिए, बाहर पानी से आप भीग जाएगी।''

आशा तुरंत बैठ गई मानो दीपक का इस तरह उसकी फिक्र करना उसे अच्छा लगा दीपक कोशिश कर रहा था कि आशा को तकलीफ ना हो।

आशा को घर पहुंचने की जल्दी थी, लेकिन दीपक के साथ वो सुरक्षित महसूस कर रही थी।

जैसे–तैसे ''आशीर्वाद'' पर ऑटो को दीपक ने रुकवाया और पहले खुद उतर कर ऑटो का वो काला मोटा कपड़ा जो ऑटो में लगा था उसे हटाया ताकि आशा उतर सके।

''थैंक्स दीपक... दीपक जी...। कितने पैसे देने है ऑटो वाले को?''

भीगते हुए उसने पूछा।

''आप घर जाइए। मैं देख लूँगा।'' कहकर वो वापिस बैठ गया और ऑटो वाले को चलने को कहा।

लगभग पूरी ही भीग चुकी थी आशा। घर पर पिताजी परेशान थे। आशा ने जल्द ही कपड़े बदले। चाय बनाई। पिताजी को सारी बात बताई।

पिताजी ने कहा... ''चलो, अच्छा हुआ। भला हो उस लड़के का।''

चाय पीते–पीते आशा को दीपक की याद आने लगी।

रात के बाद अगली नई सुबह आशा के लिए अलग–सी थी।

रोज की तरह आज भी वह सही समय पर बैंक पहुंच गई।

उसकी नजर, लेकिन दीपक को तलाश कर रही थी। लंच टाईम हो गया, लेकिन दीपक अब तक ना आया।

रोज अकेले ही टिफिन खानेवाली आशा आज अन्य बैंक सहकर्मियों के पास आकर बैठ गई।

मौका तलाश कर रही थी कि किसी से पता चले कि दीपक क्यों नहीं आया...?

''आशा जी, कल आप आराम से पहुँच गई थी ना घर?'' सरिता ने अपना स्टील का डिब्बा बंद करते हुए पूछा।

''हाँ, हाँ... वो दीपक जी की मदद से पहुँच गई थी, लेकिन वो आज आए नहीं शायद।'' सवाल के जवाब के साथ उसने अपना भी सवाल पूछ लिया।

''अरे, वो तो आज छुट्टी पर है। घर लिया है उसने, उसका रजिस्ट्रेशन है आज।'' तिवारी जी भी खाना खत्म कर, पानी पीते हुए बताने लगे।

आशा का काम हो गया था, आज दीपक को नहीं मिल पाएगी ये सोच दुखी हो गई। जैसे–तैसे शाम हुई। घर पहुँची।

रात को अकेले बहुत देर तक खुद से ही पूछती रही... ''क्यों मैं दीपक को मिलने के लिए बेचैन हो रही हूँ?'' जवाब जानती थी, लेकिन मानी नहीं।

अगले दिन आशीर्वाद के सामने खड़े होकर रिक्शा आने का इंतजार कर रही थी कि दीपक सामने से आता दिखा। उसे देख उसके चेहरे पर एक मुस्कान आ गई।

''बधाई हो दीपक जी नए घर की। मिठाई कहाँ है।'' बेतकल्लुफ होकर आशा ने दीपक से कहा।

''अरे! आशा... आशा जी... अभी तो समय है सालभर लगेगा।'' दीपक ने जवाब दिया।

तभी एक ऑटो आया... दीपक ने कहा... ''आप चलिए, मैं आता हूँ।''

"आप, बैंक नहीं आ रहे?" आशा ने पूछा।

"मैं, दूसरे ऑटो से आ जाता हूँ।" उसने जवाब दिया।

तभी ऑटो वाला बोला... "चलिए, भैया जल्दी करिए।"

आशा तुरंत सीट पर खिसकते हुए बोली... "चलिए, आ जाइए, एक ही जगह तो जाना है।"

दोनों साथ बैंक पहुँच गए।

आशा को दीपक के साथ कुछ भी अजीब नहीं लगा।

उसने उसका धन्यवाद किया।

बातों–बातों में पता चला था कि घर के लिए दीपक ने बैंक से ही लोन लिया है। अभी एक किराए के घर में अपनी माँ के साथ रहता है। पिताजी का स्वर्गवास कुछ महीने पहले ही हुए था।

आशा अपना काम कर रही थी कि तभी उसकी नजर दीपक के लोन की फाईल पर पड़ी। उसने उसे उठाया और देखने लगी। उसने देखा कि दो दिन बाद दीपक का भी जन्मदिन है, वो बहुत खुश हो गई, लेकिन उसने ध्यान से देखा तो पता चला कि दीपक उससे करीब दो साल छोटा था। उसने फाईल आगे भिजवा दी।

वो सोच में पड़ गई कि उसे दुख क्यों हो रहा है...?

दीपक उसका सिर्फ दोस्त ही तो है। शायद आशा ने उसे दोस्त से ज्यादा समझना शुरू कर दिया था। उसने खुद को समझाया। नॉर्मल रहने की कोशिश की।

दीपक को सभी बधाई दे रहे थे, तभी एक मित्र ने कहा... "परसों तो दो लोगों को पार्टी देनी पड़ेगी, आशा जी और दीपक जी दोनों का जन्मदिन जो है।"

दीपक ने आशा की तरफ देखा और मुस्काते हुए बोला... "अरे! वाह! आशा जी का भी है क्या...?"

आशा ने सिर हिला दिया।

दो दिन बाद सुबह–सुबह फोन की घंटी बजते ही आशा ने फोन उठाते हुए कहा... "हाँ... दीदी... थैंक यू सो मच... सबसे पहले तुम्हीं फोन करती हो।"

सामने से आवाज आई... "आशा जी, मैं दीपक बोल रहा हूँ... शायद आप नींद में नंबर देखना भूल गई। जन्मदिन की बहुत–बहुत बधाई आपको आशा... आशा जी..."

आशा तुरंत उठ कर बैठ गई। वो झेंप गई और बोली... "ओह! माफ करिए। मुझे लगा दीदी का फोन है। आपको भी जन्मदिन की बहुत–बहुत बधाई। एक्चुली हर साल दीदी ही सबसे पहले फोन करती है तो मुझे लगा उनका ही होगा।"

उसने बालों को संवारते हुए पूछा

"आप हर बार आशा... आशा जी क्यों बोलते है... सिर्फ आशा भी बोल सकते है।"

दीपक हँस पड़ा।

बोला... "चलिए, ठीक है। बैंक में मिलते हैं।"

आज आशा अपने जन्मदिन पर खुश थी। उसने दिल में, जो बात आई थी उसे भूला दिया। दीपक को सिर्फ एक दोस्त मान लिया।

बैंक में पहुंची तो दीपक पहुंच चुका था। वो काले रंग की शर्ट में आज बहुत ही स्मार्ट दिख रहा था।

आशा के आते ही वो मुस्कुराया और सभी के मुबारकबाद देने के बाद उसके पास आया और एक गुलाब का फूल बढ़ाते हुए बोला... "हैप्पी बर्थडे आशा।"

आशा सकपका गई। इस तरह फूल कैसे ले लेती... इसलिए तुरंत फूल को उसकी ही ओर किया और बोली "आपको भी दीपक।"

तिवारी जी बीच में बोले... "अरे! आप लोग आज लंच पर हम सबको ले जाइए ना, दोनों मिलकर बिल चुका देना?"

सभी हँस पड़े।

अनुराधा जी बोली... "सब तो ना जा पाएंगे। बहुत काम है। बड़े साहब भी आ सकते हैं। आप दोनों चले जाइए। हम फिर कभी चलेंगे।"

दीपक ने आशा की तरफ देखा और इशारों में पूछा।

आशा ने कहा... ''ठीक है, जो आ सके चलिए। आज की ट्रीट मेरी तरफ से।''

दीपक और आशा दोनों ही होटल पहुंचे। बाकी ने मना कर दिया।

दोनों को एक–दूसरे का साथ अच्छा लग रहा था।

आशा ने दीपक से पूछा... ''घर बनते ही शादी भी कर लो।''

दीपक ने सूप पीते हुए कहा... ''आप कर लीजिए ,हम भी कर ही लेंगे।''

दोनों हँसने लगे।

आशा बोली... ''मेरी शादी का इन्तजार करेंगे तो कुंवारे ही रह जायेंगे।''

दीपक ने वेटर को खाने का ऑर्डर दिया और आशा से कहा... ''आपकी कोई खास पसंद है क्या?''

आह भरते हुए आशा बोली... ''जनाब, मेरी उम्र हो गई है। अब ना होने की शादी।''

दीपक ने पापड़ खाते हुए मजाकिया अंदाज में कहा... ''फिर तो हम भी क्या करेंगे।''

''आपको तो कोई भी अच्छी लड़की मिल जाएगी।''

''आशा, मैं आपको कैसा लगता हूँ?'' दीपक ने अचानक ही पूछ लिया

''जी, जी... मैं क्या कहूं...'' आशा नजरें चुराते हुए बोली।

''अब देखिए आपको तो मैं पसंद नहीं फिर कोई और कैसे करेगा? मोहतरमा हमसे शादी?'' दीपक आशा को देखते हुए बोला।

''दीपक... अ ऐसी बात नहीं है''। टिशू पेपर से अपने होंठ साफ करते बोली।

''तो फिर क्या बात है? तुम ही बताओ ना आशा।'' दीपक ने आशा की ओर देखते हुए पूछा।

''दीपक, तुमको कोई भी लड़की मिल जाएगी।'' आशा ने आंखें चुराते हुए कहा।

"यदि मैं कहूं कि तुम मेरी पसंद हो तो..." दीपक ने आखिरकार अपने प्यार का इजहार कर ही दिया।

गहरी सांसें लेते हुए आशा ने कहा... "दीपक, ये नहीं हो पाएगा, तुम्हें शायद नहीं पता कि मैं तुमसे उम्र में बड़ी हूँ।"

दीपक ने एक बड़ी–सी मुस्कान के साथ आशा के हाथ पर अपना हाथ रखा और बोला... "ओह! ये बात है, तुम इसलिए परेशान हो।"

आशा ने झट से हाथ हटा लिया और कहा... "मजाक नहीं है ये सब दीपक।"

तभी वेटर आया...

दीपक ने बिल चुका दिया।

आशा होटल से सीधे घर आ गई।

पापा दुकान में थे और भाई अपने कमरे में।

अपने उसी हाथ को सहलाने लगी जिसे दीपक ने थामा था और झूले में बनी उस डोली में बैठी दुल्हन और उस दुल्हे को देखने लगी... उसके लिए सब कुछ बहुत मुश्किल था।

अपने पिताजी के लिए वो अब तक शादी के प्रस्ताव ठुकरा देती थी, लेकिन अब पिताजी को आशा की शादी की चिंता होने लगी थी।

तभी फोन की घंटी बजने लगी। आशा का दिल जोर से धड़कने लगा न जाने कौन होगा...?

कहीं दीपक तो नहीं?

फोन उठाया तो उसकी बड़ी बहन का फोन था।

"बहुत बधाई आशा... बैंक फोन किया था तो पता चला तू घर आ गई।"

आशा ने खुद को संभाला... बोली "हाँ दीदी, मैं घर आ गई। आप बताओ।"

दीदी, आशा की आवाज से समझ गई कि कुछ तो हुआ है।

आशा, दीदी को माँ जैसा मानती थी। उनसे कैसे छुपाती...

सब बता दिया...

"अरे! पगली, सब कुछ अच्छा तो है। तू उसे ना क्यों कह रही है। आजकल उम्र का अंतर कौन देखता है... जब लड़के को कोई परेशानी नहीं तो तू क्यों सोचती है? रुक मैं पापा से बात करती हूँ। पहली बार तेरे साथ इतना अच्छा हुआ और तू..." ऐसा कहकर दीदी ने फोन रख दिया।

आशा फोन रख फिर उसी चित्र को निहारती रही।

रात पापा दुकान से घर आ गए।

आशा उनके हाथों मे दो थैले देख बोली... "ये सब क्या ले आए, दीजिए मुझे।"

पिताजी ने थैले आशा को दिए और कमरे में जाते हुए बोले... "जरा चाय चढ़ा दे बेटा।"

आशा अभी थैले रसोई में रख चाय का पतीला ले ही रही थी कि घंटी बजी।

वो सोचने लगी कि कौन होगा? और दरवाजा खोला... तो आश्चर्य से उसका मुँह खुला का खुला रह गया।

कुछ बोल ही ना पा रही थी।

तभी पिताजी कुर्ता बदलकर कमरे से बाहर आए और बोले... "आशा, जमाई जी को अंदर नहीं बुलाओगी? तेरी दीदी ने सब बताया मुझे और दीपक से बात हुई शाम को..."

आशा दौड़कर अंदर चली गई।

दीपक और उसकी माँ को सम्मान के साथ पिताजी ने अंदर बुलाया और कुछ देर में आशा भी चाय लेकर आ गई।

दीपक उसी झूले में बैठा था और आशा को देख रहा था।

दीपक की माँ ने आशा का हाथ पकड़ा और दीपक के बाजू में बैठा दिया और बोली... "तुम यहाँ बैठो.. तुम ही तो दीपक की आशा हो।"

आज आशा उसी सागौन के झूले पर अपने दीपक के साथ बैठी बहुत सुंदर लग रही थी।

36
ना डोली ना पीहर

अभी तो सूरज देवता भी अंगड़ाई ले रहे थे कि घर की घंटी बजते ही शोभा हड़बड़ाई।

हाथ से लाइट के बटन को टटोला और पास पड़ी घड़ी को उठा समय देखा तो घड़ी में अभी सिर्फ 6 ही बजे थे। उतने में फिर से घंटी बज गई।

शोभा ने अपनी भूरे रंग की सूती मैक्सी संभाली, पास पड़ी कुर्सी पर रात को यूं ही बेतरतीबी से फेंकी हुई शॉल उठाई और ओढ़ ली और फुर्ती से दरवाजे की ओर चल दी।

दरवाजे के पास कुछ डरती हुई पहुंची ही थी कि हंसने की आवाज से समझ गई कि उसकी सहेलियां है।

अपने उलझे काले बालों को, जो परसों तक सफेद थे जिन्हें रंजू ने डाई लगाकर कोयले–सा काला कर दिया था हाथों से ठीक किए और दरवाजा खोला।

"हैप्पी बर्थडे शोभा, सो रही थी?"

बधाई के साथ बेतुका–सा सवाल पूछा आरती ने।

"अरे! आज तो खास दिन है फिर भी...ये लो दीदी हम सब की तरफ से जन्मदिन का खास तोहफा।"

बगीचे के 5–6 गुलाब को इकट्ठा कर साटिन रिबन से बांधकर गुलदस्ता बनाकर संतोषी ने शोभा के हाथ में देते हुए कहा।

शोभा उन्हें अंदर बुलाए उसके पहले ही आरती बोली... "शोभा तुम जल्दी तैयार हो जाओ, बाकी सब भी सुबह–सुबह ही आ जायेंगे बधाई देने।"

छोटे शहर के लोगों की आत्मीयता दिल को छू जाती है क्योंकि उनका दिल बहुत बड़ा होता है।

शोभा के चेहरे पर बड़ी–सी मुस्कान थी। आज का दिन साल का सबसे खास दिन होता है शोभा के लिए। आज वो अपना 65 वाँ जन्मदिन मनाने वाली थी।

शोभा की सहेलियां बाते करती–करती चली गई और शोभा उन सुंदर फूलों के गुलदस्ते को देखने लगी।

गुलाब के फूल की नाजुक पंखुड़ियों को अपनी उंगली से महसूस करने लगी कि तभी फोन की घंटी बजी।

तुरंत दरवाजा बन्द किया और भीतर गई।

गुलदस्ते को मेज पर रखते हुए फोन उठाने गई ही थी कि फोन बंद हो गया था। फोन पर नंबर देख सोचने लगी किसका फोन था? नंबर सेव नहीं था।

फिर बिस्तर पर ही बैठ गई ।ढेर सारी शुभकामनाएं फोन पर मिली थी।

सभी को धन्यवाद करते–करते 15 मिनट बीत गए।

नजर घड़ी पर पड़ी तो फोन बन्द कर वह घर साफ करने में जुट गई।

एक तरफ फीकी चाय गैस पर चढ़ा दी और दूसरी तरफ झाड़ू लेकर अपने घर को झाड़ लिया।

रह–रहकर उस बिना सेव किए नम्बर के बारे में सोच रही थी कि कौन है? किसका नंबर है?

चाय उबल चुकी थी, अपने सफेद मग में चाय छानी और फिर फोन लेकर बैठ गई।

अन्जान नंबर से जन्मदिन मेसेज पढ़ वो हैरान हुई...।

लिखा था

'शोभा'

"जन्मदिन की बहुत–बहुत बधाई। फोन किया था तुमको, शायद तुम सो रही होगी।"

अब तो शोभा और ज्यादा विचलित हो गई, कि कौन है ये?

बेचैनी बढ़ रही थी,सोचा खुद ही पूछ लूं कौन है,फिर लगा बाद में देखती हूँ।

एक बार फिर घर के काम में लग गई।

स्नान कर उसने हल्के हरे रंग की अपनी पसंदीदा साड़ी पहन ली।

बालों का ढीला–सा जुड़ा बनाया। मेज के गुलदस्ते से एक गुलाबी फूल निकाल जुड़े में लगा लिया।

खुद को आईने में देख खुद से ही मन ही मन पूछने लगी... ''कैसी लग रही हूँ मैं?''

एक बार को लगा कि... काश! जवाब देने के लिए कोई होता... पूरी जिन्दगी अकेली ही रह जाएगी ये कब उसने सोचा था।

कभी डोली ना उठ सकी, बाबुल का आँगन भी छूट गया।

सारे रिश्ते एक पल में धराशायी हो गए थे।

अकेले ही खुद को संभाला।

आज भी उस दिन को याद कर दुबारा याद ना करने की कसम खाती है।

भाभी के भाई के साथ शोभा का रिश्ता जोड़ा था पिताजी ने, लेकिन दूल्हा मंडप तक नहीं आया बल्कि अपनी प्रेमिका के साथ भाग गया।

पिताजी कन्यादान करने की तैयारी में बैठे रहे। समाज में अपनी पगड़ी उछलती देख सदमा बर्दाश्त ना कर पाए और हार्ट अटैक से सारी पीड़ा से मुक्ति पा गए।

बेसुध–सी माँ–बहू को कोसती रही। बिन ब्याही बेटी की हालत देख खुद ही बीमार हो गई। अपने सुहाग को खोने का दुख उनकी जुबान से जहर ही उगलवाता। बेटी की चिन्ता पिता की चिता बन गई।

भाभी इतने ताने कैसे सुनती? मायके चली गई।

भाई के घर को तोड़ने का इल्जाम लगा शोभा पर।

तब से शोभा ने सारे रिश्तों को तिलांजलि दे दी।

तब से भाई और माँ से दूर रहने लगी।

एक नौकरी मिल गई, अपना खर्चा खुद उठाया, धीरे–धीरे अतीत को भूल वर्तमान में जीने लगी, बहुत मित्र बने,उनके साथ ही हंसना बोलना सीख गई।

एक छोटा–सा घर भी बना लिया।

भाई, भाभी को मना कर घर ले आए थे।

कुछ साल पहले माँ चल बसी थी।

भाई के बहुत कहने पर शोभा वहाँ गई थी। वो शायद आखिरी बार ही था।

आज वो बहुत आगे निकल आई थी।

दफ्तर के काम को उसने अपना साथी बना लिया था।

तभी दरवाजे पर दस्तक हुई।

शोभा हड़बड़ाई और दरवाजे की तरफ आई।

दरवाजा खोला तो...

जन्मदिन की ढेरों शुभकामनाएँ शोभा जी ''ऐसा कहती हुए एक हम उम्र महिला ने अपना हाथ बढ़ाया।''

शोभा उस अन्जान चेहरे को देख अचरज में पड़ते हुए बोली... ''जी, मैंने पहचाना नहीं आपको।''

जी, हम एक–दूसरे से पहली बार मिल रहे हैं।

मुझे आपसे बहुत जरूरी काम है, क्या आप मेरी मदद करेंगी?

शोभा ने ना 'हाँ' कहा और ना ही 'ना'।

उन्होंने पूछा... ''जी, आप अपना परिचय तो दीजिए।''

उस महिला ने कहा... ''आज आपका जन्मदिन है और आज आपको कोई और भी मिलना चाहता है।''

आप मेरे साथ चलिए।

ऐसे किसी अन्जान के साथ वो कैसे चल देती।

उस महिला ने शोभा की भाभी का नाम लिया और अपने साथ चलने के लिए मना लिया।

उन्होंने घर की चाबी, मोबाइल लिया और दरवाजा बंद कर चल दी उसके साथ।

शायद अपनेपन का कोई एहसास था।

शोभा को वह महिला एक घर में लेकर आई जहाँ एक वृद्ध पलंग पर लेटा हुआ था।

कमरे में अस्पताल की ही तरह एक दो मशीन भी थी।

शोभा ने देखा वहाँ उसकी भाभी भी बैठी थी जिसे देखे काफी साल हो चुके थे।

शोभा कुछ कहती या कोई प्रतिक्रिया देती कि तभी उस वृद्ध आदमी ने आँखें खोली... ''शोभा, तुम आ गई क्या?'' ऐसा उस वृद्ध ने पूछा।

शोभा आश्चर्य से उसे देखने लगी कि कौन है ये और मुझे क्यों पुकार रहा है?

उस आदमी ने शोभा से कहा... ''मुझे माफ कर दो शोभा। आखिरी सांसें ले रहा हूँ। जान अटकी थी क्योंकि तुमसे माफी माँगनी बाकी थी।''

कहते हुए उसकी सांसें फूलने लगी।

भाभी ने उस वृद्ध से कहा... ''भैया, मत बोलो ना... तुम आराम करो। शोभा यही है।''

शोभा के कदम पीछे हो गए।

वो वृद्ध और कोई नहीं, भाभी का भाई संजय था।

संजय ने फिर बोलना शुरू किया... ''शोभा, मैंने तुम्हारा जीवन बर्बाद किया, मेरी एक गलती से सब खत्म हो गया। तुमने अपने माता–पिता, भाई सबको खो दिया...।''

वो आत्मग्लानि से भरा हुआ था।

वो महिला संजय की पत्नी थी, जो शोभा को लेकर आई थी।

उस महिला ने शोभा के सामने हाथ जोड़ते हुए कहा... ''शोभा जी, आप इन्हें माफ कर दीजिए, जिन्दगी भर ये बोझ अपने सीने में लिए रहे। मुझसे प्रेम किया और मुझसे शादी करने के लिए वो आपको शादी

के मंडप में अकेला छोड़ आए थे। कई बार आपका जिक्र होता, सोचते भी कि आपसे मिले, लेकिन हिम्मत ना होती। पिछले तीन–चार साल से ये बिस्तर पर ही है। इलाज के लिए इन्हें यहाँ लाए थे, लेकिन कोई फायदा नहीं। आज आप इन्हें माफ कर इन्हें मुक्त कर दीजिए वरना यूं ही तड़पते रहेंगे।''

शोभा अभी भी कुछ भी कह पाने की स्थिति में नहीं थी।

आज ईश्वर ने कैसा दिन दिखाया यही सोच रही थी?

जिस इन्सान को ताउम्र कोसा, आज उसे माफ कर देने को कहा जा रहा है।

कैसे?

तभी एक छोटी बच्ची रोते हुए आई और शोभा से बोली... ''क्या आप बड़ी डॉक्टर हो? दादा जी ठीक हो जायेंगे ना...''

शोभा की आंखों से आँसू बहने लगे... गहरी सांस लेते हुए वो संजय के पास पहुँची। संजय के हाथ पर अपना हाथ रख बोली...।

''मैंने... तुम्हें माफ किया संजय। तुम आराम करो।''

तभी संजय की अंतिम सांस, जो अब तक अटकी हुई उसे तड़पा रही थी निकली।

वो मुक्त हो गया।

कहीं कोई शोर नहीं... सब शांत हो गया था।

शोभा के लिए ये जन्मदिन किसी के लिए मुक्ति का दिन बन गया।

37
हार में जीत

पाँच सितारा होटल के भव्य पार्टी हॉल में आज मानो सिर्फ रवीश का ही नाम गूंज रहा था। रवीश ने आज ना केवल अपने माता–पिता की, बल्कि पूरे खानदान की नाक ऊंची कर दी।

देश की सबसे मुश्किल परीक्षाओं में से एक परीक्षा में इतने अच्छे अंकों से पास होकर राज्य में पहला स्थान प्राप्त करना कोई खेल नहीं था। माता–पिता और शिक्षकों के मार्गदर्शन के साथ–साथ रवीश की दिन–रात की मेहनत आज रंग लाई थी।

पार्टी में सभी रवीश को घेरे हुए थे। रवीश इतनी भीड़ में खुद को असहज महसूस कर रहा था। वो चाहता था कि आज वो अपने दोस्तों के साथ समय बिताए, जिनसे वो पिछले दो साल से मिला तक नहीं, लेकिन रवीश के लिए रखी पार्टी में उसे तो आना ही पड़ा।

"बेटा, कॉन्ग्रेचुलेशन... बहुत बढ़िया। प्राउड ऑफ यू।" राजन अंकल ने रवीश की पीठ थपथपाते हुए कहा।

"रवीश, कितने घंटे पढ़ते थे तुम? हमारे बच्चों को भी बताओ। क्या स्ट्रेटजी थी तुम्हारी? क्या रूटीन था?" सुनीता आंटी ने तो मानो इंटरव्यू ही ले डाला।

काले सूट में रवीश के पिता और हैंडलूम की साड़ी पहने उसकी मम्मी आज मानो फूले न समा रहे थे। पिछले दो सालों से रवीश जिस लक्ष्य के लिए मेहनत कर रहा था आज वो सफल हो गया था।

बधाई संदेश बंद ही नहीं हो रहे थे। फोन पर फोन आ रहे थे। रात के दो बज चुके थे। पार्टी के बाद घर पर भी मानो जश्न का माहौल था।

अगले एक हफ्ते में तो शहर की जिस कोचिंग में वो पढ़ा था उसके पोस्टर लग गए रवीश की बड़ी–सी फोटो के साथ।

अखबार में उसके इंटरव्यू आ गए। यू–ट्यूब पर सैंकड़ों चैनल पर उसे दिखाया गया।

एक महीना बीत गया। अब वो दिन आ गया जब देश के बेहतरीन कॉलेज में उसे जाना था।

रवीश खुश था कि दो साल घर में कैद रहकर आखिरकार, आज उसे आजादी मिलेगी।

आजादी के साथ–साथ उसके कंधों पर था हर परीक्षा में टॉप करने का बोझ।

कंधे पर इस बोझ को लादे वो जैसे ही कॉलेज पहुँचा उसे लगा मानो ये तो उसका सपना था ही नहीं। आगे कुआँ पीछे खाई वाली परिस्थिति हो गई।

''हैलो, रवीश। यार, तुम तो टॉपर हो। हम सब तुम्हारे सामने कुछ नहीं है। तुम तो सिर्फ पढ़ाई करते होगे ना।''

कॉलेज के कुछ लड़के अक्सर उसे ऐसा ही कहते।

रवीश सिर्फ मुस्कुराता और बात बदल देता।

पहले तीन महीनों में कुछ दोस्त बन गए। उनके साथ उसका भी खूब मन लगता था, लेकिन पढ़ाई में उसका बिल्कुल दिल नहीं लगता। किताब हाथ में लेता और मोबाईल पर कुछ और ही देखता रहता।

पहली परीक्षा की तारीख आ गई।

''रवीश, देखो अपने प्रोफेसर्स को निराश मत करना। बेस्ट करना। खूब मेहनत करना।'' मम्मी–पापा का दिन में दो बार फोन आने लगा।

रवीश ने जैसे–तैसे परीक्षा दे तो दी, लेकिन नंबर बहुत ही कम आए। सारे प्रोफेसर्स और दोस्त सभी को आश्चर्य हुआ। दूसरी तरफ मम्मी और पापा की हिदायतें आने लगी।

क्लास के दोस्तों ने भी व्यंय करना शुरू कर दिया। ''भाई, टॉपर कैसे बना ये?''

"कुछ तो गड़बड़ है।"

रवीश के लिए कम नंबर का आना उसके लिए मानसिक परेशानी बन गया।

रवीश ने फिर से खुद को एक कमरे में बंद कर लिया। खूब कोशिश की उसने कि जो भी पढ़ाया जाए वो उसे याद हो जाए, लेकिन परिणाम शून्य।

उसका मन ही नहीं लगता, लेकिन किससे कहे? कैसे कहे?

जिस कॉलेज में पढ़ने के लिए लोग तरसतें हैं वो वहाँ था और अब उसे कुछ और चाहिए था, लेकिन रवीश ने चुप्पी साधी। कुछ नहीं बोला।

दूसरी परीक्षा में तो वो फेल ही हो गया, जो मम्मी–पापा को तो मानो अमान्य ही था। उसकी मनोदशा कौन समझता?

पापा उसे घर ले आए। उससे बात की वजह पूछी।

"बेटा, क्या बात है? कोई दिक्कत है? क्या परेशानी है?" पापा ने पूछा।

"सबसे बेस्ट कॉलेज में हो, हमने क्या कमी रखी बताओ तो सही, क्या चल रहा है तुम्हारे मन में? पहले ही बता देते तो दो साल इतनी मेहनत हम भी न करते।"

मम्मी की बातों में गुस्सा था।जो आम प्रतिक्रिया ही थी।

रवीश अब भी चुप था।

रात को रवीश के मम्मी–पापा ने रवीश को किसी मनोवैज्ञानिक के पास ले जाने की सोची। वे भी परेशान थे। वे रवीश को समझने की कोशिश कर रहे थे। अनेक विचार मन में आ रहे थे।

"सुनिए, कही कॉलेज में कोई रैगिंग तो नहीं हुई?"

"कही, वो किसी लड़की के साथ प्रेम में तो नहीं?"

"गलत संगत में भी हो सकता है।"

मम्मी के दिमाग में रवीश की इस अवस्था के बारे में अनेक विचार आ रहे थे।

"देखो, हमें बहुत सोच–समझकर आगे बढ़ना होगा। तुम्हें मालूम तो है आजकल के बच्चे जोश में गलत कदम उठा लेते हैं। कुछ समय उसे यही रहने देते हैं। कहीं हमारी जल्दबाजी की वजह से हम अपना बच्चा ना खो दे।"

रवीश के पापा ने समझदारी दिखाते हुए कहा।

उनका काबिल बेटा आज निराश, हताश, परेशान और नाराज था। इसकी क्या वजह थी कोई समझ नहीं पा रहा था।

रवीश का दिल बहले, ये सोचकर वे सभी अपने मित्र धीरज के घर डिनर के लिए गए।

धीरज का घर दूसरे घरों से अलग था। बैठक में एक किनारे पर एक सितार, हारमोनियम और एक तबला रखा हुआ था।

रवीश खुश लग रहा था क्योंकि वहाँ उसे कोई भी उसकी पढ़ाई को लेकर बात नहीं कर रहा था।

रवीश ने पूछा... "धीरज अंकल, ये सितार आप बजाते है?"

"अरे! नहीं, नहीं... मैं तो गाने लिखता हूँ। मेरे मित्र उस गाने पर धुन बनाते हैं। हम सब एक साथ काम करते हैं। शनिवार को वे आते हैं और हम गाना तैयार करते हैं। हाल ही मैंने एक गाना लिखा है अब उसकी धुन बनायेंगे। भई, हम ठहरे पुराने लोग, इसलिए धुन भी पुरानी ही अच्छी लगती है। आजकल तुम बच्चों को तो फास्ट म्यूजिक पसंद है वो सब हमें नहीं आता।"

धीरज ने रवीश को बताया।

"अंकल, आप मुझे गाना देंगे? मैं कोशिश करता हूँ।" रवीश ने पूछा।

"अरे! बिल्कुल। ये लो ये रहा मेरा लिखा गाना। कोई अच्छी–सी धुन बनाओ।" धीरज ने गाने का पेज उसे देते हुए कहा।

सभी अपनी बातों में मशगूल हो गए।

धीरज की पत्नी ने खाने की मेज सजा दी और सबको आने को कहा।

रवीश अब भी गाने की धुन बनाने में लगा था।

धीरज ने उसके पास आकर कहा... ''चलो, बेटा खाना खाते हैं। ये बाद में करना।''

''अंकल, सुनिए मेरी धुन तैयार है।'' रवीश ने आंखों में चमक लिए कहा।

धीरज उसके पास बैठ गया तो रवीश के मम्मी–पापा भी आ गए।

रवीश ने गाने की धुन सुनाई तो लगा किसी मंझे हुए व्यक्ति ने बनाई हो।

''अरे! रवीश तो कलाकार है।'' धीरज ने रवीश की पीठ थपथपाते हुए कहा।

रवीश बहुत दिनों बाद खुश लग रहा था।

उसने कुछ और भी ट्यून्स बनाई थी हॉस्टल में उसके गिटार पर। जिसकी रिकार्डिंग उसने खुशी–खुशी धीरज को सुनाई।

''बेटा, हमें तो लगा गिटार, म्यूजिक तुम्हारा शौक है।'' रवीश के पिता ने कहा।

''सभी को लगता था कि म्यूजिक में करियर नहीं। इसलिए मैं भी नहीं बोला। लेकिन मुझे म्यूजिक पसंद है।'' रवीश ने उदास होकर कहा।

धीरज ने एकांत में रवीश के पिता से कहा... ''देख, मुझे लगता है कि बड़ों के दबाव से उसने कॉलेज में एडमिशन तो ले ली, लेकिन उसका मन उसमें नहीं है। तू उसे म्यूजिक की फील्ड में डाल।''

''अरे! कैसी बात करता है? बेस्ट कॉलेज में है वो जिसके लिए लोग तरसते हैं और फिर ये गाने बजाने का शौक चार दिन का है। उससे क्या दाल–रोटी निकलेगी? ये सब फितूर है। उसे समझाना होगा कि जिंदगी ऐसे नहीं चलती। पैसा चाहिए होता है, जो ये म्यूजिक से नहीं आने वाला। कोई भविष्य नहीं है।''

रवीश के पिता ने गुस्से में कहा।

रवीश की मम्मी सब सुन रही थी। वो बोली...

"आप कैसे कह सकते है कि ये उसका चार दिन का शौक है? देखिए यदि हमने अब उसे नहीं समझा तो देर हो जायेगी। वो घुटता रहेगा। ना जाने कभी खुद को कुछ कर बैठा तो...। नहीं–नहीं हम उसे अब कॉलेज नहीं भेजेंगे। वहाँ उसका मन नहीं लगता। जब वो नौवीं में था तब उसने गिटार सीखा था और फिर बेचारा दसवीं से किताबों में ऐसा उलझा कि गिटार को हमने उसे हाथ तक नहीं लगाने दिया।"

"तुम भी क्या राग गाने लगी। देखो, रवीश को समझना होगा कि यदि वो चार साल वहाँ पढ़ता है तो एक अच्छी नौकरी मिलेगी। अच्छा पैकेज होगा। जिंदगी आराम की होगी।" रवीश के पिता ने कहा।

"पापा, मुझे नहीं करनी नौकरी। नहीं चाहिए ये लाइफस्टाइल। मेरा उन किताबों में दम घुटता है। प्लीज आप मुझे म्यूजिक करने दे।" रवीश मन ही मन में बोल रहा था, लेकिन खुलकर बोल ही नहीं पाया।

बेचारा कैसे बोलता?

जिन्होंने उसके अच्छे के लिए ही सब कुछ किया। मम्मी ने दो साल से अपनी जॉब छोड़ दी। पापा ने शहर के बेस्ट कोचिंग में एडमिशन करवाया। दो साल वे मेरे साथ हर पल थे।कैसे कह दू कि वो मुझे करना ही नहीं था, जो मैंने किया? कैसे उनके सपने तोड़ दू?

रवीश इसी कशमकश में था। जूझ रहा था वो ऐसी विषम परिस्थितियों से जिसका कोई हल उसके पास नहीं था। डिप्रेशन से घिर चुका था। अपना मनोबल लगभग खो चुका था।

वो रात सबके लिए बहुत मुश्किल थी।

पिता, बेटे के भविष्य के लिए चिंतित थे तो मां उसकी खुशी के लिए परेशान थी। रवीश तो मझधार में था।

रवीश जानता था कि पापा–मम्मी के बहुत सारे सपने, ढेर सारी उम्मीदें रवीश से थी। दोस्तों और रिश्तेदारों में सभी रवीश को नंबर वन पर ही देखते थे। आज कैसे कह दू कि मैं ये सब नहीं चाहता। ऐसा सोचते वो कुर्सी पर ही सो गया।

बड़ी लंबी रात बीत गई। नए दिन की नई सुबह हुई।

सूरज की रोशनी से घर में उजाला हुआ। पक्षियों के कलरव से रवीश की निद्रा टूटी।

उसने देखा मम्मी–पापा उसके सामने थे। आंख मलते हुए वो खड़ा हो गया। कुछ कहता कि उसके पहले ही पापा ने उसका गिटार उसके हाथ में दिया और कहा... ''हमारे सपने तुम पर लादकर भूल की हमने। तुम्हें दुनियादारी का ज्ञान देकर तुम्हें बोलने का मौका ही नहीं दिया और तुम बस वही करते रहे, जो हमने चाहा, लेकिन अब नहीं।''

रवीश के सिर पर हाथ फेर माँ ने कहा... ''तुम्हारी खुशी से बढ़कर कुछ नहीं है हमारे लिए। अब तुम दिल से जो चाहते हो वो करो।''

''पापा, लेकिन मैंने तो एडमिशन ले लिया। अब क्या फायदा?'' रवीश ने सिर झुकाकर अपनी बात कही।

''रवीश, तुम जो करना चाहते हो, वही करो। शायद हमारा दबाव इतना था कि तुम अपनी बात कह नहीं पाए। तुम्हारे पापा और मैं सिर्फ तुम्हारी खुशी चाहते हैं। मजबूरी में या दबाव में तुम बेशक अपना ग्रेजुएशन कर तो लोगे लेकिन जिंदगी भर पछतावा रहेगा कि जो तुम्हारा शौक था, जिसमें तुम्हारी रुचि थी वो नहीं कर पाए।'' मम्मी ने रवीश के कंधे पर हाथ रखकर कहा।

''मम्मी, कॉलेज की फीस आपने भर दी, हॉस्टल की भी और सबको पता है कि मैं...'' रवीश ऐसा कहते रोने लगा।

आखों में आंसू लिए वो सुबकते हुए बोला... ''पापा, मैं हार गया।''

''बेटा, तुम हारे नहीं हो, बल्कि इस हार में तुम्हारी जीत है। देर आए दुरुस्त आए, ये बात सुनी है ना। फिर रोना क्यों? ये तो अच्छा है कि पहले साल ही पता चल गया कि जिस दिशा में तुम चल रहे थे वो तो तुम्हारी मंजिल का रास्ता था ही नहीं। अभी देर नहीं हुई है। रास्ता बदल लो और अपनी मंजिल तक पहुँचो।''

मम्मी और पापा ने रवीश को गले लगा लिया।

38
बोलती सिसकियाँ

ट्रेन से उतरते ही रमा जी अभी नए शहर की हवा में सांस लेती कि पति रमेश जी बोल पड़े... "अरे! अरे! उधर नहीं इधर से जाना है। चलो इधर, कुछ समझता नहीं।"

रमा जी उनके पीछे–पीछे चल दी, जैसे पिछले तीस सालों से चल रही थी, ये जानते हुए कि सही रास्ता वो खुद भी तलाश सकती है और गलत हो भी जाए तो सही भी करने की हिम्मत रखती है।

खैर,

स्टेशन के बाहर निकलते ही बहू रिनी उन्हें लेने पहुँची थी। बेटा आर्यन दफ्तर की मीटिंग में व्यस्त था। रिनी ने तुरंत ही उनका सामान गाड़ी में रखा और सभी घर के लिए निकल गए।

छोटे शहर की रमा को पुणे की सड़कें, ऊँची–ऊँची इमारतें, भीड़ डरा नहीं रही थी बल्कि उन्हें सारे बंधन से आजाद, अपनी मंजिल को पाने के लिए आतुर लोगों के चेहरे दिख रहे थे। जिन्हें देख वो खुश हो रही थी।

शादी के बाद–बेटा बहू पुणे आ गए थे। पहली बार रमा जी यहाँ आई थी।

घर पहुँचते ही बहू के किए सारे इंतजाम देख रमेश जी खुश होकर बोले... "देखो, बहू ने तो घर बहुत अच्छा सजाया है। काम भी करती है और घर भी और तुम सारी जिंदगी..."

आगे वे कुछ कहते कि बहू ने गाड़ी की चाबी रखते हुए कहा... "पापा, मैं तो ज्यादा नहीं करती, बस कामवाली है और आर्यन ही ये सब करते है।"

रमा का चेहरा फीका पड़ चुका था। तीस साल से जिस मकान को घर बनाए रखने में उन्होंने अपना वजूद तक खो दिया, आज पति ने एक मजाक में बदल दिया। एक गृहिणी के त्याग और अनगिनत समझौते को शायद ऐसे ही आंका जाता है। दिनभर घर पर रहती है, कुछ नहीं करती... ये सुनकर सारा जीवन बीता दिया। कभी कहा नहीं कि दफ्तर के काम करके जब थका शरीर लेकर सुकून से सोते हो, घर के बने मनपसंद खाने का आनंद लेते हो, वो घर और खाना पत्नी ने ही बनाया है।

बहू, सास का चेहरा पढ़ रही थी। लेकिन कुछ बोली नहीं। अंदर से पानी लेकर आ गई।

रमा जी दोपहर के खाने के बाद बहू से बोली... "बेटा, यहाँ क्या–क्या देखने लायक है?"

रमेश जी हंसी उड़ाते बोले... "अरे! आज ही तो आए हैं जरा सब्र करो और वैसे भी मैंने तो सारा शहर देखा है। मुझे तो आराम करना है।"

रमा जी फिर झूठी मुस्कान लिए बोली... "हाँ, अभी तो आए हैं..."

बहू जानती थी कि वे लोग सिर्फ 4–5 दिन के लिए ही आए हैं।

शाम को आर्यन के आते ही मानो रौनक आ गई।

आर्यन की फरमाइशें शुरू हो गई... "मम्मी, आप मेरे लिए चकली, चिवड़ा और लड्डू बना देना। यहाँ आई हो तो खाना तुम्हीं बनाना। सारे मेरे फेवरेट आइटम।"

बेटे के सिर में तेल मलते माँ बोली... "हाँ–हाँ बेटा सब बना दूंगी। ये बता माँ को कहाँ–कहाँ ले जाएगा?"

आर्यन बोला... "हाँ, बिल्कुल चलेंगे। बोलो कल मॉल चले क्या?"

पापा ने फिर एक बार मजाक उड़ाते हुए कहा... "तेरी मम्मी मोल–भाव करने वाली शॉपिंग ही करती है, उसे ये मॉल की महंगी शॉपिंग कहा रास आयेगी... हम लोग आराम से घर पर रहेंगे, तुम लोग अपने काम पर ध्यान दो।"

बहू को ससुर जी की ये बात कुछ पसंद नहीं आई तो वो बोली... ''आर्यन, कल डिनर के लिए चले सब।''

आर्यन ने भी कहा... ''हाँ, चलते हैं। मम्मी आपको भी मजा आएगा।''

अगले दिन सभी तैयार हो रहे थे तब बहू रिनी ने आकर रमा जी को एक नीले रंग का सूट दिया, जिसमें गुलाबी रंग से कढ़ाई की हुई थी और गुलाबी रंग का खूबसूरत दुपट्टा भी था। रमा जी की आंखों में चमक आ गई। अब तक सारे तोहफा मांग कर ही लिए और बेटे ने कभी खुद से कुछ लाना चाहा भी तो रमेश जी ने ये कहकर मना कर दिया कि अपनी माँ को लेकर ही जाना, उसकी पसंद अलग ही है।

आज इतना सुंदर सूट देख रमा को मानो लगा रिनी उनकी बहू नहीं बेटी है, जो उन्हें समझती है।

तभी रंग में भंग डालने पहुंच गए रमेश जी और अपना कुर्ता सूटकेस से निकालते हुए बोले... ''अरे! रिनी ये सब क्या ले आई... तुम्हारी सास के पास खुद ही बहुत कपड़े हैं।''

रिनी ने सास को इशारा कर जल्दी से तैयार होने को कहा और कमरे से चली गई।

रमा जी तैयार होकर बहुत सुंदर लग रही थी। सभी होटल के लिए रवाना हुए।

आर्यन और रिनी ने एक किनारे का टेबल चुना और चारों बैठ गए।

रमा जी बहुत खुश थी, होटल की रोशनी, वहाँ की सजावट उनको बहुत भाई।

तभी उनके टेबल के पास उनके खाने का ऑर्डर लेने एक काले रंग के कोट पहने होटल का एक व्यक्ति आया।

उसने आते ही अंग्रेजी में बहुत अदब से पूछा... ''जी, क्या लेंगे आप...?''

आर्यन ने मेनू कार्ड बढ़ाते हुए मम्मी से पूछा... ''मम्मी आज तुम बताओ क्या लोगी... वैसे यहाँ चाइनीज, इटालियन सब बहुत अच्छा मिलता है।''

रमा जी मुस्कुराते हुए मेनू कार्ड पढ़कर कुछ बोलती कि... रमेश जी बोल पड़े... "अरे! बेटा तुम लोग मंगवाओ, जो खाना हो, तुम्हारी मम्मी के लिए पनीर की सब्जी और रोटी मंगवा लो।"

रिनी को ससुर जी का हर बात पर बीच में बोलना बिल्कुल ना भाया तो वो बोली कि... "ऐसा करते है दो–तीन चीज मंगवाते हैं सब को चेंज हो जाएगा।"

आर्यन ने ऑर्डर लिखवा दिया।

रिनी ने मम्मी से कहा... "चलिए मम्मी हम कुछ फोटो लेते हैं, बाहर बहुत सुंदर बगीचा है।"

रमा जी तुरंत उठ कर उसके साथ जाने लगी।

तभी उन्होंने सुना कि एक टेबल पर एक आदमी वेटर को डांट रहा था शायद खाना उनके हिसाब से नहीं बना था।

वेटर जब उनके पास से सब्जी लेकर निकला तो रमा जी ने पूछ ही लिया... "भैया, क्या हो गया?"

वेटर मुँह उतार कर बोला... "उन्होंने सरसों का साग मँगवाया था, लेकिन अब कह रहे है बिल्कुल स्वाद नहीं है तो अब शेफ को इसे ठीक करने को कहता हूँ।"

रमा जी बोली... "इस साग पर देसी घी में लहसुन का तड़का दो, स्वाद बहुत बढ़ जाएगा।"

वेटर किचन की ओर चला गया और सास बहू फोटो खींचने लगी।

कुछ देर बाद दोनों आ गई तब तक खाना भी आ गया।

रिनी ने वेटर से मम्मी की डिश में पास्ता रखने को कहा।

पापा कुछ बोले तो नहीं, लेकिन मुँह बनाकर हंसने लगे।

सभी खाना खाने लगे कि तभी होटल का मैनेजर आया और रमा के पास आकर बोला... "मैम, आपकी टिप सब्जी पर तड़का लगाने वाली काम आई हमारे मेहमानों को पसंद आई। इसलिए आज आपके बिल पर बीस पर्सेंट डिस्काउंट मिलेगा। थैंक्स मैम..."

ऐसा कहकर वो एक मुस्कान देकर चला गया।

रिनी और आर्यन ने रमा जी की बहुत तारीफ की, लेकिन रमेश जी बोले... "अरे! रसोई में निकली है सारी जिंदगी, तो इतना तो आ ही गया है इनको।"

रमा जी, रमेश जी को बच्चों के सामने कुछ कहना नहीं चाहती थी इसलिए चुप रही।

घर आकर सभी सोने की तैयारी करने लगे।

रमा जी की आंखों में नींद नहीं थी बल्कि उनका दिल सुबक–सुबक कर रोने को कर रहा था।

देर रात आर्यन पानी लेने उठा तो उसने देखा मम्मी बालकनी में बैठी रो रही थी।

आर्यन ने तुरंत बत्ती चालू की और मम्मी से बोला... "अरे! यहाँ क्यों बैठी हो? और रो क्यों रहे हो आप? क्या हुआ...? कहीं रिनी ने तो कुछ..."

रमा जी तुरंत अपने आंसू पोंछते हुए बोली... "अरे! नहीं बेटा, वो तो बेचारी बहुत अच्छी है। मेरा ध्यान भी रखती है। बस मुझे ही नींद नहीं आ रही थी। इसलिए यहाँ बैठ गई। तू सो जा।"

रमा जी के होठ कुछ और कह रहे थे और उनकी आंखें कुछ और ही बयां कर रही थी।

आर्यन ने अपनी मम्मी का हाथ थामा और पूछा... "बताओ ना क्या हुआ..?" मैं हूँ ना।

जवान बेटे के हाथ का साथ पाकर रमा जी के सब्र का बांध टूट गया और अपने बेटे के गले लगकर बोली... "बेटा, मैं तेरे पापा के साथ नहीं रह सकती। क्या मैं यहाँ रहूँ? क्या तेरे साथ तू मुझे रखेगा?"

अपनी मम्मी से बच्चों जैसी बात सुन आर्यन बोला... "अरे! यार मम्मी आप कैसी बात कर रही हो? पापा को तो आदत है वो तो बस मजाक करते है और आप इतना सीरियस हो गए? रिनी सुनेगी तो क्या सोचेगी? पापा की बातों की तो आपको आदत है ना... फिर क्या

हो गया। चलो आओ रोना बंद करो। आप एंजॉय करो मम्मी। चलो अभी आप सो जाओ।''

आर्यन की बात सुनकर रमा जी ये समझ गई कि सालों से सबकी सुनते रहने से सभी मान लेते हैं कि हमें बुरा नहीं लगता और आर्यन आखिर एक लड़का था वो भी रमा जी की बरसों की चुभन को कैसे महसूस कर पाता इसलिए वो खड़ी हो गई और बोली... ''हाँ, बेटा जा तू सो जा, मैं ठीक हूँ।''

आर्यन ने एक बार भी अपनी माँ को समझने की कोशिश नहीं की, शायद इतने सालों में आर्यन ने कभी महसूस ही नहीं किया कि धीर–धीरे पापा कैसे उसकी मम्मी के आत्मसम्मान को अपने शब्दों, उलाहनों से, व्यंग से चोट करते आ रहे थे। लेकिन रिनी, जो आर्यन को देखने आई थी, सारी बातें सुन चुकी थी वो रमा जी की तकलीफ को समझ रही थी।

रमा के भीतर की सिसकियां सालों बाद आज बाहर आई, लेकिन आज भी रमा खुद की आत्मा की आवाज को दबा कर मौन रह गई।

अब तो बस आखिरी दिन था पुणे में उनका, कल वापसी थी।

सभी आज मॉल के लिए निकले। रमा जी की आंखें फटी की फटी रह गई। चमकता फर्श, ढेर सारी दुकानें, लोगों की चहल–पहल, कहीं कपड़े तो कहीं परफ्यूम, कहीं जूते तो कहीं पर्स सब कुछ सलीके से रखा हुआ।

रमा जी बोली... ''बहुत बढ़िया जगह है। मार्केट जैसी ना गर्मी ना भीड़।''

आर्यन मम्मी के कंधे पर हाथ रख बोला... ''मम्मी ऊपर के फ्लोर पर सुंदर कपड़े हैं। चलो तुम्हें दिखाता हूं।'' ऐसा कहकर एस्केलेटर पर वो चढ़ गया। रिनी के साथ रमा जी नीचे ही खड़ी थी पहली बार उन्होंने ऐसी चलती हुई सीढ़ी देखी।

रमेश जी बोले... ''रमा चलो हम लिफ्ट से चले, तुम नहीं चढ़ सकोगी।''

रमा ने रिनी का हाथ पकड़ा और एक झटके में एस्केलेटर पर चढ़ गई। रिनी, रमा को देखती रह गई और रमेश जी नीचे खड़े मुंह ताकते रहे। हालांकि उनको डर लग रहा था। बात छोटी–सी थी, लेकिन आज रमा जी खुश थी।

तुम नहीं कर पाओगी, तुम रहने दो, तुम्हें समझ नहीं आएगा... ये सब सुनकर वो थक चुकी थी। उनके लिए ये शब्द तीर बन चुके थे। क्यों कभी पलटकर जवाब नहीं दिया... क्यों, कभी असलियत का आईना पति को नहीं दिखाया... क्यों, ऐसे संस्कारो से बंधी रही, जो दकियानूसी हैं, शब्दों से स्त्री के सम्मान को आहत करते रहने का हक पति को कब दे दिया गया, शायद... औरत की चुप्पी ने ही?

लेकिन आज रिनी के साथ ने मानो उनमें नई हिम्मत फूंक दी थी।

सामान बंध चुका था। वापसी की तैयारी हो गई थी। स्टेशन पर ट्रेन आने को थी।

आर्यन और रिनी चाहते थे कि मम्मी–पापा कुछ दिन और रुक जाए, लेकिन रमेश जी को दफ्तर से छुट्टी नहीं मिल सकती थी।

ट्रेन धीरे–धीरे प्लेटफार्म पर आ गई। रमेश जी बोले... "चलो रमा...।" रमा ने कहा... "आप चलिए, मैं कुछ दिन बाद आती हूँ।"

रिनी के चेहरे पर मुस्कान थी और वो चहकते हुए बोली... "हाँ, आर्यन मम्मी यही रहे तो बहुत मजा आएगा।"

रमेश जी के पैरों तले जमीन निकल गई। पत्नी ने आज पूछा नहीं था फैसला सुनाया था..., पहली बार... आर्यन ने आज मम्मी की आंखें पढ़ने की कोशिश की, जो कह रही थी "मुझे मेरे हिसाब से जीना है। क्या इतना हक नहीं है?"

आर्यन ने मम्मी का हाथ थामा और बोला... "पापा, मम्मी हमारे पास रहेंगी। आप अपना ध्यान रखना।"

ट्रेन ने रफ्तार पकड़ी और रमेश जी कई सवालों के साथ चले गए और रमा जी ने एक गहरी सांस ली और रिनी की तरफ देख मुस्कुराने लगी।

पाठकों की प्रतिक्रिया

''कहानियों का ठेला'' सिर्फ कहानियों से भरी हुई किताब नहीं है, यह लेखिका की भावनाओं का संग्रह भी है। बेहद उम्दा लेखन शैली और सहज भाषाओं का प्रयोग कर के इस किताब को हर तबके के लिए पठनीय सामग्री के रूप में प्रस्तुत किया गया है। इस किताब की एक–एक कहानी आप को पूरी किताब पढ़ने के लिए मजबूर कर देगी।

– संविदा तिवारी
सीनियर सब एडिटर
हर जिंदगी, जागरण न्यू मीडिया

लेखन एक साधना है इसमें लीन होना पड़ता है। आप जितना इसमें रमते जाते हैं उतनी ही महारथ हासिल करते जाते हैं। महिलाओं के लिए लिखना चुनौती पूर्ण कार्य है, घर और परिवार के साथ लेखन में ताल मेल बिठाना और अपनी लेखनी के जरिए शोषित उत्पीड़ित के पक्ष में खड़ा होना यही एक लेखक का उद्देश्य होना चाहिए। लेखिका दीपाली किरन कहानी संग्रह 'कहानियों का ठेला' एक बेहतर प्रयास है। इसमें निहित कहानियाँ मध्यमवर्गीय सोच पर कुठाराघात करती हैं, मध्यमवर्गीय सोच को कहानी के माध्यम से दर्शाती हैं। लेखिका ने कहानी 'इन्वेस्टमेंट' एक ऐसी बुजुर्ग महिला पर केन्द्रित है, जिसका मानना है कि जिन्दगी में अनुशासन का इन्वेस्टमेंट, छोटी–छोटी खुशियों में इन्वेस्टमेंट ही बड़ी–से–बड़ी समस्याओं को छोटा कर देता है।

कहाँ तो कुपोषण के मामले में देश ऊँचे पायदान पर है, लेकिन शहरीकरण में कुछ खासवर्ग का इतना विकास हुआ कि उनका शारीरिक विकास भी हो गया नतीजा यह खास वर्ग मोटापे का शिकार है और इससे समस्यों से निजात पाने के लिए वह तमाम तरह के जतन

करता है। मोटापा न होग या एक बीमारी हो गई जिसे दूर किए बिना काम नहीं बनेगा। कहानी 'अम्माजी मत बैठो' कुछ यही बयां करती हैं। 'भार' कहानी में मानवीयता की झलक मिलती है। दूसरों का बोझा उठाने वाले बूढ़े कुली के प्रति उपजी मानवीयता मध्यम वर्ग पर सवाल भी उठाती है, इसी तरह 'मेरी झाडू में घुँघरू बंध दे' में गाँव और शहरी महिला का अंत विरोध देखने को मिलता है साथ ही बहू गाँव की नानी की सूझ बूझ से प्रभावित होकर यह दर्शाती है कि बुजुर्गों की एहमियत होती है।

दीपाली किरन का यह पहला कहानी संग्रह है। उसमें उन्होंने भविष्य के प्रति आशाएं जगाई हैं। मेरी शुभकामनाएँ हैं कि वो अपनी लेखनी से शोषित उत्पीड़ित वर्ग की आवाज बनेंगी। इन्हीं शुभकामनाओं के साथ...

– आरिफा एविस
व्यंग्यकार, उपन्यासकार

'कहानियों का ठेला', दीपाली द्वारा लिखी गई एक रोचक एवं पठनीय कहानी संग्रह है। जैसा कि इस किताब का नाम है, बिल्कुल उसी तरह इसे बनाया गया है। इस कहानी संग्रह में समाज के छुए–अनछुए पहलुओं पर बड़ी ही गहनता और मार्मिकता के साथ लिखा गया है। इस किताब को पढ़ते हुए आप अपनी जिंदगी के किसी बीते हुए लम्हे में जरूर पहुँच जाते हैं और उन्हें याद करने लगते हैं, जो पुस्तक को सार्थक बना देता है।

संवाद शैली ऐसी है, कि कहानी को एक बार पढ़ना शुरू किया जाए, तो पूरी पढ़े बिना नहीं रहा जाता। समाज के विभिन्न पहलुओं पर लिखी गई कहानियाँ दिल को छू जाती हैं और यह सोचने को मजबूर कर देती हैं, कि इतने समृद्ध कहे जाने वाले समाज में कुछ चीजें आज भी ज्यों–की–त्यों हैं।

पुस्तक की लेखिका ने खुद भी स्पष्ट किया है किये उनके अंदर की वह आवाज है, जिसे उन्होंने अपनी किताब के जरिये जाहिर किया है। यदि आप एक नए प्रयोग के रूप में इस पुस्तक को पढ़ना चाहेंगे तो निराशा नहीं होगी।

– श्रीमती अर्पणा यादव जी
सहायक सम्पादक
गृहलक्ष्मी पत्रिका

कहते हैं शब्दों की छुअन बहुत खास होती है। शब्दों के जरिये कोई पास न हो कर भी दिल के बेहद करींब होता है। ऐसे ही शब्दों के मेल से बनीं कुछ अनूठी कहानियाँ आप 'कहानियों का ठेला' किताब मे पढ़ पाएंगे। मुझे पूर्ण विश्वास है कि अत्यंत सरल भाषा मे लिखी कहानियों के इस ठेले मे आपको मानव जीवन की भावनाओं, रिश्तों की गहराइयों को रेखांकित करती कहानियाँ अपनी सी लगेंगी। सबसे बड़ी बात सहज और सरल लेखन शैली के साथ लिखी इस किताब की सभी कहानियाँ वास्तविक जीवन को उजागर करती हैं। किताब की हर कहानी के पात्र सजीव से लगते हैं। ये कहानियाँ पाठक को एक अलग यात्रा पर ले जाती हैं। प्रेम, प्रेरणा, हास्य से परिपूर्ण कहानियों के इस संग्रह को आप सभी पाठकों का इंतजार है!

– ललिता गोयल
हिन्दी एडिटर, मॉम्सप्रेसो.कॉम

कुछ लेखिकाओं के बारे में

दीपाली किरन

जन्म 30 अप्रैल, 1987
जन्मस्थान बाराबंकी, (यू.पी)

Gmail | deepali.kiran@gmail.com
Facebook | https://www.facebook.com/deepali.kiran

मैंने बहुत सोचा कि अपनी परिभाषा कैसे लिखूं, जीवन के अभी तक के समय में मैंने क्या किया ये कुछ शब्दों में बयां करना मुश्किल था। मैं एक सामान्य परिवार में बेहद प्यार और संस्कारों के बीच पली बढ़ी। लखनऊ विश्वविद्यालय से पत्रकारिता एवं जनसंचार में स्नातक और स्नातकोत्तर करने के बाद, मैं अपनी भावनाओं को शब्दों में व्यक्त करना चाहती थी। मेरा विवाह एक IT प्रोफेशनल से हुआ और हमने परी के रूप में बेटी को पाया। अनेकों व्यस्तताओं के बाद भी मेरे लिखने का जुनून अपने चरम पर था, लेखन ने मुझे ये अवसर दिया, जिसके जरिये मैं स्वयं की अभिव्यक्ति कर पायी और मेरी लेखनी के साथ न्याय कर पायी। अपनी लेखनी को मैंने, अपनी पहली किताब 'जब मन छलके' की कई कविताओं के रूप में निखारा था और उसी प्रेरणा ने मुझे अपनी दूसरी किताब 'कहानियों का ठेला' लिखने के लिए प्रेरित किया। जिससे मेरे लेखन और मेरे उत्साह को नया रूप मिला। आप सभी के आशीर्वाद से लेखन निरंतर जारी है। लेखन के अलावा मुझे नृत्य एवम् संगीत का शौक है। इन सब के लिए मैं ईश्वर का बहुत–बहुत धन्यवाद करती हूँ।

पायल धाबलिया

जन्म 21 अप्रैल, 1978

जन्मस्थान जबलपुर, (एम.पी)

Gmail | payaldhabalia@gmail.com

Facebook | https://www.facebook.com/payal.dhabalia

संस्कारधानी जबलपुर से स्नातकोत्तर कर विदर्भ से बी.एड. किया। पढ़ाने में रुचि थी, इसलिए शिक्षिका बन गई। गत कुछ वर्षों से ब्लोगिंग कर रही हूँ। डायरी में अपनी रोज की बातों को लिखते–लिखते मैं अपने अनुभवों, कल्पनाओं को कहानियों में ढालने लगी। अखबारों, ऑनलाइन पेज पर मेरी लिखी कहानियों और लेखों को प्रकाशित किया गया। पाठकों द्वारा सराहा गया। उन्हीं पाठकों की प्रेरणा से मैं अपनी पहली किताब लिख पाई। यही मेरे लिए उत्तम पुरस्कार है।

Crowd-funders

(names listed alphabetically)

- Alka Varma
- Anita Dhabalia
- Anushree Sahay
- Aumbiky Chauhan
- Ayushi Man
- Beena Shah
- Bharti Shah
- Bhavna Nitin Parekh
- Bhavna Paresh Dhabalia
- Bhavya Srivastava
- Bhupat Rai Shah
- Chandubhai Parekh
- D. P. Singh
- Darshana Piyush Mehta
- Deepali Singh
- Deepankar Srivastava
- Gaurav Srivastava
- Gautam Miyani
- Hetal Harsora
- Himanshu Mahapatra
- Hitendra Dhabalia
- Jasumati Dhabalia
- Javed Mohammad
- Jayesh Mehta
- Kanchan Gupta
- Kavita Singh
- Kavita Vazir
- Kesha Amit Mehta
- Kiran Srivastava
- Koustubh Naik
- Krina Mehta
- Kunjal Dhabalia
- Lalita Goyal
- Manish Dhabalia
- Mansukhbhai Madhani
- Mayank Yadav
- Mohit Jain
- Mona Shah
- Mrs. Sadhana Dhabalia
- Mukesh Vastani
- Nayra Srivastava
- Neelam Verma
- Neeta Dhabalia
- Neha Bajaj
- Neha Prajapati
- Nidhi Pandey
- Nikhil Mehta
- Niti Srivastava
- Nitin Gulhane
- Pooja Sinha
- Prakash Dhabalia
- Priti Gogte
- Rachit Srivastava
- Radha Srivastava
- Rajesh Dhabalia
- Rajesh Kumar Srivastava
- Ramesh Janani
- Rashmi Rai
- Ravi Mehta
- Rinku Mandavia
- Rishi Mehta
- Rita Tiwari
- Ruchi Tripathi
- Rupal Jain
- Sameer Jain
- Samrat Mehta
- Samvida Tiwari
- Sandeep Mehta
- Sandhya Shukla
- Saranya Khatwani
- Sarika Ketan Rajkotia
- Shefali Kiran
- Shilpa Awasthi
- Shipra Khandelwal
- Shishir Srivastava
- Shivam Yadav
- Shraddha Srivastava
- Shuchita Thakur
- Shweta Pradhan
- Sipsi Jain
- Sonali Kulkarni
- Sourabh Kuchanwar
- Sudhir Srivastava
- Suresh Gorasia
- Taksh Dhabalia
- Tarush Srivastava
- Tushar Srivastava
- Vaibhav Srivastav
- Vaibhavi Selarka
- Vibhuti Mehta
- Vimal Dhruve
- Vinay Srivastava
- Virendra Mandera
- Vivek Srivastava

कहानियों का ठेला

दीपाली किरन | पायल धाबलिया

सुझाव और अनुभूतियों के लिए
आप लेखक को निम्नलिखित पते पर
सम्पर्क कर सकते हैं -
deepali.kiran@gmail.com
payaldhabalia@gmail.com

आपके अनुभव

www.ingramcontent.com/pod-product-compliance
Lightning Source LLC
LaVergne TN
LVHW040425051026
849517LV00002B/472